FABIO VOLO

Fabio Volo est né à Bergame, en Italie, le 23 juin 1972. Auteur, acteur, animateur de radio et de télévision, il est la voix d'un programme de Radio Deejay intitulé *Il Volo del mattino* (Le vol du matin), qui a vu le jour en 2000. *Une journée de plus* est son quatrième roman, le premier publié en français.

**Retrouvez l'actualité de l'auteur sur son site :
www.fabiovolo.net**

UNE JOURNÉE
DE PLUS

FABIO VOLO

UNE JOURNÉE DE PLUS

Traduit de l'italien
par Jean-Marc Rivière

Fleuve Noir

Titre original :
IL GIORNO IN PIÙ

Le papier de cet ouvrage est composé de fibres naturelles, renouvelables, recyclables et fabriquées à partir de bois provenant de forêts plantées et cultivées durablement pour la fabrication du papier.

© 2007, Arnoldo Mondadori Editore S.p.A., Milano.
© 2010, Fleuve Noir, département d'Univers Poche,
pour la traduction française.
ISBN : 978-2-266-20695-2

SOMMAIRE

À elle.

Seul meurt un amour qui cesse d'être rêvé.
Pedro SALINAS.

When you were here before,
Couldn't look you in the eye
You're just like an angel,
Your skin makes me cry

You float like a feather
In a beautiful world
I wish I was special
You're so very special
Radiohead, *Creep.*

Pendant mon sommeil, j'ai la conviction que je vais me réveiller dans une maison au bord de la mer, où j'ai passé toute la nuit avec la femme que j'aime, vivant avec elle des moments de bonheur absolu. Le bruit des vagues nous a accompagnés quand nous étions éveillés, puis quand nous dormions, enlacés dans la tiédeur de nos corps nus.

Mais je me réveille dans une chambre d'hôtel à Paris et, même si je sais maintenant que je quitte un rêve, je continue d'entendre le clapotis des vagues.

Mais il n'y a pas de mer à Paris !

Face à cette vérité irréfutable, j'entends monter les bruits de la rue des grandes métropoles.

Il est 7 h 20. Le réveil est réglé sur 8 heures, mais, de plus en plus souvent, je me réveille avant. Aujourd'hui, la raison est moins mystérieuse que d'habitude. Hier soir, quand je suis arrivé, j'étais très fatigué par mon voyage. Vers 22 heures, je me suis couché sans dîner et je me suis endormi aussitôt. Ne pas manger, c'est comme se mettre au régime : j'ai moins de mal à me lever en sachant que mon petit déjeuner m'attend.

Peut-être que la véritable raison de ce réveil prématuré est liée à mon rendez-vous d'aujourd'hui. Le plus important de ma vie. Je ne sais pas encore ce qui arrivera réellement, mais l'émotion que je ressens en cet instant est si fascinante qu'elle me renvoie à ces matins où, tôt, alors qu'il faisait encore nuit dehors, je quittais le lit pour découvrir les cadeaux de Noël apportés par la nuit. Envahi par ces pensées qui m'enveloppaient, je me suis seulement levé pour ouvrir les rideaux, mais je suis retourné aussitôt sous les couvertures. J'aime conserver le plus longtemps possible la tiédeur du réveil. Elle m'aide à entrer lentement dans ce qui m'attend. Je regarde par la fenêtre et j'admire le ciel et les toits de Paris. Il y a quelques nuages qui bougent rapidement. Je remets mes pensées en ordre et je contemple un peu ma vie. J'ai plus d'intimité avec moi-même durant ces heures matinales que le soir. Il m'arrive souvent, lorsque je me couche, de penser à mes affaires, mais j'ai découvert au fil des années que, le matin, je suis plus prévenant envers moi-même, plus tranquille. Quand je me réveille tôt, je reste au lit et j'écoute tous les petits bruits. Même ceux qui viennent de l'intérieur de mon corps. Je guette ceux de la maison, parfois ceux des voisins ou ceux de la rue. Aujourd'hui les bruits sont nouveaux : des portes qui se ferment, des robinets ouverts dans la pièce contiguë, des conversations en langue étrangère dans le couloir. Ce que j'avais pris auparavant pour la mer était en réalité la camionnette du nettoyage urbain. Cet hôtel-là se lève tôt.

Mon réveil se met à sonner. Je vais me doucher et je m'habille. On est en septembre. Le 16 septembre, plus précisément. Je regarde par la fenêtre, mais je n'arrive pas à savoir si le temps va changer et s'il pleuvra. Longtemps, c'est ma grand-mère qui m'a donné ces informations météorologiques. Elle ne s'est jamais trompée. Sa phrase préférée était : « J'ai mal aux jambes. Demain, il pleuvra. » Le jour suivant, il pleuvait. Petit, j'avais aussi une statuette de la Vierge qui changeait de couleur en fonction du temps, mais les jambes de ma grand-mère étaient plus fiables que la Vierge.

J'ouvre la fenêtre. Il ne fait pas très froid, mais j'emporte quand même un petit pull.

Il y a un ou deux mois, ma mère m'a offert un séchoir. Chez moi, on n'étend plus le linge. Mais depuis que je l'utilise, mes affaires ont rapetissé. Le tee-shirt avec lequel j'ai dormi m'arrive sous le nombril et le slip que je viens de mettre me serre. Séchage et rétrécissement. Je suis quand même content de ce cadeau, car ma technique précédente était encore pire. Je jetais les vêtements en vrac sur l'étendoir et, ainsi entassés, il leur fallait toute une semaine pour sécher, d'abord une manche, puis le col et puis le reste. Le pire, avec cette technique, c'est que, quand on sue, les vêtements dégagent une terrible odeur de chien mouillé.

Au lieu de prendre mon petit déjeuner à l'hôtel, je préfère aller au *Pain Quotidien*, un de mes endroits fétiches. Je suis près du Centre Pompidou et je décide donc de marcher jusqu'à la rue des Archives, où se trouve l'établissement. *Le Pain Quotidien* est une chaîne présente dans le monde entier. Les salles sont partout identiques. Sol, tables, chaises, armoires, comptoir, tout est en bois. Un bois clair, typique de l'Europe du Nord. Pendant qu'on mange, on a l'impression d'être un écureuil des forêts. Café au lait, cappuccino, café américain, tout est servi dans des bols, comme le faisait ma grand-mère.

J'ai pris un jus d'orange pressé, un café américain et un croissant. S'il y a une chose typiquement parisienne, c'est l'odeur de beurre qui imprègne nos mains toute la journée si on a mangé un croissant au petit déjeuner.

Il y a déjà plein de monde. Je n'entends pas seulement parler français : aux tables voisines, on discute en ce moment en allemand, en portugais, en anglais.

J'enfile mon pull, car il fait un peu frais maintenant.

De l'autre côté de la rue, il y a un Starbucks avec, derrière la vitrine, les fauteuils et les canapés habituels. Combien de fois, dans le monde entier, je me suis assis sur ces sièges pour lire un livre ou pour travailler sur mon ordinateur ! Surtout quand mon avion décollait tard et que je devais quitter ma chambre d'hôtel à 11 heures du matin. Ça devenait ma maison pour la journée : j'allais jusqu'à y dormir.

Mon rendez-vous est à 11 heures dans les jardins du Luxembourg. Il n'est pas encore 10 heures et, comme je suis tout près, j'en profite pour aller place des Vosges. C'est l'un de mes lieux favoris à Paris. La voir me remplit chaque fois d'émotion. Je me promène dans le Marais. Septembre est un des mois que je préfère. J'aime ces saisons où on guette le soleil et où on change de trottoir pour profiter de ses rayons. C'est bien mieux que quand on se promène l'été et qu'on traverse la rue pour l'éviter. Dans la rue des Francs-Bourgeois, à cette heure, le soleil baigne le trottoir de gauche.

J'atteins le jardin de la place des Vosges et je m'assieds sur un banc, sous un arbre, près d'une fontaine. L'air est froid. Les bras étendus sur le dossier, les yeux fermés, je lève mon visage vers ces rayons de soleil tièdes. Puis j'entends un crissement de pas sur le gravier. J'ouvre les yeux. C'est une jeune femme. Elle s'assied sur le banc voisin, allume son ordinateur portable et commence à écrire. On voit souvent des personnes avec des portables dans les jardins, car on peut s'y connecter à Internet en WiFi. Il est si agréable de travailler en plein air !

Les femmes qui se promènent dans Paris ont quelque chose de différent. Je n'ai jamais vraiment compris ce qui les rend aussi belles à mes yeux. Elles semblent naturellement ne pas être touchées par la vulgarité du monde. Peut-être parce que leur manière de s'habiller révèle toujours une part de leur intimité. Leurs vêtements ou leurs accessoires les racontent. Ce peut être une broche, un chapeau, des gants, une écharpe, un collier, l'agencement des couleurs. Certains vêtements vont seulement à des femmes belles alors que d'autres vont seulement à des femmes qui ont un beau caractère. Par exemple, ce que porte la jeune femme assise à côté de moi en dit long sur elle. Elle donne l'impression de vivre dans un monde qui lui appartient, dans lequel elle se sent bien. En la regardant, j'ai envie d'en faire partie.

C'est visiblement le genre de femme qui achète des vêtements peu coûteux au marché et qui, grâce à sa fantaisie et à sa capacité d'associer les matières et les couleurs, s'habille de manière originale. Ces femmes n'ont pas besoin de dépenser beaucoup pour être élégantes. C'est un talent : elles prennent quatre bouts de chiffon, les mettent ensemble et paraissent à la fois féminines et sexy. Ces femmes-là sentent la pomme.

Dans toutes les villes où j'ai vécu, il y a un lieu qui est devenu mon « chez-moi », un lieu où je vais quand je veux réfléchir et qui m'offre une sensation de familiarité. Souvent, il s'agit du premier endroit que j'ai découvert en arrivant. À Paris, c'est la place des

Vosges. J'y venais souvent quand j'habitais ici, surtout le dimanche parce que des musiciens y jouaient presque toujours de la musique classique sous les arcades.

Marcher m'a fait du bien. Cela m'a aidé à évacuer la tension que j'accumule à chaque minute qui passe, à mesure qu'approche le rendez-vous. Je suis toutefois encore un peu nerveux. Je bouge comme si j'étais désorienté, comme si je ne parvenais pas à dominer l'émotion qui monte en moi. J'ai toujours été d'une nature mélancolique, alors que ma vocation est d'être une personne joyeuse. Je crois que mon émotion est compréhensible : si ce rendez-vous se déroule comme je l'espère, il bouleversera ma vie.

1

La fille du tramway

Chaque fois que j'ai vu une fille qui me plaisait, j'ai essayé de faire sa connaissance, mais surtout de coucher avec elle. Il y en a très peu qui m'ont plu et que j'ai laissées tranquilles. Pourquoi aurais-je dû le faire ?

La fille du tramway était l'une d'elles. Je l'ai toujours préservée de moi. Pas volontairement, non. Ça s'est juste passé comme ça. Je n'ai jamais compris si c'est elle qui a conditionné mon comportement ou bien si c'est moi qui étais en train de changer. Pendant environ deux mois, nous nous sommes rencontrés tous les matins dans le tramway.

Alessandro et moi sommes associés dans une imprimerie. Nous réalisons des catalogues, des livres à tirage limité, des brochures, des dépliants publicitaires et même, lors des dernières élections, des tracts pour les deux partis politiques concurrents : nous avons juste eu à changer la couleur, car, pour le reste, il n'y avait pas grande différence. Les hommes politiques parlent toujours d'un futur meilleur. Ils pensent peut-être au paradis en disant cela.

J'ai débuté il y a quelques années comme employé dans l'entreprise d'Alessandro, puis nous nous sommes associés. Cela peut paraître présomptueux, mais je suis quelqu'un qui réussit tout ce qu'il entreprend. Si je me fixe un objectif, il est rare que je ne l'atteigne pas. La raison en est simple : tout ce qui m'a desservi dans mes relations amoureuses m'a servi dans ma vie profession-nelle. En fait, mon succès est moins dû à un talent qu'à un manque. L'incapacité de gérer mon émotivité m'a obligé à me consacrer totalement à mon travail. Sur le plan sentimental, je n'ai jamais été très doué. J'ai trouvé dans le travail un refuge. J'avais une arme sup-plémentaire : je n'étais jamais distrait par l'amour. J'ai toujours été certain de posséder le contrôle absolu sur ma vie et sur mes sentiments, et j'ai toujours cru qu'il en serait ainsi jusqu'au bout.

J'ai aussi travaillé à l'étranger, surtout durant ma jeunesse. C'est à Londres que j'ai commencé à prendre les transports en commun pour aller bosser.

La rencontre avec la fille du tramway était un des moments les plus émouvants de ma journée. Le reste du temps s'écoulait toujours de la même manière. Ces minutes passées dans le tramway étaient limpides. Elles étaient une fenêtre donnant sur un autre monde, un rendez-vous coloré.

Aucune des personnes qui faisaient alors partie de ma vie, ou qui figuraient sur le répertoire de mon télé-phone portable, ne provoquait en moi une plus grande émotion que cette mystérieuse inconnue. J'étais attiré par elle. Mais, même si j'éprouvais une intense curio-sité à son égard, je ne l'ai jamais abordée.

Cet hiver-là, tous les matins, quand je montais dans le tramway, je la trouvais assise à l'intérieur. On aurait dit un nuage. Elle devait avoir à peu près trente-cinq ans. Quand je voyais le tramway arriver à mon arrêt, je me dressais sur la pointe des pieds et je tendais le cou pour voir si elle était là. Si ce n'était pas le cas, j'attendais le tramway suivant. Malgré cette précaution, il m'est parfois arrivé de voyager sans elle.

C'est à cette époque que j'ai commencé à me réveiller avant la sonnerie du réveil. Je voulais être sûr de ne pas la manquer.

Il m'arrivait souvent pendant la journée de rêver d'elle, mais surtout de nous. C'est formidable d'avoir quelqu'un à qui rêver pendant la journée, même s'il s'agit d'une inconnue. Je ne sais pas pourquoi mais, quand je songeais à elle, mes pensées n'avaient jamais de point, juste des virgules. C'était un flux de mots et d'images dépourvus de toute ponctuation.

Elle me tenait compagnie. Et pourtant notre relation n'était faite que de sourires à peine esquissés et de petits regards muets.

Elle descendait deux arrêts avant moi. J'ai souvent été tenté de la suivre, pour en apprendre davantage à son sujet, mais je ne l'ai jamais fait. Je n'ai même pas eu le courage de m'asseoir à côté d'elle. Je me tenais à la bonne distance et choisissais ma place en fonction des sièges disponibles et de l'angle de vue. Jour après jour, j'ai entraîné mes yeux à regarder en biais. Parfois, ils me faisaient mal. Certains jours, une personne s'interposait entre nous, m'empêchant de la voir. Je ne la fixais pas durant tout le trajet. J'aimais simplement l'observer, me déconcentrer et poser ensuite à nouveau mon regard sur elle. Savoir qu'elle était là me rassurait. La meilleure place était celle qui se trouvait juste à côté de la porte de sortie. Si celle-ci était libre, une bonne journée s'annonçait car, quand la fille du tramway se levait pour descendre, elle était obligée de s'approcher de moi et elle me saluait toujours avec un sourire. Si je restais debout, c'était encore mieux : nous nous tenions alors l'un près de l'autre durant quelques secondes. Je la respirais. Elle était comme l'air de la montagne quand on ouvre la fenêtre au matin. Je la respirais de près sans pouvoir la toucher. Je me disais : *Un jour, peut-être...*

Une fois, il y a eu un bref contact : un matin, tandis que j'attendais que la porte s'ouvre, le tramway s'est arrêté brutalement. L'espace d'une seconde, son manteau et ma main se sont touchés. J'ai refermé délicatement mes doigts. Si ça n'avait dépendu que de moi, je l'aurais retenue pour toujours. Quelquefois, elle aussi me regardait quand elle était assise.

Il n'était pas rare que nos regards se croisent. Notre complicité était tacite, mais manifeste. J'ai parfois eu peur que les regards et les sourires qu'elle m'offrait ne soient seulement le fruit d'une bonne éducation.

Elle écrivait souvent dans un cahier orange à la couverture cartonnée.

Qui sait ce qu'elle écrit ? Qui sait si elle a déjà écrit quelque chose sur moi ? me demandais-je.

J'aimais la voir écrire. D'abord parce qu'elle devait retirer ses gants pour cela, et ensuite parce qu'on voyait qu'elle était totalement accaparée par cette activité. J'en étais jaloux. Quand elle écrivait, elle ne levait jamais la tête de son cahier, et la voir ainsi ailleurs me la rendait encore plus fascinante. J'aurais tant voulu faire partie de son monde.

Même quand elle lisait, elle ne se déconcentrait jamais. Elle chaussait ses lunettes qui lui allaient si bien. J'aimais l'observer tandis qu'elle passait un doigt sous la page de droite et qu'elle la soulevait pour la rabattre sur la précédente. C'était un geste naturel, mais il me ravissait, tant il était imprégné de délicatesse.

Parfois, elle enroulait une mèche de cheveux autour de son doigt, toujours l'index droit.

La fille du tramway était belle. J'aimais son visage, j'aimais ses cheveux lisses, sombres et abondants, son cou, ses poignets et ses mains. Elle ne portait qu'une fine alliance. Pas d'autre bague ni de bracelet. Mais ce qui m'attirait le plus chez elle, c'était ses yeux et ce qu'on y lisait quand on les rencontrait, ne fût-ce qu'un instant. Des yeux sombres, profonds, immanquables.

Peut-on tomber amoureux d'une personne qu'on ne connaît pas, qu'on voit seulement durant son trajet quotidien en tramway ? me demandais-je à l'époque. Je l'ignore encore aujourd'hui. J'étais amoureux. J'étais aimanté. Et je peux dire avec une certitude absolue que je me sentais lié à elle d'une telle manière qu'il m'était facile de suspecter le destin de se jouer de moi. De nous, plus exactement.

Un jour, je me suis approché de la fille du tramway, parce qu'il n'y avait pas de places libres, et je suis resté debout près d'elle, mais en lui tournant le dos. Ce matin-là, j'ai vu son regard dans le reflet de la vitre. Elle m'observait. Nous nous sommes rencontrés là, dans cette surface vitrée qui, par transparence, avait capturé nos images. Et, lorsque les reflets de nos visages se sont rencontrés, j'ai découvert qu'un regard reflété est beaucoup plus intime qu'un regard direct. Comme quand on se fait prendre à voler quelque chose. Comme si, en réalité, cette surface rendait transparente une volonté jusqu'alors silencieuse. Cette fois-là, dès qu'elle est descendue et que le tramway est reparti, j'ai tourné la tête pour la regarder. Elle a fait de même.

Deux fois par semaine, généralement le lundi et le jeudi, elle avait son sac de sport. *Je devrais faire ça moi aussi.* Amener mon sac au bureau, même si la salle de sport est tout près de chez moi, et y aller directement : ainsi, je pourrais m'entraîner plus souvent. Après le travail, j'ai l'habitude de repasser chez moi pour préparer mon sac et la perspective de devoir ressortir pour affronter la fatigue physique est trop pénible. Quand je rentre, je meurs de faim, je me mets à grignoter et je finis par me dire que j'irai à la salle de sport le lendemain. Ma relation avec mon sac de sport est étrange. Si je le prépare le soir, quand je le remplis, j'ai envie de m'allonger dedans et de m'endormir sur mon peignoir. Je devrais aussi apprendre à le vider dès mon retour. Souvent, j'oublie et j'y repense alors que je suis déjà au lit. J'imagine mon tee-shirt plein de sueur et le peignoir humide à côté du maillot que j'enfile quand je vais au sauna. Il faut alors que je me relève pour le ranger, parce qu'autrement je n'arrive pas à dormir tranquille. Si j'attends le lendemain, j'ai peur de retrouver mon sac plein de champignons.

La fille du tramway était plus courageuse que moi. Son sac l'accompagnait au travail.

Un matin, je me rappelle être monté et l'avoir vue pour la première fois les cheveux noués en queue-de-cheval. Ils étaient attachés haut derrière la tête et retombaient : c'est une des choses les plus féminines qui soient. Ça me fait perdre la tête. Son cou, ses oreilles, la ligne de sa mâchoire étaient bien dégagés. Je me rappelle avoir pensé : *Maintenant, je vais vers elle et je la regarde jusqu'à ce qu'elle se lève et que nous nous dévisagions l'un l'autre en silence, droit dans les yeux. Sans parler, nous exprimons ce que nous éprouvons. C'est un de ces regards qui retournent l'âme. Puis nous nous embrassons. Après quoi, je lui fais de petits baisers sur les yeux, le nez, les joues et le front, puis nos lèvres se joignent à nouveau. Tout le monde dans le tramway nous observe et des applaudissements interminables retentissent. On entend une musique, le train s'arrête et nous descendons, puis nous nous éloignons dans la ville. Générique de fin, les lumières s'allument et les gens sortent du cinéma, émus.*

Mais il ne s'est rien passé. Comme toujours, je me suis tenu à distance. Pas de musique, pas d'applaudissements, rien que les vitres embuées du tramway.

Pour elle, j'ai fait un tas de choses insensées. Un jour, après qu'elle est descendue, j'ai attendu quelques secondes et je me suis levé. Je me suis installé à sa place et j'ai mis ma main là où la sienne s'était posée quelques secondes plus tôt. Sa chaleur était encore présente. Ce jour-là, la regarder ne m'avait pas suffi. J'avais eu besoin de quelque chose de plus. Le toucher réclamait les mêmes droits que la vue. Pour cette raison, j'ai recherché une trace d'elle. Sa chaleur était intense à cet instant. J'ai eu envie d'effleurer une petite partie du monde qu'elle avait déjà touchée. Je voulais être le premier à y poser la main après elle. Il m'est arrivé d'appuyer sur le bouton « Arrêt demandé » pour cette seule raison. Tandis que je sentais sa chaleur, je me suis demandé : *Que sommes-nous ? Des amis, des complices, des compagnons de jeu, des amants platoniques ou de simples inconnus ?*

Un matin, en descendant précipitamment, elle a laissé tomber un gant juste devant moi. Il y avait peu de voyageurs et, comme d'habitude, ils étaient tous à moitié endormis. Personne ne s'en est aperçu. Personne ne m'a vu le ramasser. J'aurais dû le lui rendre, mais les portes du tramway s'étaient déjà refermées et puis, sans que je sache pourquoi, quelque chose m'a retenu. Peut-être que l'appeler aurait brisé le silence dans lequel je me complaisais. Peut-être n'en ai-je tout simplement pas eu le courage. J'ai gardé le gant. Il était en laine, couleur cerise. J'ai été chanceux. S'il avait été en cuir, il n'aurait pas retenu son odeur. Je l'ai reniflé toute la journée. J'ai eu peur que quelqu'un ne s'en rende compte et qu'il me prenne pour un maniaque. Je faisais ainsi des choses absurdes que je n'aurais jamais cru pouvoir faire. Si un ami m'avait raconté cet épisode, je l'aurais traité de fou et sans doute n'aurais-je pas compris un tel comportement. Mais cela m'arrivait, à moi, et je ne pouvais rien y faire. La fille du tramway échappait au contrôle que je m'imposais d'ordinaire. Quand j'ai raconté ça à Silvia, elle a ri, mais j'ignore si elle m'a pris ou non pour un dingue.

Silvia est ma meilleure amie. Elle sait tout de moi. La fille du tramway a souvent été le thème de nos soirées. La seule chose qu'elle m'ait reprochée, c'est d'avoir conservé le gant dans un sachet en plastique, comme ceux qu'on utilise dans *Les Experts*, pour conserver plus longtemps son odeur.

Tandis que je reniflais le gant, je me demandais : *Mais que fais-tu ?* Alors je le reposais, mais je ne parvenais pas à me le sortir de la tête et, quand je passais à côté, j'étais de nouveau soumis par la tentation, comme quelqu'un qui essaie d'arrêter de fumer. J'aurais peut-être dû écrire dessus : « Nuit gravement à la santé… mentale ! »

Finalement, j'ai arrêté. Pas de le renifler, non, mais de me sentir stupide. J'avais envie de le faire et je le faisais. Je jouissais de ce désir, point. Le lendemain, je l'ai emporté avec moi dans l'intention de le lui restituer. J'avais répété la scène mentalement. Le destin m'avait donné la possibilité de briser le silence grâce à une excuse valable et merveilleuse. J'allais entrer dans sa vie en lui offrant du bonheur grâce à un gant :

— Hé, j'ai retrouvé votre gant !

Ce matin-là, quand le tramway est arrivé, je l'ai vue. Je suis monté et je me suis assis. Tandis que je puisais en moi le courage de lui parler, je me suis dit que le gant était la seule chose que je possédais d'elle, et que je pourrais peut-être le garder encore quelques jours. C'est ce que j'ai fait.

Je me souviens que, durant ce trajet, elle m'a souri.

Puis, pendant à peu près deux semaines, elle a disparu. J'ignorais si elle était malade ou en vacances. Je craignais qu'elle n'ait changé de travail ou décidé de prendre sa voiture pour s'y rendre. Je ne parvenais pas à trouver le calme. Cette séparation m'angoissait. Mon sentiment d'impuissance aussi. Je ne pouvais pas la revoir ni la retrouver et je ne savais rien d'elle.

Je ne veux même pas parler de ces tristes matinées. Un jour, je l'ai revue, là, dans le tramway : je crois que je n'ai pas réussi à dissimuler ma joie. J'étais excité comme un bébé qui essaie d'attraper les papillons qui volettent au-dessus de son berceau. J'ignorais comment elle s'appelait, où elle travaillait, quel âge elle avait, si elle avait un fiancé ou un amant. Je ne savais même pas quel était son signe astral. Le signe astral des autres ne m'a jamais intéressé mais, avec elle, c'était différent : le matin, à la station de tramway, je prenais toujours un des journaux gratuits qui traînaient et je l'ouvrais à la page « Horoscope ». J'aurais aimé lire aussi le sien, juste comme ça, pour comprendre quel aurait été le matin propice pour lui adresser la parole. Je ne savais d'elle que deux choses : sans le vouloir, elle illuminait mes journées, et elle habitait peut-être à quelques arrêts du mien, et pas seulement dans mes pensées.

Un matin, après avoir fini d'écrire, elle s'est levée, s'est placée devant la sortie et, pour la première fois, elle ne m'a pas souri. Elle a fait comme si je n'étais pas là. Ça m'a troublé. Moi, le roi de la mauvaise conscience, j'ai commencé à me faire du cinéma. Et si quelqu'un m'avait vu ramasser le gant et le lui avait dit ? Je l'avais peut-être trop regardée et elle commençait à se lasser. Ou bien elle avait pensé que, le jour où nous nous étions frôlés, je l'avais touchée volontairement. Que j'en avais profité.

Ce bref contact lui a fait ressentir tout mon désir. Les femmes, on le sait, perçoivent immédiatement le désir des hommes. Elle avait peut-être pris peur.

Heureusement que je n'étais jamais allé lui parler. J'ai souvent été tenté de le faire. Mais je me suis abstenu. Ce n'était pas facile, parce qu'elle était attirante. Certains matins, quand je la regardais, mon âme oscillait : *J'y vais – j'y vais pas – j'y vais – j'y vais pas – j'y vais – j'y vais pas.*

Par chance, je n'y suis pas allé.

Tandis que j'essayais de m'expliquer son comportement, elle s'est tournée vers moi et m'a adressé la parole.

— Tu as le temps de prendre un café ?

— Pardon ?

— Ça te dit de prendre un café avant d'aller travailler ? Tu as le temps ?

— Oui, oui… Avec plaisir. Je descends avec toi.

Les portes du tramway se sont ouvertes et nous sommes descendus ensemble.

— Il y a un bar juste là. Michela, enchantée…

— Giacomo.

Pendant que je marchais, j'ai pensé que deux autres choses me plaisaient en elle : son prénom et sa voix.

J'aime les femmes entreprenantes, celles qui font le premier pas, même si, en réalité, elles me troublent un peu, car elles me volent mon rôle primaire d'homme en chasse.

En entrant dans le bar, je me suis effacé pour laisser passer une vieille femme.

— Je vous en prie, madame, et couvrez-vous, parce qu'il fait froid.

— Merci, vous êtes bien aimable.

Le bonheur vous rend gentil avec les gens.

Nous nous sommes assis pour boire un café. Nous étions un peu mal à l'aise. Je l'étais plus qu'elle.

— Si je t'ai proposé de boire un café, c'est parce que tu es en quelque sorte le compagnon de voyage de mes matinées et, vu que ma vie va changer au cours des prochains jours, j'ai enfin trouvé le courage de t'inviter.

Et merde ! ai-je pensé, terrorisé. *Elle doit se marier et je suis son café d'adieu au célibat. Ses amies lui ont sans doute dit : « Allez, vas-y, jette-toi à l'eau et propose-lui de boire un café. »*

— Tu as bien fait. J'étais tenté de le faire moi aussi, mais je ne voulais pas t'ennuyer. Déjà, l'autre jour, quand j'ai touché ton manteau, j'ai eu peur que ça t'énerve.

— Quand ?

— L'autre jour, le tramway s'est arrêté un peu brutalement et je t'ai touchée avec ma main. Je ne l'ai pas fait exprès, mais disons que je ne l'ai pas retirée et que l'idée de t'effleurer me plaisait.

— Je ne m'en suis même pas aperçue.

— Pourquoi dis-tu que ta vie va changer ? Tu dois te marier ?

— Non, je ne me marie pas. Je vais aller vivre à New York. J'ai changé de travail.

— Tu vas vivre à New York ?

— Oui. J'ai reçu la lettre de confirmation de la compagnie américaine pour laquelle je travaille et qui a accepté ma mutation à New York.

Tandis qu'elle me parlait, elle a sorti une lettre.

— Il y a trois semaines, je suis allée passer un entretien et ils m'ont dit que je faisais l'affaire. J'ai reçu leur réponse définitive il y a quelques jours. Je pensais que je serais recalée à cause de mon âge : j'ai trente-six ans, mais j'ai réussi.

— Donc tu ne prendras plus le tramway à partir de la fin du mois. Ça ne te manquera pas ?

— En un sens, oui, mais pas plus que ça. Je suis excitée à l'idée de donner un nouveau tournant à ma vie, et puis ça faisait un moment que je voulais aller vivre là-bas. Ce n'est pas ma première tentative.

— Tu t'en vas pour toujours ?

— Pas la moindre idée. Je verrai. Peut-être qu'après un mois j'en aurai marre et que je reviendrai. Je n'ai pas de projets définitifs. Je fais les choses comme je les sens et, ensuite, je m'organise en conséquence.

— Je te rencontre enfin et tu pars aussitôt ? Ce n'est vraiment pas de chance. Donc c'est notre café d'adieux ?

— Plus ou moins… Excuse-moi, je t'abandonne deux minutes.

Cela m'avait troublé. Elle me manquait déjà. J'imaginais le tramway sans Michela.

Durant tout ce moment au bar, je n'ai pratiquement rien réussi à lui dire, pas même que son gant était chez

moi. J'aurais voulu lui demander son numéro de téléphone, son e-mail, mais le courage m'a manqué. Elle
m'avait invité à boire un café avant son départ, comme
si elle voulait clore, avec moi, une phase de sa vie :
quand on comprend qu'il est trop tard, on ferait tout
pour revenir en arrière. En réalité, j'ai toujours peur de
déranger. Comme lorsque j'étais enfant, chez les gens,
quand on m'offrait un verre d'eau, je répondais « Non,
merci » même si j'avais soif. Quand quelqu'un me pro-
posait quelque chose, j'avais déjà refusé avant qu'il ait
fini sa phrase. Dans la vie, j'ai toujours eu peur d'être
un poids, un boulet. Ça a toujours été mon problème,
même à l'âge adulte. Au début, avec ma femme de
ménage, je faisais une chose absurde : le jour où elle
venait, je faisais du rangement avant de sortir de chez
moi. Histoire qu'elle ne voie pas le massacre. Par
courtoisie.

Je n'avais pas demandé à Michela son numéro de
téléphone, car je ne voulais pas être envahissant ni la
mettre dans l'embarras en l'obligeant à me le donner
seulement par politesse. Du reste, ce café était une fin
en soi. Je faisais partie de son ancienne vie, la vie dont
elle était en train de s'évader. Pourquoi aurais-je dû lui
demander ses coordonnées ? Nous n'étions pas amis et
son départ n'était pas exactement la meilleure occasion
d'entamer une relation sentimentale. Ce café n'était pas
le début de quelque chose, mais plutôt la fin. Je ne parvenais pas à lui demander quoi que ce soit. Pendant que
je restais assis à l'attendre et que je ruminais ma décep-
tion, mon regard s'est posé sur la lettre de la
compagnie américaine qu'elle avait laissée sur la table.
Dessus, il y avait son adresse. J'ai songé à la recopier.
Pourquoi ? Parce que j'avais l'impression que c'était
vraiment dommage de la laisser s'en aller comme ça,

sans rien savoir d'elle. *Note l'adresse*, répétait une voix au fond de moi. *Lis-la, au moins.*

Arrête un peu ! Je suis un garçon bien élevé.

Je l'ai fait. J'ai lu l'adresse et je l'ai répétée plusieurs fois dans ma tête pour ne pas l'oublier. Puis je me suis levé et je suis allé payer à la caisse.

— Excusez-moi… Auriez-vous un papier et un crayon, s'il vous plaît ?

La fille derrière le bar m'a donné tout cela mais, au moment où je m'apprêtais à écrire, j'ai vu Michela qui revenait et j'ai dit :

— Je n'en ai plus besoin, merci.

Je suis revenu à la table et nous nous sommes assis à nouveau, puis je l'ai regardée.

— Écoute, j'étais en train de me dire que je regrettais ton départ. Je sais… Ça n'a aucun sens, vu que je te connais à peine, mais c'est comme ça.

Les mots étaient sortis tout seuls. Je n'avais pas eu besoin de trouver du courage au fond de moi pour les prononcer. Je ne les avais même pas pensés avant. Comme elle, je les écoutais pendant que je les prononçais. Elle m'a regardé droit dans les yeux et, durant quelques secondes, elle m'a fixé sans bouger, en silence. Elle semblait émue et ces paroles lui avaient certainement fait plaisir, car son visage s'est éclairé d'un merveilleux sourire qui m'a donné la chair de poule. Mais peut-être avais-je seulement froid, car un homme était entré dans le bar en laissant la porte ouverte.

— Alors… Quand pars-tu ?

— Demain après-midi. Mon avion décolle à 16 heures.

— Tu as déjà préparé tes bagages ?

— En partie. Je finirai cette nuit et demain matin. Mes amies et mes collègues de travail ont organisé une fête pour mon départ. J'espère que je serai encore en état de faire mes valises en rentrant. Tu veux venir ? Ce n'est rien d'extraordinaire. On sera une quinzaine.

— Je te remercie, mais j'ai déjà prévu quelque chose. Alors, demain, tu ne prendras pas le tramway ?

— Non, c'était la dernière fois aujourd'hui.

— Ah !

— Eh bien, merci pour le café. Je dois y aller. Toi aussi, non ?

Nous nous sommes dit au revoir et nous sommes donné deux bises de circonstance sur la joue. *Quel doux parfum !*

— Salut, alors. Et bon voyage.

— Merci. Salut.

Tout en m'éloignant, je répétais dans ma tête l'adresse comme un mantra. Au coin de la rue, j'ai rencontré Dante, qui était avec moi au lycée et que je n'avais pas vu depuis des années. Il m'a bombardé de questions sur moi et nos camarades de classe. Il a ensuite commencé à me parler de lui. Il venait de divorcer et il m'a dit qu'il avait un enfant. Il m'a raconté tout ce que son fils apprenait à l'école.

Tandis qu'il me faisait le résumé de sa vie, je répétais l'adresse dans ma tête à la manière d'un moine bouddhiste.

Ensuite, il m'a donné son numéro de téléphone et m'a demandé :

— Tu ne remarques rien ?

— Quoi ?

— Jette un coup d'œil à mon numéro… Tu ne vois rien de spécial ?

— Non.

— C'est un palindrome.

— Pardon ?

— Un palindrome. Mon numéro de téléphone est un palindrome : on peut le lire à l'envers, comme Adda, Anna ou Otto, tu vois… C'est plus facile de s'en souvenir. Tu n'as qu'à mémoriser les cinq premiers chiffres.

Je lui ai donné mon numéro – un numéro normal –, et nous nous sommes dit au revoir.

Après l'avoir quitté, j'ai eu une idée pour sauvegarder l'adresse de Michela sur mon portable. Je l'ai tapée et je l'ai envoyée à Silvia. J'aurais aussi pu l'enregistrer dans le dossier « messages sauvegardés », mais je n'y ai pas pensé. Deux minutes plus tard, Silvia m'a appelé.

— C'est quoi, ce message ?

— La fille du tramway. Je lui ai parlé aujourd'hui. Nous avons pris un café ensemble.

— Tu as enfin eu le courage de l'inviter.

— Pour tout te dire, je viens d'apprendre qu'elle va vivre à New York à partir de demain. Je t'ai envoyé l'adresse de son nouveau bureau. Je ne savais pas sur quoi l'écrire. Note-la quelque part et tu me la redonneras. On se voit ce soir ?

— Je ne peux pas, ce soir. Demain ?

— Demain.

Je suis allé travailler. Pendant que je marchais, j'ai reçu un message de Silvia.

Elle me renvoyait l'adresse de Michela. Elle est vraiment intelligente, ou bien c'est moi qui suis stupide.

Quoi qu'il en soit, j'allais pouvoir l'écrire quelque part dès que j'arriverais au travail.

C'est ce que j'ai fait.

2

Les « achats pas achetés »

Le soir où Michela a fait sa soirée d'adieux, Silvia n'était pas avec moi pour me remonter le moral. « C'est *le* jour », m'avait-elle dit. « *Le* jour » est le premier jour de ses règles et, comme Silvia a un utérus à l'envers, elle doit souvent rester au lit à cause de la douleur.

Mon histoire avec la fascinante femme du tramway était déjà terminée. J'avais certes volé l'adresse de son nouveau bureau à New York, mais je savais déjà comment les choses allaient se passer. Cette adresse serait un peu moins intéressante chaque jour et cette aventure se terminerait de la même manière que beaucoup de mes fantasmes.

Avant ce café, elle avait occupé mes pensées durant des jours et des jours, et je l'avais idéalisée. L'idée que je m'en étais faite ne lui correspondait pas vraiment, et pourtant elle m'avait plu. Durant notre brève rencontre au bar, elle ne m'avait pas déçu et n'avait pas non plus détruit mes rêves. J'avais même éprouvé une grande émotion quand elle m'avait regardé droit dans les yeux l'espace de quelques secondes.

Michela me plaisait. Elle me plaisait plus qu'avant. *Dommage*...

J'avais été vraiment stupide de ne pas avoir accepté son invitation à la fête. J'avais menti : je n'étais pas pris. J'avais même songé à la rattraper pour lui dire que j'avais changé d'avis, que j'irais à la soirée, mais il était trop tard. Et puis j'avais rencontré Dante.

Son souvenir a alors commencé à m'obséder. Le fait qu'elle parte, qu'elle m'ait invité à sa fête, les expressions de son visage quand elle me parlait, le son de sa voix, habitaient mes pensées.

Ce soir-là, après le travail, je suis allé au centre commercial. Quand je suis stressé ou que je dois réfléchir, il y a deux choses qui me font du bien : me promener en ville, et aller dans un supermarché, le plus grand possible, pour faire mes « non-achats ». Je remplis mon Caddy avec des produits que j'aimerais m'offrir. Ça me fait du bien. Je me balade dans le magasin avec mon chariot et je le remplis : planches de bois, scies circulaires, cannes à pêche, roues de vélo, tentes de camping, appareils électroménagers, pots de peinture, aliments, combinaisons de cyclisme, rollers. Quand je suis repu, j'abandonne tout et je m'en vais. Pouvoir mettre dans le Caddy toutes ces belles choses qui sentent encore le neuf me procure un plaisir intense. Et puis les articles de papeterie, gommes-cahiers-crayons-feutres-trousses, me rappellent les jours qui précèdent la rentrée.

Jusqu'à ce que j'arrive près des caisses, tous ces objets sont à moi. Je les possède. J'éprouve une véritable sensation de plénitude. Je prends mon pied. Ça me détend. Au bonheur de la possession, s'ajoute la satisfaction d'avoir économisé beaucoup d'argent en n'achetant pas ces articles.

Ce soir-là, je n'ai « pas acheté » non plus une bâche pour mon scooter, une raquette de tennis, deux boîtes de balles et un vélo d'enfant à roulettes.

Au rayon enfants, une femme sublime était en train d'acheter des jouets pour son fils et, pour engager la conversation, je me suis inventé une fille à laquelle je voulais faire une surprise. C'est elle qui m'a conseillé le vélo.

Si j'avais été aussi désinhibé et détendu avec Michela qu'avec cette mère de famille, je me serais amusé à une fête plutôt que de parcourir en vain les rayons d'un supermarché.

Un autre de mes plaisirs consiste à me promener devant les caisses avant de faire les courses pour chercher la caissière la plus mignonne. Je ne suis jamais allé à la caisse où il y avait le moins de monde, mais à celle où la fille était la plus jolie. Une seule fois, j'ai contrevenu à cette habitude et préféré être servi par un homme : à la pharmacie, un jour où je devais acheter des médicaments contre la constipation.

Il a dit, à voix haute :

— Vous désireeeez ?

Il m'a pris de court et je me suis senti honteux.

— Vous avez quelque chose pour dégager les intestins… euh… de mon fils ?

— Tenez… Un lavement à faible volume.

— Parfait.

Quand je l'ai vu, j'ai compris qu'il était trop petit et qu'il ne m'aurait rien fait.

— Écoutez… Maintenant que j'y pense, j'en voudrais un autre pour mon père. Lui aussi…

— Je peux vous donner un sirop laxatif.

— Très bien.

La vieille femme qui se trouvait à côté de moi s'est mêlée à la conversation :

— Le sirop, ça ne marche pas. Je les ai tous essayés, vous pouvez me croire. Un bon lavement, il n'y a rien de tel. Avec ça, vous pouvez partir tranquille. Et si ça ne vous fait aucun effet, je vous conseille les suppositoires effervescents. Ma sœur en prend, c'est formidable !

Alors que j'avais tenté d'être discret, voilà que je m'étais retrouvé pris au beau milieu d'une discussion sur les poires de lavement, les laxatifs et les suppositoires ! Quand, finalement, le pharmacien m'a tendu le lavement, il m'a dit, en me contemplant comme s'il avait parfaitement compris qu'en réalité il était pour moi :

— Voilà… Pour votre grand-père, n'oubliez pas de le lui donner.

Après mes « non-courses » au supermarché, je suis sorti et j'ai fait une longue promenade. Double dose de vices. J'arpentais les rues et j'imaginais Michela à la fête. Je la voyais rire et plaisanter, embrasser ses amies en larmes. À cette fête, il manquait juste un empoté. Il n'était pas là, car il errait en ville.

Une fois revenu chez moi, j'ai pensé un peu à elle, le front appuyé contre la fenêtre qui s'embuait à cause de mon souffle. On aurait dit un cœur qui battait. Ce soir-là, je me suis endormi si tard que, le matin suivant, la batterie de mon téléphone portable n'était même pas complètement chargée. Je l'ai allumé et j'ai constaté que je n'avais reçu aucun message.

Quand je me couche alors que la nuit est très avancée, je ressens déjà la fatigue du lendemain. Je sais qu'après déjeuner je passerai toute la journée en quête de café.

Le lendemain, en montant dans le tramway, j'ai compris à quel point j'étais triste. Mon regard ne savait pas où se poser. Il voletait comme un oiseau cherchant une branche. Et même les matins suivants, durant mon trajet, j'éprouvais une sensation d'inquiétude.

Elle était l'émotion de ma journée.

Durant la pause déjeuner, j'ai songé à me précipiter à l'aéroport pour la saluer une dernière fois, peut-être avec l'excuse du gant. Je pouvais lui dire que c'était moi qui l'avais ramassé et que j'avais oublié de le lui rendre. Mais surtout que je regrettais de ne pas lui avoir demandé son e-mail ou ses coordonnées à New York. J'ai décidé d'aller la rejoindre pour réparer cette erreur. Je suis repassé chez moi pour prendre le gant et je me suis hâté jusqu'à l'aéroport. Quand je suis arrivé, elle était sans doute déjà dans la zone d'embarquement. Je l'avais ratée.

Puis, j'ai constaté que son vol était retardé de cinquante minutes. J'ai songé à acheter un billet et à partir avec elle. Maintenant qu'elle était sur le point de décoller, j'aurais fait tout ce qui était en mon pouvoir pour la revoir alors que, jusqu'à la veille, je n'avais pas bougé d'un millimètre. C'est ce qui se passe quand on se fait larguer par sa copine et qu'on se réveille prêt à tout pour la reconquérir. D'habitude, c'est trop tard. Je suis resté debout face au tableau d'affichage pendant plusieurs minutes, comme si cet avion était en train d'emporter une partie de moi. J'avais en bouche le goût amer d'une occasion manquée. Tandis que je quittais l'aéroport, je l'ai vue : elle était assise au bar. Un airbag s'est gonflé dans mon cœur. J'ai explosé de joie. Je l'ai regardée pendant quelques secondes avant d'avancer dans sa direction. Quand je suis arrivé à une dizaine de mètres de Michela, un homme à peu près de mon âge a surgi, un café dans chaque main. J'ai juste eu le temps de bifurquer à toute vitesse sur la droite. J'ai entendu à l'intérieur de moi-même comme un crissement d'ongles sur un tableau noir. Je me suis enfui sans me retourner, de peur qu'elle ne me voie. Quand j'ai été suffisamment loin, j'ai jeté un regard sur le couple. Ils riaient. Je ne savais pas quoi faire. L'attendre, la saluer comme si je passais par hasard, ou m'en aller ?

J'étais triste.

Je suis sorti de l'aéroport et je me suis rendu directement dans un énorme centre commercial. Je n'ai « pas acheté » trois chariots de trucs, puis j'ai appelé Silvia :

— Elle ne part pas seule. Elle est avec quelqu'un.

3

Silvia

Il y a quelques années, Silvia et moi nous sommes fait une promesse : « Si, au cours des cinq ans qui viennent, nous ne rencontrons pas l'amour de notre vie, nous ferons un enfant ensemble. »

À peu près trois ans après cette promesse, Silvia a rencontré Carlo. Ils se sont mariés et c'est avec lui qu'elle a eu sa fille, Margherita. Même après son mariage, notre amitié est restée intacte. Au début, Carlo était un peu jaloux (je crois que c'est normal) et puis, avec le temps, il a compris notre relation et les choses se sont apaisées. C'est merveilleux d'avoir une femme comme meilleur ami. Ça change. Parfois en mieux, parfois en pire. Par exemple, quand on sort avec un ami et qu'on croise une fille à qui on plaît, on peut le quitter sans problème et s'en aller avec elle. Il suffit de lui dire : « Je te raconterai demain. » Il ne s'offusquera pas. Avec *une* amie, c'est complètement différent. La laisser tomber pour une autre fille n'est pas simple. C'est la même chose quand elles sont entre elles. Combien de fois, lorsqu'on propose à une fille qu'on vient de rencontrer de la raccompagner, entend-on cette réponse : « J'adorerais, mais je ne peux pas laisser ma copine » ? Entre hommes, l'ami abandonné ne dirait jamais ça. Au pire, il ajouterait : « Tire un coup pour moi. »

Un jour, Silvia m'a demandé ce que je pensais de Carlo et j'ai répondu que, s'il lui plaisait, alors j'étais content. En fait, il ne m'a jamais beaucoup plu. D'ailleurs, je ne l'ai jamais vu comme quelqu'un avec qui elle pourrait donner le meilleur d'elle-même. J'ai bien essayé de devenir ami avec lui. Nous sommes allés ensemble au foot une ou deux fois, mais ça n'a jamais vraiment collé entre nous. Je suis donc resté l'ami de Silvia. Ce n'est pas si difficile que ça à gérer : Carlo travaille beaucoup et est souvent absent. Il se consacre tout entier à son travail. Son entreprise de tissus l'amène à voyager à l'étranger plusieurs jours par mois. Silvia l'aide un peu au bureau, mais elle joue surtout son rôle de mère. Carlo a insisté pour qu'elle cesse de travailler et qu'elle s'occupe de sa fille.

Carlo aime montrer qu'il a de l'argent. Il n'a pas de portefeuille et serre ses billets dans une petite pince. Quand il doit payer quelque chose, il lui faut d'abord ôter les gros billets placés à l'extérieur pour réussir à attraper ceux dont il a besoin.

Il a autant de montres que d'heures qui passent. Et un paquet de lunettes de soleil. Et puis des costumes, des vestes et des accessoires divers, en plus de ses voitures, bien entendu. Il possède aussi un bateau – un hors-bord pour être précis. C'est typique des gens qui s'intéressent plus au fait d'arriver qu'au voyage en lui-même.

Comme je sais que ça lui fait plaisir quand on remarque ses affaires, je lui adresse toujours des compliments sur ce qu'il porte. C'est sa manière de se faire apprécier. Je m'amuse ainsi à me moquer un peu de lui.

— Super, ta montre ! Super, tes lunettes ! Super, ta voiture !

Ce qui m'étonne toujours, c'est qu'il ne manque jamais de me remercier.

— Super, tes lunettes de soleil, Carlo !

— Oh ! merci.

Je n'ai jamais compris pourquoi certaines personnes remercient pour ce genre de compliment. J'ai envie de lui rétorquer :

— Ce n'est pas toi qui les as dessinées, ces lunettes ! De quoi me remercies-tu ?

Silvia et moi rions de tout cela. Il n'y a aucune méchanceté là-dedans. Silvia est pour moi comme un fil pour un funambule : quand je suis heureux, je danse dessus avec une ombrelle colorée et, quand je suis triste, je m'y agrippe.

Nous sommes sortis ensemble quelque temps, juste après notre rencontre, mais nous ne valions pas grand-chose en tant que couple. En revanche, nous sommes devenus de grands amis. Silvia et moi sommes la preuve que l'amitié entre hommes et femmes existe. Après avoir fait l'amour, quand même. En réalité, je crois que nous serions tout aussi bien parvenus à nouer de tels liens sans l'avoir fait mais, comme ça, tout est plus clair. Nous savons qu'entre elle et moi ce type de relation ne marche pas. Comme amis, en revanche, nous nous défendons pas mal. J'aime Silvia.

Être avec elle n'était pas mal du tout. Le seul problème, c'était que nous nous ressemblions trop : nous étions comme deux prises mâles qui ne peuvent pas s'imbriquer l'une dans l'autre.

Il y a trois ans, malgré tout, elle aurait pu être la mère de mes enfants et moi le père des siens. Les parents des nôtres, en somme.

Je l'ai rencontrée dans un bar. Mignonne, les cheveux longs, pas très grande, mais dotée d'un merveilleux sourire. Tout le monde la trouvait sympathique et, dès qu'elle finissait de parler, ses amies éclataient de rire. J'étais pour ma part en compagnie de Silvio, super-maqué, et de Luciano, qui a des goûts différents. Disons que dans un petit groupe de personnes, Luciano jette son dévolu sur le mâle. Mon choix s'est porté d'emblée sur Silvia. Il faut dire que ses amies n'étaient pas très belles. En les voyant, Luciano a dit :

— Va savoir qui a grillé la priorité : elles ou le tramway ?

J'ai attaqué tout de suite :

— Excuse-moi de t'ennuyer. C'est mon anniversaire aujourd'hui et j'aimerais trinquer avec toi. J'espère que ça ne te dérange pas.

Silvia a regardé ses amies. Elles ont souri. Elle avait probablement besoin de leur accord. Quoi qu'il en soit, elle a levé son verre et elle a trinqué avec moi.

— Quel âge as-tu ?

— On ne demande pas ce genre de chose, ai-je répondu sur le ton de la plaisanterie. Trente ans tout juste.

Ce furent là les premiers mots que j'ai échangés avec Silvia.

Ce soir-là, nous avons beaucoup discuté. J'avais commencé mon numéro habituel de drague, mais plus je parlais et plus je cessais d'être Giacomo « le conquérant » pour devenir Giacomo « le sincère-qui-espère-plaire-pour-ce-qu'il-est ».

On voyait tout de suite que c'était une fille intelligente et, après quelques minutes, je me suis senti stupide, au point de reconnaître :

— Ce n'est pas mon anniversaire aujourd'hui. C'est un stratagème que j'utilise pour draguer. Pour rompre la glace. Tu es fâchée ?

— Non… Tu as bien fait, si ça t'a servi à vaincre ta timidité. Et puis je préfère savoir dès à présent que tu es un abruti.

— Je ne suis pas timide.

— On vérifiera ça plus tard.

Elle était très directe, très claire. C'est une des raisons pour lesquelles, après que nous avons fait l'amour plusieurs fois, elle n'a pas perdu son temps quand elle a compris que l'étincelle n'avait pas pris. Elle m'a dit que je lui plaisais, qu'elle comprenait qu'elle me plaisait également, mais que nous n'étions pas faits pour être ensemble.

Je le pensais moi aussi, mais jamais je n'aurais eu le courage de le lui avouer. Si ça n'avait tenu qu'à moi, j'aurais fait comme si de rien n'était et j'aurais disparu peu à peu, comme toujours. Et j'aurais perdu une personne merveilleuse.

Je ne sais pas si l'habitude de ne rien dire, même quand il est évident que ça ne va pas, est très répandue chez les hommes. Ce dont je suis sûr, c'est que ce type de comportement était solidement ancré en moi. J'ai toujours été très doué pour faire semblant que tout va bien.

Quelque temps après le départ de Michela, je suis allé dîner chez Silvia. Nous avons mangé tous les trois, Silvia, Margherita et moi. Ensuite, j'ai couché la petite.

Elle ne voulait pas aller au lit mais, après avoir pleuré un peu, elle s'est endormie.

Silvia et moi nous sommes installés sur le canapé et avons longuement discuté. Ça a été une belle soirée. Avec elle, il y en avait beaucoup, des belles soirées. Avant de lui raconter en détail ce que j'avais vu à l'aéroport, nous avons parlé d'elle et de Carlo.

— L'autre soir, on a été invités à dîner. En plus de nos amis habituels, il y avait aussi Patrizia et Pietro.

— Patrizia et Pietro ?

— Oui… Tu sais, Pietro, l'ami d'Alessandro, celui avec lequel il va jouer au tennis.

— D'accord, je vois. Comment ça se fait qu'ils étaient là ?

— Parce que Patrizia est amie avec la femme de Giorgio.

— Giorgio comment ? Remarque, on s'en fiche. Pourquoi est-ce que tu me racontes ça ?

— Pendant cette soirée, elle l'embrassait, elle le prenait par la main, elle l'appelait « mon amour »… Et je me suis sentie très jalouse. Ils avaient ce dont j'ai toujours rêvé, mais que je n'ai pas réussi à obtenir. Mon mariage est un ratage total.

À ce moment-là, son couple était en crise. À vrai dire, il l'était déjà depuis longtemps. Durant l'année et demie qui venait de s'écouler, Silvia avait essayé par tous les moyens de sauver son mariage, mais elle avait désormais compris qu'il n'y avait plus rien à faire. Elle avait attendu en silence, pour voir s'il s'agissait seulement d'une crise passagère. Elle avait essayé plusieurs fois d'aborder le sujet avec Carlo et de jouer cartes sur table, mais il minimisait toujours les problèmes et prétendait que tout allait bien, qu'il ne fallait pas s'inquiéter si les choses avaient un peu changé entre eux. Rien de plus normal : tous les couples passaient par là.

— As-tu essayé de remettre la question sur le tapis récemment ?

Je connaissais déjà la réponse. Silvia n'est pas quelqu'un qui garde les choses pour elle afin de préserver la paix du ménage.

— Souvent, mais il réagit à chaque fois de manière tellement absurde qu'il me déconcerte. Je ne peux plus continuer comme ça. Nous en avons encore parlé l'autre jour et puis le lendemain matin, et il a fait comme si de rien n'était. C'est un mur en caoutchouc. Je sais bien qu'il pense que je me défoule et qu'il ne me prend pas au sérieux mais, pour la première fois, j'ai réussi à lui dire tout ce que j'avais sur le cœur. Je lui ai même expliqué clairement que je ne l'aimais plus et que, si j'étais toujours avec lui, c'était seulement pour Margherita.

— Et lui, il en pense quoi ?

— Il dit qu'il m'aime encore et que c'est normal que nous vivions ce genre de truc. D'abord il n'arrête pas de me rabaisser et de critiquer tout ce que je fais, et ensuite il me dit qu'il m'aime. D'un extrême à l'autre.

— Quand il te rabaisse, je suis sûr que c'est parce qu'il est petit et qu'il a besoin de ramener les autres à sa hauteur.

— L'autre jour, il s'est même avancé pour m'embrasser et je l'ai repoussé. Tu le sais, Giacomo, je te l'ai déjà dit, mais ça fait huit mois que nous n'avons pas fait l'amour. Je n'y arrive pas. Je ne l'aime plus et je sens que je n'arriverai plus à l'aimer. Je déteste quand il me dit que tout va bien. Je le déteste, lui. Quand il voyage pour son travail, je suis contente. Je suis contente de rester à la maison sans lui. Dès qu'il m'annonce qu'il doit partir, je me précipite sur le calendrier pour le noter. Je me couche bien plus paisiblement si je sais que je vais passer la nuit seule.

— Tu penses pouvoir vivre avec lui encore combien de temps ?

— Je n'en sais rien. Ce n'est pas facile de le quitter. Margherita est amoureuse de son père. Elle l'adore et je n'ai pas le courage de les séparer. Comment puis-je l'empêcher de se réveiller à côté de son papa ? Quelles sont mes possibilités ? Je m'en vais et je la lui laisse ? Impossible. Je me sentirais trop égoïste. C'est un pas que je n'ai jamais réussi à franchir, parce que j'ai peur que ma fille me haïsse d'avoir pris cette décision. Elle est toute ma vie. Je préfère encore supporter cette relation qui ne marche plus. J'ai toujours eu l'impression que, de ces deux maux, c'était le moindre. Pourtant, ces derniers temps, je n'en suis plus si sûre. Je ne m'en sens plus capable.

— Silvia, je crois que le moment est venu. Ça fait maintenant plus d'un an que nous en parlons. Tout ce temps, tu as fait le maximum pour sauver ton mariage. Je ne sais pas où tu puises toute cette force. Tu restes avec un homme qui ne t'écoute pas et qui, probablement, ne s'écoute pas lui-même. La situation lui convient. Depuis que tu es avec lui et depuis que Margherita est née, ta vie a complètement changé. De son côté à lui, qu'est-ce qui a changé ? Peut-être quelques trucs sur le plan financier, mais il a continué à faire ses petites affaires comme avant. Point. Jusqu'à aujourd'hui, ça a marché parce que tu as toujours tout accepté. Parce que tu désirais fonder une famille, tu t'es effacée. Tu assumes toutes les charges, pourquoi devrait-il te laisser partir ? Les problèmes ont commencé entre vous quand tu lui as réclamé davantage d'attention pour sa fille et pas seulement pour toi. Tout ça lui déplaît. La dernière fois que tu le lui as demandé, il t'a offert cette montre. C'est sa manière à lui d'être présent. Prends tout le temps qu'il te faut pour partir sans te sentir coupable, mais fais-le. Je pense que ça vaut mieux aussi pour Margherita. Je ne crois pas que voir sa mère malheureuse soit une bonne chose pour elle. Et n'imagine pas qu'elle ne s'en aperçoive pas. Les enfants ressentent tout.

— Tu as raison. Tu sais ce qu'elle m'a dit l'autre jour, quand je l'ai mise au lit ? « Maman, pourquoi est-ce que tu ne ris plus ? » J'ai réussi à me retenir jusqu'à la porte de la chambre et j'ai éclaté en sanglots. Je n'ai pas arrêté de pleurer ces derniers mois. J'ai même commencé à avoir des crises d'angoisse. Je me réveille la nuit et je n'arrive plus à me rendormir. J'ai du mal à respirer. Ça ne m'était jamais arrivé. Margherita est la seule chose qui me donne la force de continuer ainsi. Un mot de sa part, un câlin me comblent. Il suffit qu'elle me dise « Maman, je t'aime » pour que mon cœur se déchire.

Les yeux de Silvia étaient humectés de larmes.

— Je suis à bout, Giacomo, vraiment. Je suis épuisée.

Nous nous sommes enlacés et elle a pleuré. Pour dédramatiser un peu les choses, je lui ai demandé en riant comment elle faisait pour lui dire non quand il voulait faire l'amour.

— Après tout ce temps, il n'essaie même plus. La dernière fois, je n'avais vraiment pas envie et j'ai eu mal. J'ai essayé de faire en sorte que ça se termine le plus vite possible. Changeons de sujet, s'il te plaît… Parlons de Michela. Je n'aurais jamais pensé que tu puisses aller jusqu'à l'aéroport pour elle. Quoi qu'il en soit, tu as bien fait. J'ai pensé à un truc : l'homme qui était avec elle était peut-être l'un de ses collègues.

— Non, non… Il était trop affectueux. Il l'a embrassée sur le front avant de se rasseoir.

— Sur le front et pas sur la bouche. Qu'est-ce que tu vas faire ? Laisser les choses se terminer ainsi ?

— Selon toi, quelle est la meilleure solution ?

— Voilà des semaines que je te dis de l'inviter à boire un verre et tu ne l'as jamais fait. Maintenant qu'elle est partie, quand tu montes dans le tramway, tu regrettes. Tu passes tes journées à penser à elle. Tu pourrais peut-être essayer de comprendre pourquoi elle te fait cet effet. Ce n'est quand même pas la seule femme qui t'ait adressé la parole. Il y a bien une raison pour laquelle tu es à ce point obnubilé. Tu ne dois pas renoncer tout de suite. Ça fait maintenant deux mois qu'on en discute.

— Que veux-tu que je fasse ? Que j'aille à New York sans me soucier de son fiancé et que je lui dise qu'elle me manque ?

— Tu as bien essayé de donner du sens à toute cette histoire, non ?

— Tu sais ce qui m'attache à elle ? J'ai tout de suite eu l'impression que nous nous plaisions, même quand nous nous contentions de nous regarder. Et puis, dans ce bar, elle m'a semblé émue, elle aussi. Après, je me dis que c'est mon imagination, que je suis en train de délirer. Je ne l'ai jamais abordée par peur de devenir comme tous ceux qui pensent que, dès qu'une fille leur sourit, elle est partante. En fin de compte, une femme finit par ne plus sourire à personne. À l'inverse, ces regards, ces silences, ces attentions et cette rencontre au bar ont été si beaux que j'ai peur de tout rendre banal. C'est comme si nous nous étions rencontrés dans la porte à tambour d'un hôtel. Nous nous sommes dit bonjour, avant de repartir dans des directions opposées. Tu penses que les relations dépendent du moment où on rencontre les gens ?

— Je crois vraiment que oui. Aujourd'hui, quelqu'un comme mon mari ne réussirait même pas à m'emmener manger une glace.

— Mais si ces sensations étaient seulement le fruit de mon imagination, du cinéma que je me fais, j'aurais l'air de quoi en me présentant devant elle ? Je devrais trouver son numéro de téléphone, l'appeler et lui demander de m'envoyer la bobine de son film mental pour voir s'il ressemble au mien ? « Allô, Michela ? Écoute, voilà... Ça te dirait qu'on échange les bobines pour voir si les films qu'on est en train de regarder et de vivre sont un peu ressemblants ou complètement différents ? » Ça va peut-être te sembler bizarre, parce qu'au fond je ne sais même pas qui elle est, mais ça m'a vraiment fait de la peine quand j'ai su qu'elle partait. Quand je l'ai vue le lendemain à l'aéroport avec cet homme, c'est comme si j'avais découvert ma femme au lit avec quelqu'un d'autre. Je suis trop fragile de ce point de vue.

— Je le sais. Je te connais. Mais, un jour ou l'autre, il faut affronter ses problèmes. Tu ne peux pas continuer à fuir comme ça.

— Et qu'est-ce que je suis censé fuir ?

— Ta fragilité. Quand tu la vois, tu prends peur.

— Qu'est-ce que je peux y faire ?

— Au fil du temps, surtout avec les femmes, tu t'es construit un mur. Je le vois bien. C'était pareil avec moi et tu as fini par devenir ce mur. Un mur qu'on peut longer, mais pas escalader.

— La difficulté, c'est peut-être que je ne demande rien à personne, mais que j'ai besoin de tout le monde. J'ai toujours essayé de ne pas décevoir les autres, de ne pas être un poids ou un souci. J'ai grandi en me confrontant aux attentes de ma mère.

— Tu es l'une des personnes les plus merveilleuses que je connaisse. Tu es loyal et, pour moi, ça vaut plus que tout au monde. Je suis curieuse de savoir comment tu grandiras. Comment nous grandirons. J'essaie d'imaginer comment tu seras dans quelques années.

— Et comment tu me vois ?

— Eh bien, ça m'amuse beaucoup qu'à ton âge tu sois toujours aussi mal organisé. Ton frigo est tout le temps vide. Tu n'as toujours pas accroché tes tableaux. Souvent, tu ne sais même plus où tu as garé ta voiture. Tu es bordélique, souvent flemmard et, ces derniers temps, distrait.

— C'est une réaction naturelle à l'obsession de ma mère pour le rangement.

— Tu es quelqu'un qui cherche encore la femme avec laquelle il sortira le soir en épluchant le répertoire de son téléphone portable. Mais tu n'es pas comme tout le monde. Tu es curieux, créatif. Tu as voyagé. Tu as appris tôt à te débrouiller. Tu es un homme en marche. La seule chose que tu n'as pas encore réussi à résoudre, c'est ta relation aux autres. J'ai appris à rester à bonne distance, sinon tu me fuirais moi aussi. Mais il a fallu longtemps pour que tu cesses de te méfier. Je sais pourtant que tu finiras par grandir, que tu apprendras à gérer et à organiser ta vie de manière plus ordonnée, plus sereine. C'est ce que j'ai toujours pensé et, à mon avis, ta crise, ton ennui et ton attirance pour Michela sont des réponses : ce sont les portes que tu dois franchir pour entamer une nouvelle étape de ton existence.

— De quelles portes parles-tu ? Où sont-elles ?

— Parfois, les gens sont seulement des portes, des passages. Toi pour moi. Moi pour toi. Les inconnus, aussi. Chaque rencontre est une porte. Par exemple, Michela pourrait être une échappatoire. Tu pourrais trouver en elle des éléments qui te permettraient de grandir.

— Silvia, je ne vais pas te l'apprendre, je ne suis pas le genre de gars qui saute dans un avion et part retrouver une fille qu'il ne connaît pas juste parce que cette idée lui a traversé l'esprit.

— Au lieu de te lamenter, tu pourrais essayer de te comporter différemment. Invente-toi un nouveau Giacomo, pour une fois. Quelle est la chose qui t'émeut, qui te fait rêver ou à laquelle tu penses avec plaisir en ce moment ?

— Tu connais déjà la réponse. Michela est la seule chose qui me fait rêver, parce que je la vois comme une réalité inconnue, extérieure à ma vie.

— Alors, si tu veux sortir un peu de ta vie et si elle t'attire, peut-être est-elle la porte à ouvrir. Pourquoi ne pars-tu pas pour New York ? Tu y vas, tu t'aperçois que tu t'es trompé et tu reviens. Au moins, tu auras essayé.

— Même si j'allais à New York, qu'est-ce que ça changerait ? Quand je la rencontrerai – à condition que je la trouve – je n'en deviendrai pas pour autant différent.

— Si, parce que tu auras pris le risque de te ridiculiser un peu. C'est déjà ça. Mais tu préfères sans doute renoncer avant même d'avoir tenté ta chance. C'est bien trop risqué pour toi.

— Cette fille a trente-six ans. Pas quinze.

— Qu'est-ce que ça veut dire ? Ça ne change rien. Tu ne connais rien aux femmes.

— Selon toi, si je ne vais pas la rejoindre, ce n'est pas parce que ça n'a aucun sens, mais parce que en réalité j'ai peur de me ridiculiser ?

— Tout à fait. Il faut du courage pour se ridiculiser. Et toi, tu ne l'as jamais eu avec aucune femme, ce courage-là. Avec Michela, tu ne contrôlais pas la situation, alors tu as tout laissé tomber. Son fiancé est une excuse. Je sais comment tu fonctionnes. Je te connais. Qui sait quel nouveau mensonge tu vas inventer pour justifier ton immobilisme ? Je n'ignore rien de tes méthodes, de ta manière de raisonner, de tes rouages mentaux, ceux qui te permettent de tout remettre en ordre.

Le téléphone a soudain sonné. C'était Dante.

— Devine qui c'est, Silvia…

— Dante ?

— Tout juste.

Ça m'avait fait très plaisir de le revoir quelques jours plus tôt mais, depuis lors, il me bombardait de coups de fil et de messages. Il n'arrêtait pas de me demander de sortir un soir avec lui et je n'en avais aucune envie. Je sentais que nous n'avions plus grand-chose en commun. S'agissait-il seulement d'une impression ? Il y a des gens qui me font me sentir mal quand je les revois. C'est comme s'ils me volaient mon énergie. Ils me consument. Dante était l'un d'entre eux. Mais il était insistant. Parfois, il essayait de ruser et m'appelait en numéro masqué. Je n'étais pas dupe ; je ne répondais pas. Mon téléphone portable possède une touche « silence ». Je l'utilisais beaucoup avec Dante.

— Je ne sais pas comment lui dire que je n'ai aucune envie de le revoir. C'est déjà difficile de quitter une femme, mais alors un ami… Comment veux-tu dire à un ami : « Je te quitte » ? Je peux juste attendre en espérant qu'il comprenne.

— Si tu n'as pas envie de le lui dire, il finira par le comprendre. Honnêtement, je n'ai pas la moindre idée de la manière dont on quitte un ami.

— L'autre jour, j'ai mis en mémoire son numéro en modifiant son nom. Sur mon téléphone, il n'est plus Dante, mais Obsé-Dant. Imagine-toi qu'il est parfois si envahissant que le rétro-éclairage du téléphone s'éteint avant qu'il ait fini d'appeler. Je m'aperçois qu'il a raccroché quand le rétro-éclairage se rallume.

Silvia sait parfaitement lire dans mes yeux quand je suis sérieux.

— Je regretterai de ne pas l'avoir fait, d'après toi ?

— De ne pas avoir répondu à Dante ?

Sachant que je ne plaisantais pas, elle a rajouté :

— Si c'est de Michela que tu parles, qui sait ? C'est ça, la beauté du risque.

4

Un père qui n'était pas là

À l'âge de sept ans, j'ai été un génie pendant vingt minutes. Et puis tout s'est obscurci.

Mes amis et moi, nous étions en train de parler de ce que la maîtresse nous avait appris en classe ce matin-là. Du fait que la terre met vingt-quatre heures pour effectuer une rotation complète sur elle-même et trois cent soixante-cinq jours et six heures pour tourner autour du soleil. C'est la raison pour laquelle, tous les quatre ans, il y a un 29 février. Six fois quatre, vingt-quatre. On parlait de la force de gravité et de la distance qui nous séparait de l'Amérique.

Un monsieur qui habitait dans mon immeuble nous disait parfois que l'Amérique était à l'autre bout du monde mais que, si nous le voulions, il pouvait nous faire voir Paris tout de suite. Pour nous, il n'y avait pas de grande différence entre Paris et New York. C'était un autre monde. Alors, poussés par la curiosité, nous répondions « oui » et il nous soulevait un par un en nous prenant la tête entre ses mains, au niveau des oreilles. Je me rappelle que, pour me rendre plus léger et avoir moins mal, je me cramponnais à ses poignets. Mais quelle douleur !

Tandis que nous étions suspendus en l'air, il nous demandait si nous voyions Paris. Quelle cruauté… Ce monsieur était le même que celui qui, durant des années, nous avait enseigné le jeu du nez. Il nous attrapait le nez entre ses doigts, faisait ressortir le bout de son pouce entre son index et son majeur repliés et nous disait :

— Regarde… J'ai volé ton nez !

Sympathique, le vieux. Et puis il est mort. Ça arrive. C'est la vie.

Voici ce qui a fait de moi un génie pendant vingt minutes :

— Mais, si la terre tourne, alors ça veut dire que, d'ici peu, l'Amérique arrivera jusqu'à nous. Ce n'est pas la peine d'y aller en avion. Il suffit de trouver le moyen de rester en l'air le temps du décalage horaire entre ici et l'Amérique. Par exemple avec un hélicoptère et quand la terre, en tournant, amènera l'Amérique jusqu'à nous, on descendra.

Nous nous sommes mis à sauter pour voir si nous atterrissions au-delà de notre point de départ, ce qui semblait être le cas. Du moins, c'est ce dont nous avons fini par nous convaincre. J'étais devenu non seulement un génie, mais aussi l'idole de ma bande de copains. Le roi du pâté de maisons.

J'ai grandi entouré de beaucoup d'enfants, mais Andrea était mon meilleur ami. Il a été comme un frère pour moi. Je dormais chez lui et lui chez moi. L'après-midi, il venait souvent goûter chez ma grand-mère. Je m'en souviens bien, parce que chaque jour, quand nous avions la bouche pleine, l'un de nous posait la question :

— Tu veux voir un accident dans le tunnel ?

Il ouvrait ensuite la bouche pour nous montrer la bouillie mâchée. Nous ne sommes plus autant amis, maintenant.

Le jour où mes théories avaient fait de moi le roi du pâté de maisons, mon père, qui d'habitude travaillait à cette heure-là, était – fait exceptionnel – à la maison. Après avoir discuté avec ma mère, il est descendu dans mon royaume et m'a appelé. Il avait une expression bizarre sur le visage. Je suis allé à sa rencontre pour lui apprendre la bonne nouvelle : son fils était un génie. C'était normal qu'il le sache. Il m'a serré fort contre lui, mais je me suis débattu parce que je voulais lui parler. Il a fini par me dire, les yeux humides, qu'il partait travailler et puis il s'est éloigné. C'est la dernière fois que je l'ai vu. Le père du petit génie avait quitté la maison, me laissant seul avec ma mère.

Pendant ce temps, le marchand de fruits et légumes, M. Sotuttoio, avait expliqué qu'on ne peut pas s'élever en l'air et attendre que l'Amérique arrive parce qu'il y a des courants, l'atmosphère, la force de gravité et tout un ensemble de choses dont je ne me souviens même pas. Le fait est que je n'étais plus un génie. Cette découverte m'a beaucoup attristé, à tel point qu'un jour j'ai eu une autre pensée géniale, mais je ne l'ai confiée à personne. J'étais un peu plus âgé. J'avais songé que, quand un ascenseur tombe dans le vide, ceux qui se trouvent à l'intérieur pourraient se sauver en faisant un petit saut une fraction de seconde avant l'impact. Qui sait si ça marche…

Le jour où mon père est parti, ma vie a changé. Je n'étais pas un génie et je n'avais même plus de père. Mais, surtout, j'étais devenu le seul amour de ma mère. Au début, elle me disait qu'il était absent à cause de son travail. Et puis, un jour, quand je l'ai vue remplir les sacs-poubelles noirs avec toutes les affaires de mon père, j'ai compris qu'il ne reviendrait plus. J'ai essayé de l'en empêcher en pleurant et en lui criant d'arrêter. Elle, en larmes, m'a dit qu'il était parti définitivement et m'a giflé. Je suis allé cacher un de ses pulls dans ma chambre. Ma mère s'en est aperçue lorsqu'elle m'a surpris, un après-midi, caché dans l'armoire en train de le renifler. C'était devenu une habitude. Ma mère me l'a arraché des mains et je ne l'ai plus jamais revu.

Je garde peu de souvenirs de mon père. Ma mère avait découpé sa tête sur toutes les photos. Qu'y a-t-il de plus triste que ces clichés où j'apparais avec, d'un côté, ma mère et, de l'autre, un corps avec un trou au-dessus du cou ? Néanmoins, même quand nous vivions encore ensemble, on ne peut pas dire que mon père passait beaucoup de temps avec moi. Le samedi après-midi, par exemple, il y avait le match du tournoi de la paroisse. C'était toujours ma mère qui m'y accompagnait. Un jour, mon père lui a dit que c'était son tour. Quand j'ai entendu ça, j'ai tout de suite pensé que j'allais jouer le plus beau match de ma vie. Je m'étais promis de suer sang et eau pour lui montrer que j'étais un champion. Et, en effet, dès que je suis entré sur le terrain, j'ai commencé à courir comme un fou. Je défendais, je montais sur mon aile, je prenais le ballon, je tentais des une-deux et j'arrivais jusqu'à la surface adverse. À chaque action, je cherchais du regard papa dans le public.

En fin de compte, mes efforts ont payé. J'ai récupéré le ballon dans la surface et j'ai marqué. Ce n'était pas un but spectaculaire, mais ça n'avait aucune impor-tance. Le ballon était entré et, tandis que mes équipiers m'embrassaient, je m'efforçais de me dégager pour faire signe à mon père. Il n'était plus là. J'ai fini par le voir : il était derrière une voiture stationnée, en pleine conversation avec une femme qui ne me disait rien. À la façon dont ils se disputaient, j'ai eu l'impression qu'ils ne se connaissaient pas seulement de vue. Bien que mon équipe ait gagné ce jour-là, j'étais triste en rentrant. Mon père ne s'en est même pas aperçu. Il m'a seulement demandé :

— Pourquoi fais-tu cette tête-là ? Vous avez gagné !

Je ne lui ai pas répondu. Nous n'avons plus parlé durant le reste du trajet.

J'ai aussi de beaux souvenirs, comme par exemple les promenades du dimanche à la campagne. Dans la voiture, je restais debout à l'arrière entre les deux sièges et je bavardais sans m'arrêter, avec ma mère à droite et mon père au volant. Quand j'étais fatigué ou que je m'ennuyais, je répétais toutes les trente secondes, comme un robot :

— Quand est-ce qu'on arrive ? On est bientôt arrivés ? Quand est-ce qu'on arrive ? On est bientôt arrivés ?

Après le départ de mon père, la disposition dans la voiture a changé : ma mère se mettait à gauche et, à droite, il y avait un siège vide, ou alors recouvert de sacs de courses.

Je me souviens aussi que mon père m'a parlé, seul à seul, dans ma petite chambre après que j'ai fait « cette chose-là » devant tous les invités. Enfant, j'adorais me tripoter le zizi. J'ignorais que « cette chose-là » était défendue. J'aimais ça, alors je ne me privais pas. Un jour, alors qu'il y avait de la famille et des amis dans le salon, je suis entré complètement nu devant tout le monde et j'ai crié, en me tripotant le zizi :

— C'est super ! Vous devriez essayer vous aussi !

Comme certains riaient, j'ai continué. J'étais content de les avoir amusés avec ma découverte. Mon père m'a donc dit que ce n'était pas bien. Je n'arrivais pas à comprendre pourquoi. Je lui répétais :

— Mais c'est super ! Essaie !

Aujourd'hui encore, je m'interroge sur cette interdiction. D'ailleurs, je le fais souvent. Le secret, c'est de ne pas le faire devant la famille et les amis. Je n'ai jamais été très au point sur les questions sexuelles. Lucio avait raison quand, à huit ans, il est venu vers moi dans le couloir de l'école et m'a dit :

— Giacomo, tu sais ce que c'est le gland ?

— Non.

— Ouah ! Tu n'y connais rien en sexe.

Et il m'a tourné le dos.

C'est vrai : personne ne m'a jamais expliqué le sexe. Ce n'est pas comme le père de Salvatore qui lui a dit un jour :

« Il est temps que tu saches quelques petites choses sur le sexe… Cache-toi dans l'armoire et regarde ce que je fais avec ta mère. »

C'est impossible. Je n'y ai jamais cru.

Il faut dire aussi que j'ai eu un développement sexuel tardif. Je ne souffrais pas à cause des dimensions de mon engin, mais du fait que, à la différence de mes amis, je n'avais pas encore de poils quand eux les peignaient déjà. J'étais encore glabre tandis qu'ils ressemblaient tous à Peppe, un enfant calabrais qui, à neuf ans, était déjà un homme.

Quand mes amis me racontaient qu'ils se masturbaient et qu'ils jouissaient, je me masturbais et ça s'arrêtait là, comme dans le salon, devant les invités. La première fois que j'ai joui, il m'a fallu presque une heure pour y arriver. Mon zizi était en feu mais, quand une gouttelette est sortie, j'étais très content. Inoubliable.

Mon père était alors déjà parti. Je ne sais même pas si je le lui aurais dit. Lui aussi avait ses secrets. Il me racontait d'ailleurs parfois n'importe quoi et je le croyais. Dans ma chambre, il y avait le poster d'une Formule 1. Il m'avait fait croire qu'il était le pilote caché sous le casque, qu'avant de se marier, il travaillait chez Ferrari. Il m'avait dit aussi, une fois, qu'il était ami avec Giuseppe Garibaldi[1]. Et moi, quand je passais sur la place Cairoli, je regardais la statue équestre et je disais :

— Salut ! Je suis Giacomo, le fils de Giovanni.

Puis, un jour, à l'école, la maîtresse nous a parlé de Garibaldi. J'ai levé la main et j'ai dit :

— Maîtresse, savez-vous que je le connais ? C'est un ami de mon père.

Tous mes camarades se sont moqués de moi. Je pensais que c'était de la jalousie. De la même façon, les plus grands se fichaient de moi parce que mon père m'avait dit que, pour capturer un oiseau sans lui tirer dessus, il suffisait de lui mettre du sel sur la queue. J'ai essayé à de nombreuses reprises.

À l'école, j'étais le seul dont le père avait quitté la maison. Il y avait les enfants des familles préservées, les enfants des parents séparés et ceux des divorcés. Ma situation était totalement différente : mon père était parti. Pour moi, pas de week-end avec papa comme les enfants de parents séparés. Pas de double distribution de cadeaux à mon anniversaire et à Noël. Mon père

_____

1. Giuseppe Garibaldi est l'un des pères de l'unité italienne. (*N.d.T.*)

avait disparu et il avait recomposé une famille quelque part. J'ai une demi-sœur.

Mes parents ressemblaient à deux enfants immatures qui ont procréé. Et moi, j'en suis le résultat. C'est comme dans le film *Kramer contre Kramer*. J'étais adulte quand je l'ai vu et j'ai pleuré comme une madeleine même si, dans le film, c'était la mère qui était partie.

Les premiers temps, ma mère me faisait dormir dans son lit. Parfois, j'étais content. D'autres fois, ça me mettait mal à l'aise. Les nuits où elle pleurait, par exemple. Elle me serrait contre elle. Plus elle pleurait et plus elle me serrait fort. Je me souviens encore de son odeur, de sa peau en sueur. J'avais l'impression d'étouffer. Je sentais sa chaînette ornée d'une croix contre ma joue. Je souffrais, mais je ne disais rien. Et puis j'étais mal à l'aise quand elle m'embrassait sur le crâne et que ses larmes coulaient sur mes cheveux. Il arrivait qu'en plus de pleurer elle dise d'affreuses choses sur les hommes, et en particulier sur mon père. J'étais un enfant et je ne me sentais pas concerné par ces critiques. Elle me rappelait souvent que mon père ne nous aimait pas et qu'il nous avait abandonnés. En fin de compte, j'étais plus heureux quand je dormais seul, parce que j'avais peur de ces moments-là. De surcroît, je me sentais impuissant, incapable de l'aider à résoudre cette situation. Je voulais revoir ma mère telle qu'elle était avant que mon père ne la quitte. Je voulais être lui. J'ai grandi en devenant la réponse que cet état de fait réclamait, en essayant de ne jamais décevoir ma mère, et d'être un bon fils. C'est pour cette raison que, depuis mon enfance, j'ai toujours fait ce qu'on attendait de moi. Je ne voulais pas trahir les attentes que ma famille, ma maîtresse, le monde, Dieu plaçaient en moi.

Je suis vite devenu l'adulte qu'il fallait que je sois, et non celui que j'aurais dû devenir.

J'ai toujours éprouvé un sentiment de culpabilité très fort. J'ai toujours compris que je devais demander peu pour ne pas déranger et apprendre à me débrouiller. Même quand ma grand-mère me prenait dans ses bras pour glisser une enveloppe ou une carte postale dans la boîte aux lettres, cela représentait quelque chose d'important à mes yeux, une épreuve à accomplir que l'angoisse d'échouer rendait difficile : LOCALITÉ / AUTRES DESTINATIONS. Je me souviens bien de la fascination qu'inspirait en moi ce panneau : AUTRES DESTINATIONS. J'imaginais des mondes lointains. Je me disais : « Quand je serai grand, j'irai là-bas. » Pendant que je m'escrimais à tout faire à la perfection et à ne décevoir personne, ma mère a arrêté de pleurer et de m'étouffer la nuit. Une année s'était écoulée depuis que mon père était parti. Un soir, alors que je dormais dans son lit, je me suis réveillé parce qu'elle parlait au téléphone avec quelqu'un. Je ne comprenais pas ce qu'elle disait. Je sais juste que, quelques minutes après avoir raccroché, elle m'a pris dans ses bras, m'a porté jusqu'à ma chambre et a refermé la porte. J'avais fait semblant de me rendormir. Un peu plus tard, j'ai entendu qu'elle parlait avec quelqu'un. C'était un homme. Je me suis levé pour voir de qui il s'agissait. Je l'ai entraperçu tandis qu'ils allaient dans sa chambre. C'était un homme avec des moustaches. Cette nuit-là, j'ai eu peur. Je ne sais pas pourquoi. Je me souviens de mon effroi et de ma solitude. Ma mère était devenue une personne différente, lointaine. Elle s'était détachée de moi.

Un jour, vers Noël, ma mère m'a amené à son bureau. Il y avait une fête et cet homme était là lui aussi. C'était son chef. Ils vivent ensemble, maintenant.

Je ne sais pas si cela était dû à l'abandon de mon père, mais le fait est que je n'ai jamais eu confiance en personne, et encore moins dans les femmes.

J'ai trente-quatre ans. Mon père est mort quand j'en avais vingt-cinq. Je parle peu avec ma mère. Voilà mes parents : l'un m'a abandonné et l'autre ne m'a jamais compris.

Quand j'ai appris la mort de mon père, quelque chose a changé en moi. Je n'étais ni en colère ni triste, mais nerveux. C'était étrange, parce qu'il s'était déjà éloigné de moi. Mais, quand quelqu'un est parti pour l'éternité, c'est plus difficile à accepter.

Peu après sa mort, je suis allé vivre de mon côté et l'homme aux moustaches s'est installé avec ma mère.

Elle a toujours été obsédée par l'ordre et la propreté. J'ai mangé seul très souvent parce que, après m'avoir servi mon assiette, tandis que j'étais en train de manger, elle nettoyait les poêles et la gazinière. Chez moi, le sol et les meubles ont toujours brillé comme des miroirs. Quiconque entrait chez nous entendait la phrase préférée de ma mère : « Désolée pour le désordre. » Je regardais alors autour de moi : tout était parfait. Tout petit déjà, je salissais très peu.

Quand j'ai grandi, surtout pendant mon adolescence, j'ai quelquefois essayé de gagner un peu d'espace pour pouvoir respirer, mais elle me culpabilisait tellement qu'il m'arrivait de me sentir coupable avant même qu'elle me fasse la moindre remarque. Ses attentions excessives m'étouffaient. Elle me câlinait, je ne manquais jamais de rien. Et elle ne se privait pas de me faire remarquer que tout ce qu'elle faisait, c'était pour moi.

J'étais pris au piège.

Je me suis toujours senti coupable par rapport à ma mère. En vieillissant, j'ai compris que c'était pour elle une manière malsaine de me retenir pour que je ne la quitte pas à mon tour.

Entre la vie et moi, il y a toujours eu ma mère. Quoi que je fasse, même boire un verre d'eau, cela provoquait immanquablement un commentaire de sa part : « Lave ton verre, après. » Elle disait aussi : « Retire tes chaussures. » « Remets tout en place. » « Ne grimpe pas sur ton lit. » « Éteins la lumière. »

Quand je prenais mon bain, c'était : « Attention à ne pas mouiller le carrelage. » Mais une phrase revenait le plus souvent, à cause de mes périodes de constipation : « Il faut se vider les intestins. »

Cela me poursuivait même quand elle n'était pas là.

Ma mère surveillait aussi le nombre de fois où j'allais dans la salle de bains. Le soir où j'ai appris que mon père était mort, j'ai pris un bain. Je n'ai pas fermé le robinet. Au bout d'un moment, l'eau a commencé à déborder et je n'ai pas réagi. Je me suis contenté de la regarder s'échapper de la baignoire. Ensuite, j'ai passé une demi-heure à tout nettoyer. Mais l'effet thérapeutique était réussi : ce fut l'un de mes premiers actes de rébellion. Quelques jours après la mort de mon père, j'ai été convoqué chez un notaire pour la lecture du testament. J'étais surpris et ébranlé par cette convocation. Je ne savais pas quoi faire. J'ai été tenté de renoncer mais, finalement, j'y suis allé. Se trouvaient là, aussi, la compagne de mon père et leur fille, ma demi-sœur. Jamais je n'oublierai le silence qui régnait dans cette pièce. Seule s'élevait la voix du notaire en train de lire.

Mon père m'avait laissé en héritage un studio. J'ai aussitôt pensé que les deux femmes me détestaient. J'avais honte, mais je n'ai rien dit. À la fin, quand nous sommes sortis, je les ai saluées rapidement et je me suis sauvé en courant. La compagne de mon père m'a interpellé alors que je me trouvais déjà dans l'escalier. Elle m'a rejoint et m'a demandé si je voulais bien boire un café avec elles.

— Désolé, je suis pressé.

— Dommage. Au revoir, alors.

— Bon, c'est d'accord pour un café. Je vais me débrouiller.

La situation était surréaliste : nous nous trouvions tous les trois, ma demi-sœur Elena, sa mère Renata et moi, assis dans un bar autour d'une table. J'ai tout de suite compris qu'elles ne me haïssaient pas. Elles savaient à l'avance que j'allais hériter de l'appartement. Elles en avaient discuté avec mon père.

Elena m'a même demandé si je voulais bien que nous échangions nos numéros. Nous l'avons fait. Je pressentais cependant déjà que je n'aurais pas envie de les revoir. Je n'y arrivais tout simplement pas. Et, pour couronner le tout, Elena me plaisait.

Nous sommes restés dans ce bar moins d'une demi-heure. Renata m'a dit soudain :

— Ton père t'aimait beaucoup, tu sais.

Je me suis levé, et j'ai pris congé.

Je ne suis jamais allé vivre dans ce studio. Je l'ai loué pendant quelques années, puis je l'ai revendu et, avec l'argent, je me suis associé avec Alessandro. Cet appartement a aussi été la cause de nombreuses discussions avec ma mère, car elle voulait que j'y renonce.

Quand mon père est parti de la maison, ma mère n'a rien accepté de lui. Elle a même refusé son argent. Je le sais parce qu'elle me l'a dit, et plus d'une fois. Je pense aussi qu'elle avait davantage souffert avec mon père pour une question d'orgueil que par amour. Je crois qu'une manière saine d'exprimer un sentiment amoureux consiste à le dépouiller de toute forme d'égoïsme. Ma mère n'y était pas parvenue. Elle exprimait bien une forme pratique d'altruisme en se montrant continuellement attentive, jusqu'à l'obsession, au fait que je mange bien, que mes vêtements soient propres et ainsi de suite. Elle me répétait toujours que, tout cela, elle le faisait pour moi. En réalité, son amour était teinté d'égoïsme et même d'orgueil revanchard. Pas à mon encontre, mais à l'égard de sa propre existence.

Elle vivait comme une trahison le fait que j'accepte ce studio. Pour moi, ça n'en était pas une et ce n'était pas non plus quelque chose qui pouvait me faire aimer davantage mon père. Je voyais ça comme une minuscule réparation de tout ce dont on m'avait privé. Pourquoi aurais-je dû, en plus, la refuser ? Par orgueil, peut-être ?

— Il te l'a offert pour se donner bonne conscience, m'avait dit ma mère lors d'une de nos disputes.

— Mais de quelle conscience parles-tu ? Il est mort. Quelle bonne conscience veux-tu qu'il ait ? Pourquoi est-ce que je devrais renoncer à tout ? Je passe déjà ma vie à culpabiliser pour un rien.

— Pourquoi dis-tu ça ? Tu as déjà manqué de quoi que ce soit ?

Je n'ai pas poursuivi cette énième discussion sachant que, si je lui avais répondu, je me serais ensuite senti mal, comme toujours.

Quelques mois plus tard, j'ai quitté définitivement la maison où j'avais grandi.

Ou plutôt : je m'en suis enfui.

5

Les ex (reviennent parfois)

Parfois, quand je me promène, l'envie me prend d'entrer dans une librairie. L'atmosphère, les livres me détendent. Je me sens un peu plus intelligent et intéressant que ce que je suis réellement. Si je croise le regard d'une femme, je lui réserve un sourire délicat et poli. Dans les librairies, j'ai l'impression d'être un homme fascinant. Je m'y sens seul, parce que les gens n'y établissent pas de relations avec les autres, mais avec les livres. On y tourne toujours un peu le dos aux autres.

Un après-midi, tandis que je lisais l'introduction d'un essai littéraire, j'ai entendu qu'on m'appelait :

— Giacomo.

J'ai levé les yeux et, en face de moi, il y avait Camilla, mon ex, du moins la seule que je considère comme telle, même si nous sommes restés ensemble seulement deux ans. Avant elle, j'avais eu quelques copines, mais aucune n'avait trouvé grâce aux yeux de ma mère.

Du jour où nous nous sommes séparés – où je l'ai quittée, pour être honnête –, nous ne nous sommes plus jamais reparlé. Nous nous sommes quelquefois croisés en vitesse, mais nous avons toujours pris soin de nous éviter. Je me souviens de l'avoir vue rentrer chez elle à vélo, un soir tard. Je me suis caché derrière une voiture pour l'observer sans me faire remarquer. Elle était magnifique, comme toujours. Elle paraissait heureuse. Tandis qu'elle s'éloignait, je suis resté prostré dans l'obscurité. Cette nuit-là, j'ai mal dormi. J'étais agité. Je ne sais pas si elle y était pour quelque chose, mais, au matin, quand je me suis réveillé, j'avais de la fièvre.

Dans la librairie, après tout ce temps, elle ne se tenait pas seulement en face de moi : elle me parlait.

— Salut, Camilla. Qu'est-ce que tu fais là ?

Je me suis tout de suite aperçu de la stupidité de ma question.

— Je cherche un livre. Tu ne vas pas me croire, mais… Bah, laisse tomber, ça n'a aucune importance… Comment ça va ?

— Bien… Je vais bien.

J'avais la gorge sèche. Je devais avoir une tête affreuse. Nous étions tous les deux embarrassés. C'était compréhensible. Après quelques secondes de silence, elle m'a dit :

— Je dois y aller. Redonne-moi ton numéro. Je l'ai effacé. Je n'ai pas envie de t'ennuyer, tu sais…

Je lui ai laissé mon numéro. Elle a remis en place le livre qu'elle tenait à la main et elle est partie. Je l'ai regardée sortir. Tout le reste de la journée, je n'ai pas arrêté de penser à elle.

Le lendemain non plus. Quand je me suis réveillé, j'ai allumé mon téléphone et j'ai trouvé un SMS d'elle. J'adore ouvrir mon téléphone le matin et voir que j'ai des messages. À tel point que parfois, le soir, j'en envoie quelques-uns et j'éteins ensuite mon portable. Comme ça, je trouve les réponses à mon réveil. Si je veux être sûr d'en recevoir, j'envoie des messages qui se terminent par un point d'interrogation. J'envoie des questions au monde.

Ce matin-là, j'ai trouvé trois SMS. En plus de celui de Silvia, il y en avait un d'Obsé-Dant et un autre de Camilla. Aucun des trois n'était une réponse. Tous relevaient d'une volonté spontanée. Celui de Dante était bref : « Une petite bière ce soir ? »

Silvia, en revanche, m'envoyait une adresse mail.

Je l'ai appelée aussitôt.

— C'est quoi, ça ?

— C'est l'e-mail de Michela.

— Qui te l'a donné ?

— J'avais un peu de temps à perdre et, en surfant sur Internet avec l'adresse que tu m'as fournie, je suis remontée jusqu'à sa société, puis j'ai fini par trouver son e-mail personnel. Comme ça, tu peux lui écrire si tu veux.

— Je te déteste.

— Si tu ne lui écris pas, je te détesterai moi aussi.

Elle considérait sans doute que mon lien avec Michela était différent, parce qu'elle n'avait jamais fait cela avant. Sa sensibilité féminine devait y être pour beaucoup. Il y a vraiment quelque chose d'étrange, de paranormal, chez les femmes. Par exemple, elles savent spontanément qui jalouser. Si elles viennent te voir à ton bureau, où il y a dix femmes, dont une seule te plaît, à la maison, le soir, elles te poseront des questions seulement sur celle-là. Au début, c'est toi qui crois être prévisible. Mais il n'y a rien à faire : elles se trompent rarement. Elles finissent toujours par te demander sans aucune pudeur si elle te plaît et, toi, tu commences à mentir et à prétexter qu'elle n'est pas ton genre :

— Oui, elle est mignonne, je te mentirais si je te disais le contraire, mais elle n'est pas mon genre.

Tout ça pour la tranquilliser, alors qu'il est sans doute déjà arrivé que, quand vous faisiez l'amour, ton esprit soit allé vers l'autre. Si ça se trouve, pendant que ta fiancée te faisait une gâterie, tu imaginais même ta collègue de bureau qui s'activait sous cette montagne de cheveux.

Si au contraire elle se trompe, tu vois soudain cette fille sous un nouveau jour et elle commence alors à te plaire.

Les femmes anticipent même nos goûts.

— Silvia, j'ai reçu trois messages ce matin : le tien, celui de Dante et tu ne devineras jamais de qui est le troisième… De Camilla.

— Super ! Félicitations ! Tu perds encore ton temps avec elle. Si tu retombes dans le panneau, je t'écrase avec ma voiture.

— T'inquiète.

Le message disait : « C'est Camilla. Rappelle-moi quand tu trouveras ce message. »

— Qu'est-ce qu'elle me veut, d'après toi ?

J'y ai réfléchi. Camilla et moi, nous nous sommes séparés. En réalité, je l'ai quittée parce que je me suis aperçu qu'elle me trompait. Je me souviens comme si c'était hier de la nuit au cours de laquelle je l'ai découvert.

Je me rappelle nos visages, nos expressions, sa voix qui me suppliait : « Laisse-moi t'expliquer ! » Elle m'avait dit qu'elle sortait avec une amie et j'avais trouvé son intonation bizarre. Comme je ne savais pas où elles étaient allées, je l'ai attendue en bas de chez elle pour vérifier mon impression. Je me sentais un peu idiot, assis là dans ma voiture, ignorant si elle était déjà rentrée. Toutefois, comme dans les polars américains, j'ai planqué. À une heure et demie, elle est arrivée, accompagnée, et pas par sa copine. En fait, il s'agissait de mon ami Andrea. Mon ami du temps de la cour de récréation que tant de souvenirs et d'anecdotes liaient à moi. Andrea a arrêté la voiture et, après un long baiser, elle est descendue. Je suis alors sorti moi aussi. Quand il m'a aperçu, Andrea s'est enfui, convaincu que je ne l'avais pas reconnu. Elle s'est retournée et, avec une expression que je n'oublierai jamais, elle m'a dit :

— Salut… Qu'est-ce que tu fais là ?

J'avais toujours cru que, si je devais découvrir un jour que j'étais cocu, je ferais un massacre. Après les avoir frappés l'un et l'autre. Mais ce soir-là, face à elle, en bas de son immeuble, je n'ai pas réussi à ouvrir la bouche, à part pour une litanie de « Pourquoi ? Pourquoi ? Pourquoi ? ».

Ensuite, je me suis mis à pleurer et j'ai tourné les talons sans prêter attention aux tentatives de justification de Camilla. J'ai refusé de la revoir. J'ai respecté les règles à suivre en cas de rupture lorsqu'on vit dans la même ville. Comme dans la chanson de Battisti[1], j'ai essayé d'éviter *tous les endroits que tu fréquentes et que tu connais toi aussi. Ce besoin de se fuir pour ne pas se blesser davantage.* Je me suis débarrassé de toutes ses affaires, parce que, chaque fois que je les voyais, j'avais l'impression qu'on m'enfonçait un poignard dans le cœur. J'ai fait une croix sur toutes les

---

1. Lucio Battisti (1943-1998) est l'un des plus grands chanteurs de la musique pop italienne. Les paroles citées sont tirées de la chanson *Prendila Così*, sur l'album *Una donna per amico* (1978). (*N.d.T.*)

chansons que j'avais écoutées avec elle. Pulls, écharpes, casquettes… J'ai tout jeté. J'ai même changé de parfum, parce que je l'avais acheté après notre rencontre et que j'en mettais toujours quand je sortais avec elle. La seule règle que je n'ai pas réussi à appliquer a été celle de « un clou chasse l'autre », du moins les premiers temps.

Elle m'avait fait échec et mat. Elle n'était plus à moi mais, en même temps, je ne voulais de liaison avec aucune autre femme parce que, dans mon esprit, Camilla était *la* femme, celle que je pensais connaître mieux que quiconque. En fait, je connaissais moins sa véritable intimité que ses habitudes. J'étais au fait de toutes ses petites manies. Je ne sais pas si elle a changé mais, à l'époque, elle dormait toujours sur le côté droit du lit, quel que soit le lit : le sien, le mien ou celui de l'hôtel quand nous partions en vacances. Elle marchait toujours à droite des gens. Je ne me rappelle pas m'être déjà promené à sa droite à elle. Le matin, quand elle prenait son petit déjeuner, elle mangeait toujours un nombre impair de biscuits. Dans le train, elle s'asseyait toujours dans le sens de la marche et, si ça n'était pas possible, elle préférait rester debout.

Camilla a été la première femme à m'apprendre que le concept de nudité est différent chez l'homme et chez la femme. Par exemple, si on décide de se déshabiller pour se coucher, l'homme entre nu dans le lit, mais la femme reste en culotte. Parfois même en culotte et soutien-gorge. Être nu, c'est être nu : en culotte, ce n'est pas être nu, c'est être en culotte.

Je me rappelle aussi qu'elle adorait percer mes boutons d'acné et mes points noirs. Pas seulement ceux de mon visage, mais aussi et surtout ceux de mon dos. Il lui arrivait même de le faire sans prévenir :

— Aiiiiiiiiieee ! Mais qu'est-ce que tu fais ?

— Je sais, excuse-moi, mais il était énorme, je n'ai pas résisté.

Au début, je ne pensais pas que cette relation compterait. On sortait depuis une éternité avec le même groupe d'amis. Et puis, un jour, nous nous sommes embrassés et nous n'avons rien dit aux autres. Notre histoire a commencé dans la clandestinité. Un soir, après nous être promenés ensemble tout l'après-midi, nous avons rejoint nos amis pour manger une pizza. À table, nous nous regardions et nous avions envie de rire. À un moment, je lui avais passé discrètement un petit mot avec, écrit dessus, « Smack » : le baiser que je ne pouvais pas lui donner devant les autres.

Même si elle me plaisait, le fait de la connaître depuis toujours m'empêchait de croire qu'il s'agissait d'une histoire sérieuse, si bien que je suis sorti avec une autre fille au bout de quelques semaines. Et puis certains m'ont fait comprendre que Camilla me plaisait vraiment. Un soir, alors que j'étais en voiture avec des amis qui ignoraient tout de notre relation, ils ont commencé à dresser la liste des diverses façons dont ils auraient aimé la sauter. J'ai découvert que ça me gênait d'entendre ça. Un autre soir, nous étions tous ensemble. Et elle était là, elle aussi. Luciano m'a demandé comment ça se passait avec l'autre fille. J'ai d'abord nié, mais tout le monde a ri. C'est ce que Camilla a fait ensuite qui m'a permis de comprendre que notre relation comptait vraiment pour moi. Sur le coup, elle n'a rien dit. Elle a baissé les yeux et s'est laissé distraire par les autres. Mais le lendemain, elle a téléphoné à l'autre fille et lui a dit :

— Si tu es amoureuse de lui, fais ce que tu veux mais, si tu ne l'es pas, laisse-le-moi. Salut.

Et elle a raccroché.

Son attitude m'a plu. Après cet épisode, nous avons officialisé notre liaison.

Le temps a passé et je suis tombé totalement amoureux d'elle. Il était étrange de voir que la personne que je connaissais depuis des années pouvait faire naître de telles émotions. Un soir, j'ai presque bousillé le moteur de ma voiture parce que je lui tenais la main en conduisant : c'était si beau que je ne voulais pas la lâcher, même pas pour changer les vitesses, et j'ai fait tout le trajet en seconde.

Quand j'ai découvert sa trahison, j'ai à nouveau fui, comme lorsque j'étais petit, et je me suis réfugié dans l'écriture. Je voulais imaginer un monde différent, au sein duquel le héros faisait le bien. Il aidait son prochain et avait un don pour rendre les gens heureux. J'écrivais, j'écrivais, j'écrivais. J'essayais toujours de me cacher dans un coin pour écrire, replié sur moi-même, dos au monde, comme si l'écriture était une machine à remonter le temps qui voyageait vers un monde parfait, fait d'attentions et de tranquillité. J'écrivais pour corriger ce dernier et pour le rapprocher de moi. Les pages de mon cahier étaient si remplies de mots que, lorsque je tournais la page, le papier crissait. Je me souviens qu'enfant, à force de rédiger des histoires dans lesquelles le personnage principal – moi, en l'occurrence – possédait des superpouvoirs, j'ai commencé à penser que j'en avais peut-être vraiment. Un après-midi, j'ai vu quelqu'un à la télévision tordre une petite cuillère par la seule force de sa pensée. J'ai passé une heure à en fixer une pour faire pareil. J'ai fini par avoir l'impression que j'avais réussi. En réalité, c'était moi qui me tordais de fatigue.

L'écriture m'a sauvé. La lecture, aussi. Il m'est arrivé, et il m'arrive encore aujourd'hui, d'avoir des périodes de boulimie littéraire durant lesquelles je lis plusieurs livres en même temps. Dans ces moments, un seul livre ne me suffit pas.

Après ce soir-là, j'ai perdu toute envie de revoir Andrea. Nous nous sommes aperçus de loin en loin, mais je l'ai toujours évité.

Une telle réaction, silencieuse, soumise, m'a étonné. Je n'ai même pas réclamé d'explication. Après toutes ces années, ils étaient encore ensemble. Qu'attendait-elle de moi ? Même si beaucoup de temps avait passé et si désormais j'étais loin de tout ça, son message avait bouleversé ma journée. J'ai mis au moins quatre heures avant de trouver le courage de l'appeler. Et puis je l'ai fait. Quand j'ai entendu sa voix, j'ai senti comme une brûlure dans mes jambes. Comme un incendie qui remontait jusqu'à mon visage. Elle m'a tout de suite dit de ne pas m'inquiéter et de rester calme, qu'il n'y avait rien de grave, et elle m'a demandé si on pouvait se voir, parce qu'elle devait me parler. Nous nous sommes donné rendez-vous pour prendre l'apéritif après le travail.

J'ai pensé qu'elle regrettait, qu'elle avait compris qu'en réalité elle m'aimait, moi. Qu'elle avait eu un retour de flamme.

Elle veut peut-être juste coucher, comme au bon vieux temps, me suis-je dit.

Si ça avait été seulement une question sexuelle, je crois que j'aurais accepté, essentiellement pour ennuyer Andrea, la grosse merde. Au fond, le cul avait toujours été génial avec elle, plus pour une raison chimique qu'à cause de nos talents respectifs, du moins les premiers temps. Camilla était une de ces femmes qu'on appelle en français les *femmes fontaines*. Ce sont ces femmes qui, quand elles ont un orgasme, jouissent en lâchant de petits jets, comme une petite fontaine précisément.

Je confiais tout à Andrea. J'ai fini par croire que je l'avais poussé dans ses bras. Quelques mois avant sa trahison, déjà, quelque chose avait changé entre Camilla et moi. C'est ainsi que mes soupçons sont nés. Elle n'avait jamais envie de faire l'amour et, les rares fois où nous le faisions, elle était bizarre. Souvent, elle allait jusqu'à pleurer. Autre chose : dans ses moments de crise, Camilla faisait des gâteaux. Elle s'enfermait à la maison et cuisinait. Durant ces périodes, elle me gavait de pâtisseries. Et de cornes. J'étais un homme gras et distrait.

Je suis arrivé au bar avant elle. En patientant, j'ai fait un constat étonnant : plus personne ne commande un café comme autrefois. Avant, quand on entrait dans un bar, on demandait « un café » ou bien « une noisette ». Aujourd'hui, on entend : déca, américain, grand crème, dans une grande tasse, dans une tasse froide, noisette avec du lait chaud, noisette avec du lait froid, allongé, double espresso.

Je n'ai rien pris. J'attendais Camilla. Pour ne pas me morfondre, j'ai fait la liste des excuses que je pourrais servir à Dante au cas où, par mégarde, je répondrais à l'un de ses appels :

1. Le soir, j'ai mon cours de Pilates.

2. Je suis devenu témoin de Jehovah. Le soir, j'ai catéchisme. D'ailleurs, si ça t'intéresse, tôt dimanche matin je pourrais t'en parler (j'ai effacé par la suite la seconde partie, parce qu'il est si seul qu'il me dira peut-être « Allez, c'est d'accord, on se voit dimanche matin super-tôt »).

3. La vérité, c'est que je t'aime, bordel… J'en souffre depuis le lycée. Je préfère ne pas te voir. Ça me fait un mal de chien. Je pensais avoir décroché. Salut, mon chou.

Quand Camilla est arrivée, pendant dix minutes j'ai eu les mains moites, la voix tremblante et la gorge sèche. Je n'avais plus aucune force, comme Superman en présence de kryptonite. Je n'arrivais pas à gérer mes émotions. Au lieu d'inventer des excuses pour Dante, j'aurais mieux fait d'écrire quelque chose à Camilla. J'aurais voulu lui dire : « Salut, Camilla, même si je t'"ex-aime", je suis quand même troublé en ce moment. » Or, dès que je l'ai vue, j'ai juste pensé : *Et merde, je me la retaperais bien.*

Après les préliminaires d'usage (« Comment ça va ? Tout roule ? Et le boulot ? ») sont tombées deux nouvelles qui m'ont secoué. La première était qu'Andrea et elle allaient se marier.

Camilla était de l'histoire ancienne. Malgré tout, quand elle m'a appris cela, j'ai eu de la peine. Ce n'était évidemment pas une invitation. Elle voulait soulager sa conscience. Elle sentait qu'il y avait quelque chose en suspens dont il valait mieux parler.

Camilla était là, devant moi. Bien que beaucoup d'eau soit passée sous les ponts, je n'ai pas résisté à l'envie de lui demander pourquoi elle m'avait fait ça et si elle avait eu des regrets.

— Bah… Je me suis trompée. J'ai mal agi et tu ne peux pas savoir à quel point je l'ai regretté. Mais tu m'y as obligée avec ta jalousie. Si tu ne m'avais pas rendue folle, je serais encore avec toi. Tu me plaisais à mort et j'étais amoureuse. J'ai essayé par tous les moyens de t'en convaincre, mais j'ai fini par comprendre que ce n'était pas moi le problème. Tu n'étais pas jaloux à cause de mon attitude. Jusque-là, je menais une vie monacale avec toi à cause de tes paranoïas, de tes peurs et de tes obsessions. Les derniers temps, tu ne faisais qu'amplifier ma solitude. Je n'essaie pas de me justifier. Je sais bien que j'ai fait une erreur, mais tu te rappelles toutes les fois où tu m'as fait la gueule ? Quand tu m'as surprise avec Andrea, c'était seulement la deuxième fois que je sortais avec lui. Nous n'avions pas encore couché ensemble. Nous nous étions à peine embrassés. Pourtant, je me sentais déjà mal. J'essayais de trouver la force et le courage de te quitter, mais j'avais peur et j'ai trop attendu. J'étais déjà ailleurs dans ma tête. Chaque fois qu'on faisait l'amour, c'était comme si je te trompais encore. J'avais déjà tout gâché. Tu as accéléré les choses en nous découvrant et ça t'a permis de tout me mettre sur le dos.

Je savais qu'elle avait raison, mais je ne le lui ai pas dit. Mon silence a été une petite vengeance.

— Écoute, Giacomo… Je dois te dire un truc qui risque de te blesser. C'est égoïste de ma part, mais je dois te le dire.

— Tu veux faire l'amour avec moi une dernière fois avant de te marier ?

— Arrête… C'est sérieux.

Je n'étais pas certain de vouloir vraiment l'entendre, ce truc. Ce que j'avais appris sur notre relation me semblait déjà amplement suffisant.

Elle est restée silencieuse durant quelques secondes, puis elle a dit :

— Tu sais… Quand nous étions ensemble, avant que je décide de faire ce que j'ai fait, c'est-à-dire de m'intéresser à un autre homme, il y a eu une chose qui m'a fait comprendre que je ne voulais plus rester avec toi.

Une chose importante que je ne t'ai jamais dite et qui m'a marquée à jamais.

Elle s'est tue. Ses yeux se sont mis à briller et se sont presque aussitôt emplis de larmes. Je me suis demandé ce que je devais faire. J'ai été tenté de l'enlacer, mais j'ignorais si je pouvais le faire, si c'était convenable, si…

Je ne savais plus comment me comporter physiquement avec elle.

J'ai fini par poser ma main sur la sienne.

— Qu'y a-t-il, Camilla ?

Entre deux sanglots, elle a déclaré :

— Giacomo… Trois mois avant de te quitter, j'ai… j'ai avorté !

Je suis resté de marbre. Je ne savais pas si j'étais dévasté par cette information ou, au contraire, totalement indifférent. Au fond de moi, je n'éprouvais pas d'émotion violente. C'était seulement mental, rationnel. Cela restait à la surface. Ce qui m'a peut-être le plus ennuyé, c'est qu'elle me l'ait caché. Je me sentais surtout perdu.

— Pourquoi ne me l'as-tu jamais dit ?

— Je n'en sais rien. J'avais peur. D'un côté, je ne voulais pas t'impliquer, je ne voulais pas que tu le saches. Comme ça, la décision m'appartenait à moi seule. D'un autre côté, j'ai aussi eu peur que tu aies envie de le garder alors que je ne t'aimais plus. Pour être sincère, même si tu me plaisais, jamais je ne t'aurais choisi pour être le père de mes enfants. Ça a été une épreuve difficile. Quand j'y repense, j'ai pleuré un nombre incalculable de fois ces dernières années. Les premiers temps, il suffisait qu'on me fasse une remarque pour que je me sente mal. Je m'estimais si sale que, chaque fois que quelqu'un me faisait un

81

compliment, je voulais répondre qu'il ignorait qui j'étais vraiment. C'était pareil avec Andrea : j'ai énormément souffert en silence sans qu'il en connaisse la raison.

— Tu le lui as dit ?

— Non. Federica et toi êtes les seuls à le savoir. J'ai eu du mal à me pardonner, mais j'étais très jeune, je me suis trompée et, maintenant, je dois aller de l'avant. L'autre jour, quand je t'ai vu dans la librairie, j'étais justement en train de penser à toi. Et quand tu es apparu devant moi, j'ai cru que c'était un signe. Excuse-moi.

Nous sommes restés un moment au bar. Nous avons parlé de tout autre chose. Elle avait encore les yeux rouges. La voir ainsi, en face de moi, après cet aveu, m'a fait comprendre combien elle avait souffert, combien ce secret avait été lourd pour elle. J'ai découvert que cette femme m'attirait encore, mais d'une manière différente. J'étais certain que, dès que nous sortirions du bar, je ne la reverrais plus, mais qu'elle resterait en moi comme l'une des émotions, positives ou négatives, les plus importantes de ma vie, et j'aurais voulu lui dire une de ces phrases pathétiques qui d'habitude viennent du cœur et que, souvent, on n'arrive pas à taire : « Camilla, quoi qu'il arrive, je serai toujours là pour toi. » Je me suis contenté de la murmurer à mon intention. Je pensais qu'elle serait plus sincère si je la prononçais ainsi.

En revenant chez moi, j'ai songé que, peut-être, je n'aurais pas voulu avoir d'enfant à l'époque, moi non plus, et que l'apprendre maintenant ne m'avait fait éprouver aucun sentiment de culpabilité. C'était une pensée horrible, masculine. J'ai fait un calcul rapide :

j'aurais eu un fils d'à peu près dix ans. J'ai eu du mal à m'endormir.

Je n'étais pas bouleversé. C'est triste à dire. Je ressentais surtout un étrange inconfort émotionnel. Cette sensation désagréable qu'on éprouve l'été quand on marche en tongs et qu'on va se coucher le soir sans se laver les pieds. Comme un fourmillement, tout en bas.

6

Des femmes et des ennuis

Il neigeait. Il était à peu près 15 heures. C'était étrange pour une fin mars. Les flocons étaient si légers que certains remontaient vers le ciel. Je ne les voyais pas parce que j'étais étendu au fond de ma douche. L'eau qui giclait ne parvenait pas à nettoyer le sang qui s'écoulait de ma lèvre et de mon nez.

Je n'avais pas glissé.

Tandis que je me savonnais, le rideau s'était ouvert et une silhouette sombre s'était jetée sur moi. Je n'avais même pas vu partir le premier coup de poing. Je m'étais cogné la tête contre la cabine. Plusieurs autres coups avaient suivi alors que j'étais à terre. Tandis qu'il me frappait, l'inconnu hurlait des insultes. Puis j'ai entendu la voix de Monica :

— Arrête, arrête, ça suffit ! Tu vas le tuer !

Ils sont partis. Soudain, la phrase que m'avait dite ma grand-mère la veille au soir, au moment où je la quittais après lui avoir fait ses courses, m'est revenue :

— Paolo, n'oublie pas de sortir le chien, sinon grand-père va se fâcher.

Malgré la douleur, je me suis mis à rire. Elle s'était trompée de prénom, mon grand-père est mort depuis plusieurs années et on n'a plus de chien. C'est le côté tragiquement ridicule de l'Alzheimer.

Après quelques minutes, je me suis relevé et je suis allé me regarder dans la glace. Lèvre explosée, cocard, nez en sang. J'ai pensé : *J'ai sans doute la mâchoire cassée.* Je respirais comme si je venais de finir une course à pied et que j'étais allé au bout de mes forces. Je sentais dans ma bouche le goût métallique du sang.

J'ai ouvert la fenêtre. Il neigeait encore. La cour devant moi était couverte d'un manteau blanc. Ce samedi après-midi paraissait encore plus silencieux à cause de la neige. J'étais nu et mouillé, devant la fenêtre ouverte, mais je ne ressentais pas le froid. Je sentais seulement mon visage palpiter. J'aurais voulu descendre et m'allonger dans la neige. Me laisser bercer par ce calme.

J'ai refermé la fenêtre et j'ai appelé Silvia.

— Margherita est encore chez tes parents ?

— Oui, pourquoi ?

— Une urgence. Viens vite.

Silvia est arrivée peu après et, quand elle m'a vu, elle a pris peur. D'après elle, j'étais bon pour les urgences.

— Que s'est-il passé ?

— On est samedi. Et qui est-ce que je vois, d'habitude, le samedi après-midi ?

— Monica.

— Tout juste. Elle tardait et comme j'avais peur de ne pas entendre l'interphone, j'ai attendu avant de prendre ma douche. Quand elle a sonné, j'ai ouvert, puis j'ai couru dans la salle de bains en laissant la porte entrouverte. Problème : elle n'était pas seule. Son petit ami m'a bombardé de coups de pied et de poing.

— Il l'a sans doute obligée à lui dire avec qui elle sortait.

— J'en sais rien. Je n'ai pas eu le temps de lui demander ce qu'il faisait chez moi. J'aurais bien aimé lui dire que ce n'était pas ce qu'il croyait, mais j'avais déjà son poing sur ma bouche.

— On savait tous les deux que quelque chose arriverait un jour ou l'autre…

Voilà pourquoi elle est ma meilleure amie : parce qu'elle ne me juge pas et qu'elle ne me dit jamais « Je te l'avais bien dit », même si, presque toujours, c'est le cas. Et puis elle est compréhensive. Elle a conscience que je suis un couillon et désormais, moi aussi.

— Je t'emmène aux urgences.

— Je dois d'abord passer chez ma grand-mère. Ni sa dame de compagnie ni ma mère ne peuvent y aller.

— Je t'accompagne et, après, on va aux urgences. Ça marche ?

— D'accord.

Nous sommes sortis ensemble. Je boitais. Tandis qu'elle est allée chercher la voiture garée un peu loin, j'ai fait quelques pas dans le jardin couvert de neige fraîche. Son crissement sous mes pas me plaisait beaucoup. *Scritch-scritch* : c'est un de mes bruits préférés. J'ai fait ce que je faisais, petit, quand il neigeait : j'ai levé la tête vers le ciel, j'ai fermé les yeux pour sentir les flocons sur mon visage, puis j'ai ouvert la bouche et j'ai tiré la langue pour les goûter.

J'ai ramassé un peu de neige et je l'ai appliquée là où j'avais mal. Je me suis allongé, bras en croix, exactement comme j'avais rêvé de le faire quelques minutes plus tôt en regardant par la fenêtre et comme je le faisais toujours quand j'étais enfant avec mes amis pour tracer l'« empreinte de l'ange ». On y arrive en se laissant tomber en arrière dans la neige. Ensuite, on crée la forme des ailes en bougeant ses bras tendus. Mais, pour que tout soit parfait, il faut que quelqu'un t'aide à te relever pour ne pas abîmer l'empreinte.

Silvia est arrivée et a d'abord cru que je m'étais évanoui. Elle a couru vers moi, mais je l'ai arrêtée à temps.

— Attention ! Tu vas abîmer mon ange.

— Quoi ?

— Approche lentement, mais pas trop près. Tu prends ma main et tu tires.

— Tu es certain de ne pas avoir reçu de coups sur le crâne ?

Elle s'est exécutée. Une fois debout, je me suis tourné vers l'empreinte. Mon ange était bien emprisonné dans la neige.

Nous sommes allés chez ma grand-mère, la mère de ma mère. Elle était malade. Parfois, elle se comportait normalement mais, par moments, son cerveau se déconnectait et elle se mettait à dire n'importe quoi. Souvent, elle m'appelait Alberto, qui était le prénom de mon grand-père. Le jour où elle m'a appelé Paolo, ça m'a fait rire parce que je ne savais pas avec qui elle me confondait. À cette époque, son état se dégradait. D'ailleurs, ce jour-là, c'était la fin de l'après-midi et elle dormait. Silvia et moi nous sommes préparés un café puis, tandis qu'elle était au téléphone avec Carlo, je suis rentré dans la chambre et je me suis assis au chevet de ma grand-mère. Je l'ai observée. Beaucoup de choses me sont venues à l'esprit. Les merveilleux goûters qu'elle me préparait : pain-Nutella, flans, tartines beurre-confiture, pains aux raisins, jus de fruits.

Elle qui, enfant, avait souffert de la faim compensait avec moi. Même quand nous allions au cinéma l'après-midi, elle m'apportait un petit sac avec plein de choses à manger et du jus de fruits. Elle aimait me faire plaisir. Jusqu'à ce qu'elle tombe malade, chaque fois que je venais chez elle le week-end, elle me demandait, dès que j'avais fini de manger, ce que je voulais pour la semaine suivante.

— Grand-mère, j'ai le ventre plein, là. Comment veux-tu que je te réponde ?

— Alors je te préparerai une bonne assiette de pâtes. Et des boulettes, aussi.

Après le déjeuner, quand j'étais petit, je restais souvent chez elle, car ma mère travaillait. Je faisais mes devoirs assis à table, pendant que ma grand-mère lavait la vaisselle ou rangeait la maison. Ensuite, elle s'allongeait sur le canapé et faisait une sieste. Quand elle se réveillait, il y avait une blague rituelle entre nous. Elle ouvrait les yeux et poussait un petit cri :

— Oh, mon Dieu !

— Qu'est-ce que tu as fait ?

— J'ai écrasé… un roupillon.

Maintenant, ça ne fait sans doute rire personne mais, à l'époque, ça m'amusait beaucoup.

J'adorais quand elle me demandait de glisser le fil dans chas de son aiguille parce qu'elle n'y voyait pas bien. Ça me faisait plaisir parce que, quand on est enfant, les occasions d'être utile aux adultes sont rares. Elle léchait le bout du fil pour le lisser, alors je le prenais par l'autre bout car ça me dégoûtait. Parfois, une fibre microscopique empêche le fil de passer. Mais, après deux ou trois tentatives, je réussissais toujours à l'enfiler. J'aimais surtout la voir repriser les chaussettes en y introduisant un œuf en bois. Quand elle cuisait des haricots verts, on détachait les queues avec les ongles, on les déposait sur une page de journal, puis on les jetait à la poubelle. Elle me laissait aussi repasser les mouchoirs. Je passais le bout du fer sur le coin de l'ourlet. Elle m'appelait pour plier les draps. Pour rire, je les tournais toujours du côté opposé à celui qu'elle tenait pour qu'ils s'entortillent au lieu de se plier correctement. Je m'amusais aussi beaucoup quand, avant de nous rapprocher l'un de l'autre pour le dernier pli, elle tirait fort afin qu'ils soient bien tendus : je volais alors vers elle. Je lui en ai tant fait voir ! Elle m'a tellement aimé ! Elle me l'a toujours montré, même quand je passais mes doigts entre mes orteils avant de les lui mettre sous le nez.

— Si tu m'aimes, je lui disais, tu dois les sentir.

Si elle s'était réveillée à cet instant et qu'elle m'avait vu ainsi, le visage tuméfié, nous l'aurions peut-être perdue pour toujours. Je me suis levé lentement et, quand je suis arrivé devant la porte, mon téléphone s'est mis à sonner. J'ai aussitôt appuyé sur la touche « silence ».

Ma grand mère a ouvert les yeux. Elle m'a regardé, l'espace d'une seconde, et m'a dit :

— Salut, Alberto.

— Salut, Teresa.

Puis elle a refermé les yeux et je suis allé rejoindre Silvia.

— Mon téléphone a sonné juste au moment où je sortais à pas de loup.

— Qui c'était ?

— Le mauvais type au mauvais moment.

— Il t'appelle encore ?

— Un vrai pot de colle. Imagine que l'autre jour j'ai décroché sans regarder qui appelait, et c'était lui.

J'étais aux toilettes et, tandis que je lui parlais, je continuais à faire mes petites affaires. Puis je suis sorti sans tirer la chasse pour qu'il ne sache pas où je me trouvais. Comme j'ai gardé le téléphone à la main, j'ai bien sûr oublié de revenir tirer la chasse : quand je suis retourné aux toilettes deux heures plus tard, j'ai eu l'impression qu'un cirque était arrivé en ville. J'ai regardé dans la cuvette et j'ai cru voir le village des Schtroumpfs après un tremblement de terre.

— Tu me dégoûtes ! Pourquoi est-ce que tu passes ton temps à me parler de trucs répugnants ? On dirait un gosse qui se complaît à dire « caca ». Si on ne t'avait pas déjà frappé, je m'en chargerais personnellement.

— Tu sais… Je suis content de m'être fait casser la gueule par le fiancé de Monica.

— Félicitations !

— C'est bien fait pour moi. Si ça se trouve, c'est un signe pour me faire comprendre que les choses doivent changer.

— Ça fait quelque temps que tu dis ça. Tu es en train de penser à Michela…

— Oui, je pense souvent à elle. Ou plutôt à l'idée que je m'en fais, à ce qu'elle représente. À moins que les personnes qu'on connaît bien ne deviennent plus intéressantes dans notre esprit. C'est comme ces gens qu'on aperçoit au feu rouge : après t'avoir souri, ils démarrent dès que le feu passe au vert. On a pourtant l'impression qu'on les cherche depuis des années.

— Si ça se trouve, c'est le cas. Tu renifles encore son gant ?

— Oui.

— Alors, pars à sa recherche. Essaie, au moins. Cela dit, allons aux urgences d'abord.

— D'accord.

Ma mère venait d'arriver pour prendre ma place auprès de ma grand-mère.

— Salut.

— Salut. Désolée pour le retard et pour ma sale tête. Ces déménageurs, je ne vous en parle même pas... Si je n'étais pas restée, ils auraient détruit la maison. Ils ont réussi à faire deux griffures sur le mur en installant l'armoire. J'ai été obligée de me fâcher. Que t'est-il arrivé ?

— Je suis tombé.

— Tu as consulté ?

— Oui, je suis allé aux urgences et ils m'ont dit que ce n'était rien.

— Tu es sûr ? Tu as besoin de quelque chose ?

— Non, merci. Je dois partir.

— Parfait. Et ta grand-mère ?

— Elle dort.

— Salut, alors.

— Salut.

— Au revoir, madame.

— Salut, Silvia.

— Au fait, maman...

— Qu'est-ce qu'il y a ?

— Les griffures sur le mur... Elles sont derrière l'armoire ?

— Oui, heureusement. Elles ne se voient pas, mais je me suis quand même fâchée. Je veux dire... C'est leur métier. Ils sont censés faire attention.

— Allez, salut.

— Salut.

7

Une nuit aux urgences

À notre arrivée aux urgences, je me suis fait exa-
miner. Rien de grave, mais ils ont préféré me garder
en observation pour la nuit à cause des coups à la
tête.

— Comment ça, toute la nuit ? Mais c'est rien du
tout !

— Vous pouvez parfaitement partir. Il vous suffit de
signer une décharge.

J'ai regardé Silvia.

Puis une infirmière a demandé à l'un de ses
collègues :

— La 3 est libre ?

— Pour le moment, oui.

— Mettons-le là. Si vous voulez, a-t-elle dit ensuite
en regardant Silvia, vous pouvez rester et lui tenir
compagnie.

Nous sommes allés dans la chambre numéro 3 pour
un samedi soir très particulier.

— Qu'est-ce qu'elle a de spécial, la 3 ?

— Elle n'a que deux lits, alors que les autres sont
grandes. Vous y serez au calme, même si je doute que

cela dure : dans peu de temps, commencera le cirque du samedi soir.

À part une petite douleur, je ne me sentais pas vraiment mal. C'est la raison pour laquelle, allongé dans le lit avec Silvia assise à côté de moi, je trouvais tout ça surréaliste et amusant.

La dernière fois que j'avais fréquenté les urgences, Silvia était déjà là. Mais la situation était inversée : c'était elle qu'on devait soigner. Ça s'était passé durant la brève période au cours de laquelle nous sortions ensemble, avant de devenir amis. Silvia a l'habitude de coiffer ses longs cheveux en les balançant vers l'avant d'un geste rapide en une sorte de révérence brutale. Ensuite, elle les peigne la tête en bas. Ce jour-là, j'avais eu un problème avec le lavabo de la salle de bains qui s'était bouché. Comme il est encastré dans un meuble, je l'ai déplacé pour dégager le tuyau d'évacuation. Comme d'habitude en sortant de la douche, Silvia a projeté sa tête en avant. J'ai entendu un choc sourd. Quand je suis arrivé dans la salle de bains, elle était allongée par terre, évanouie.

C'était à mon tour de me retrouver aux urgences. Silvia est allée chercher des biscuits. Entre-temps, un SMS est arrivé sur mon portable. *Quelle idiote !* C'était Silvia qui m'envoyait pour la énième fois l'adresse de Michela. Je ne lui avais même pas envoyé d'e-mail. Mais ça m'amusait de recevoir ce message de Silvia toutes les fois où elle jugeait opportun de me rappeler l'existence de Michela.

Puis elle est revenue avec les biscuits.

— Tu peux arrêter de m'envoyer ce message ?

— Je te l'enverrai jusqu'à la fin de ta vie.

— Pour être honnête, j'y ai bien pensé, l'autre jour. J'ai essayé d'imaginer la scène à New York… Je ne sais même pas comment je pourrais lui dire bonjour.

— Essaie : « Salut, comment ça va ? Tu sais, je passais par hasard et, alors que je me promenais, je t'ai aperçue… »

— Pas mal… Si ça se trouve, ça la fera même rire. Écoute : vu que la soirée s'annonce longue, donne-moi quelques conseils de filles sur ce que je dois lui dire.

— Qu'est-ce que j'en sais, moi ? Nous ne sommes pas toutes les mêmes.

— Je sais, mais tu es une femme et tu peux t'identifier à elle bien plus que je ne pourrais jamais le faire. Parle-moi de toi, alors. Dis-moi ce qui te dérange chez un homme au premier rendez-vous.

— Ça fait des années que je ne suis sortie avec personne…

— Allez… Tu dois bien te rappeler ce qui t'agaçait. Je me souviens que tu étais impitoyable : il suffisait qu'un garçon ait un mot malheureux ou fasse un geste de travers pour que tu le largues.

— Pas faux… Mais ça n'a servi à rien. Regarde-moi, maintenant. Cela dit, tu es capable de jeter une fille si elle fait une faute d'orthographe dans un SMS ou si elle t'en envoie trop. Tu m'as dit être sorti avec Monica seulement parce qu'elle a un beau cul. Un beau cul te suffit pour sortir avec quelqu'un et, à moi, un rien me suffisait pour jeter un type.

Elle avait raison. J'ai déjà eu envie de fréquenter des femmes et de coucher avec elles seulement à cause d'un beau cul et d'une belle poitrine. Il m'est arrivé d'entendre des femmes dire qu'elles ne faisaient pas l'amour depuis longtemps : « Tu sais, ce n'est pas facile. Pour que je fasse l'amour avec un homme, il doit me plaire. Je ne parle pas de tomber amoureuse, mais il ne suffit pas qu'il soit intelligent, beau ou sympathique. »

Je me disais, en moi-même : « Dire qu'une paire de seins ou un beau cul me suffisent… »

Monica a le plus beau cul du monde. Silvia dit qu'on ne peut pas avoir une liaison avec une femme seulement parce qu'elle a un beau cul. Pour ma part, je dis que si, c'est possible. Qu'est-ce que j'y peux ? J'aime le cul des femmes. Même ceux des mannequins dans les boutiques de lingerie me fascinent. Quand je passe devant une vitrine et que j'aperçois ces mannequins qui tournent sur eux-mêmes, j'attends qu'ils aient fait un tour complet pour voir leur cul.

— Quoi qu'il en soit, ça ne m'est jamais arrivé de jeter un homme pour une phrase malheureuse. C'est toi qui crois ça, mais c'est faux. Cela dit, certaines phrases leur faisaient perdre des points. C'est normal. Tout le monde réagit comme ça.

— Pardon ?

— Par exemple, je n'ai jamais aimé les hommes qui m'invitaient chez eux, puis qui, quand j'arrivais, me disaient qu'ils n'avaient pas fait les courses et qu'ils cuisinaient un truc rapide avec ce qu'il y avait dans le frigo.

— J'ai toujours fait ça avec toi.

— Tu as même été plus loin : tu m'invitais, tu me faisais faire la cuisine avec ce que tu avais et, avant de manger, tu me demandais de laver les assiettes qui traînaient dans l'évier parce qu'il n'y en avait plus aucune de propre pour le dîner.

— On est amis, toi et moi. Ça n'a rien à voir.

— Justement… Laisse tomber… Je me souviens aussi que je n'ai jamais aimé ceux qui demandent l'autorisation avant de faire les choses. « Je peux te dire quelque chose ? Je peux t'embrasser ? Je peux te téléphoner ? » Ou bien ceux qui sortent des phrases du genre : « Je ne t'appelle pas pour ne pas te déranger. Si tu as envie qu'on discute, appelle-moi, toi. » Je n'aime pas les hommes qui t'emmènent dîner au restaurant et qui attendent tes suggestions. Je préfère ceux qui sont sûrs d'eux, qui ont les idées claires, qui savent où t'emmener. Je n'aime pas ceux qui font semblant d'être gentils. Mais ceux qui me servent de l'eau parce qu'ils sont polis, ceux qui sont aussi attentionnés avec moi qu'avec leur grand-mère. Et pas seulement parce que c'est le premier soir. D'ailleurs, le premier soir, les mecs exagèrent tout : ils te font le coup de la portière de voiture et tout le reste. Mais après quelque temps, chez eux, c'est toi qui dois te lever pour aller chercher le sel. Je n'aimais pas ceux qui n'enfilaient pas leur préservatif spontanément et qui m'obligeaient à les y inviter.

— Ça doit être compliqué de tout arrêter pour obliger ton partenaire à mettre une capote.

— Oui, mais j'avais appris à le faire.

— Et c'était suffisant pour le disqualifier.

— Pas toujours. Ça dépendait de la manière. Mais le vrai problème, c'étaient les excuses. La meilleure étant : « Je suis allergique. » Même si celle que je déteste par-dessus tout, c'est : « D'habitude, j'en mets, mais j'ai confiance en toi. »

— En général, je raconte que ça me serre.

— Dans ton cas, tu as intérêt à dire ça avant de te déshabiller parce que, si ma mémoire est bonne, ce n'est pas vraiment crédible.

— Avec toi, j'en ai toujours mis. Tu te rappelles ?

— Oui, mais je me souviens aussi que nous avons eu l'ébauche d'un débat à ce sujet parce que tu ne voulais plus en mettre au bout de la troisième fois.

— Pardon mais, après la troisième fois, on ne peut plus parler de sexe occasionnel. Il s'agit d'une relation poussée.

Ma remarque stupide nous a fait rire tous les deux.

— Et Carlo est venu à bout de ce parcours du combattant sans jamais faire aucune de ces erreurs ?

— Je suis tout de suite tombée amoureuse de Carlo. Même si je remarquais certains trucs, ça ne me dérangeait pas chez lui.

— Au bout de quelque temps, tu m'as dit qu'il y avait chez lui des choses qui te plaisaient et d'autres que tu n'aimais pas beaucoup.

— C'était quoi ? Rafraîchis-moi la mémoire.

— Tu aimais ses mains, sa manière de te sourire et de s'habiller. Surtout, tu disais toujours qu'il était très bien élevé.

— C'est vrai. Et les choses qui me déplaisaient ? Parce que, si tu les as oubliées, je peux en rajouter quelques-unes.

— À l'époque, tu n'avais pas apprécié qu'il ne soit pas passé te prendre à votre premier rendez-vous : il t'avait juste donné le nom du restaurant où vous deviez vous retrouver. Et puis tu détestais qu'il te dise « Salut beauté ! » avant de raccrocher. Et aussi, lorsqu'il t'embrassait et que tu lui faisais remarquer qu'il avait les mains baladeuses et que tu voulais qu'il arrête, il arrêtait tout de suite et ne recommençait plus. Plus jamais.

— Je me rappelle le moment précis où j'ai décidé de faire l'amour avec lui. Tu imagines ça ? J'ai pris ma décision devant le restaurant, quand il s'est garé sur le trottoir. Je me souviens qu'il l'a fait en tenant le volant d'une seule main, tout en me parlant. Il a même fini sa manœuvre en me regardant. C'est à ce moment précis que j'ai décidé de coucher avec lui.

— C'est logique, non ? Un mec fait son créneau et tu décides de te le taper. Ça me semble tout à fait normal.

— Une de mes amies disait toujours : « Si tu veux savoir comment il baise, regarde comment il conduit. »

— Donc, si je résume : dans le cas où je rencontrerais Michela, je devrais essayer de me garer d'une seule main en la regardant. OK, ça roule. Des conseils sur la manière de faire l'amour ?

— C'est trop loin, désolée… Cela dit, sexuellement parlant, je n'ai jamais aimé ceux qui te demandent : « Alors, ça t'a plu ? »

— Attends… D'après toi, quand une femme fait l'amour avec un mec et que ça ne se passe pas génialement bien, elle est capable de savoir s'il est nul au pieu en général ou seulement si c'est parce que c'est la première fois qu'ils couchent ensemble ?

— On comprend ça tout de suite. Ce n'est pas une épreuve olympique. Certains sont vraiment nuls. Mais tu peux me croire – et je peux te l'assurer au nom de toutes les femmes –, il n'y a rien de pire que ceux qui font l'amour trop poliment.

— Trop poliment ?

— La baise bien élevée, c'est pire que tout. Pire, même, que ceux qui replient leurs habits après s'être déshabillés et qui les posent, bien rangés, sur une chaise. Ça, c'est un vrai tue-l'amour.

Après un instant de silence, Silvia m'a dit en lorgnant l'intérieur de la boîte de biscuits :

— Ce matin, quand j'ai amené Margherita chez ses grands-parents, j'ai discuté de la situation avec ma mère. Quand j'aborde la question avec elle, elle change aussitôt de sujet. C'est comme si elle n'écoutait pas. Ce matin, pourtant, je lui ai tout raconté. Je me suis lâchée.

— Comment ça s'est passé ?

— Très mal. Je m'attendais au moins à de la complicité mère-fille, à défaut d'une complicité entre femmes. Et puis rien. Elle m'a sorti que le mariage est un sacrifice, qu'on ne peut pas tout avoir dans la vie et qu'elle non plus n'a pas toujours été heureuse avec mon père, mais qu'elle a tout supporté et qu'elle est allée de l'avant pour nous, ses enfants. Elle m'a même avoué qu'elle a très souvent pleuré en silence. Et puis elle m'a dit que Margherita souffrirait trop et que la moindre des choses était que j'attende, parce que certaines crises sont seulement passagères. Tout le monde me dit la même chose. J'ai essayé de lui expliquer que cette crise ne date pas d'hier et qu'il ne s'agit pas d'un problème passager. Je suis certaine que plus jamais je n'aimerai Carlo. C'est comme si je m'étais réveillée après un long sommeil : je vois et je comprends des choses que je n'aurais jamais pu percevoir avant. Pour douloureuse qu'elle soit, cette décision m'a donné une énergie que je n'avais plus depuis des années. Je me sens vivante. Je m'aperçois que j'ai épousé un crétin. C'est triste à dire, mais Carlo l'est vraiment. Où avais-je la tête ?

— Et Edoardo ?

J'avais dit ce qu'il ne fallait pas dire. Edoardo était le garçon avec lequel elle sortait avant d'épouser Carlo. J'ai toujours pensé qu'elle s'était mariée parce qu'elle était totalement déboussolée par son histoire avec Edoardo. Cet homme l'avait anéantie. Même mon amitié n'avait pas pu l'aider. Edoardo, que nous avions surnommé « Egoardo » parce qu'il ne s'intéressait qu'à lui-même, était un de ces individus que, tous sans doute, nous finissons par croiser un jour ou l'autre. Ces individus qui, pour une raison inexplicable, nous aimantent et dont nous ne réussissons pas à nous éloigner avant qu'ils nous aient détruits en mille morceaux. Ça arrive même à des gens intelligents comme Silvia. Chercher à donner un sens à son comportement l'avait même rendue complètement dingue, comme si elle ne trouvait pas la solution d'un rébus. *Je n'ai pas compris pourquoi il m'a dit ça ! Pourquoi a-t-il fait ça ? Qu'est-ce qu'il voulait dire ? Où est-ce que j'ai fait une erreur ?* On donne à ces gens une importance énorme. Nous sommes pendus à leurs lèvres, à leur opinion. Un commentaire négatif et tous les compliments qu'ils nous ont faits jusque-là s'effacent. Ils ont le pouvoir de nous anéantir ou de nous diviniser rien qu'en prononçant un mot. On entre en compétition avec nous-mêmes pour obtenir un avis positif de leur part. Ce sont des relations impossibles à gérer. Quand on raisonne un tant soit peu, on voit bien qu'ils nous font souffrir, mais on est incapable de se libérer de leur emprise parce qu'on est dans la même situation qu'un toxicomane. Tout devient ingérable. Même une chose simple comme envoyer des SMS fait naître des doutes insolubles. *C'est moi qui ai envoyé le dernier message, alors qu'est-ce que je fais ? J'en envoie un autre parce qu'il ne m'a pas répondu, ou bien j'attends ? Je rappelle en mode secret ? Je fais semblant d'être vexée ou bien j'opte pour la version spirituelle et sympathique ? J'essaie de l'énerver en lui disant qu'il pourrait me rappeler, au moins par politesse ?*

J'ai pu observer la relation entre Silvia et Edoardo en tant qu'ami et je savais que, si j'avais insisté pour qu'elle le quitte, j'aurais perdu. Dans ces cas-là, mieux vaut avancer pas à pas, parce que la personne n'est plus elle-même. Elle est comme hypnotisée. Je me suis douté de quelque chose la première fois où elle est allée dormir chez lui. Le lendemain matin, elle m'a téléphoné :

— Giacomo, j'ai fait une chose vraiment idiote. J'ai dormi chez Edoardo et, quand je me suis réveillée, il était déjà parti au boulot. Alors je me suis mise à farfouiller, à ouvrir les tiroirs pour voir s'il y avait des traces d'autres femmes. Dans la salle de bains, surtout. Ça m'a pris hier soir. J'ai eu des doutes en voyant l'évier de la cuisine : il était trop propre pour être l'évier d'un homme qui n'a pas de femme de ménage. Je n'ai rien trouvé.

C'était le premier symptôme de la perte de contrôle. La Silvia que je connaissais n'aurait jamais fait ce genre de chose.

Le problème fondamental de leur couple était qu'ils aimaient tous les deux la même personne : lui.

Avec Egoardo, Silvia avait perdu plusieurs kilos. Elle était marquée physiquement et elle avait complètement perdu les pédales. Lui était déséquilibré. Déséquilibré et cocaïnomane. Quand leur histoire s'est enfin terminée, Silvia était une vraie loque et elle a trouvé un peu de sérénité chez Carlo. J'ai bien essayé de lui dire qu'à mon avis, son choix d'épouser Carlo était une réaction à sa catastrophique liaison avec Edoardo. Mais Silvia m'a juré ses grands dieux qu'elle était amoureuse. Elle l'était, en effet, et ma remarque n'excluait d'ailleurs pas qu'elle le soit.

— Tu te souviens de la façon dont tu te mettais en colère quand il matait les autres filles ?

— Oui, mais ce n'était pas pour ça que je me mettais en colère. Ça me gênait qu'il les regarde, c'est clair. Mais ce qui me faisait le plus enrager, c'était que, quand je le lui signalais, il me répondait que je me trompais. Ça avait le don de me mettre hors de moi.

Le souvenir d'Edoardo avait rendu Silvia pensive.

— Je crois, moi aussi, que c'est à cause de lui, d'Egoardo. Ce n'est pas facile de l'admettre. Mon amour toxique et maladif à son égard restera un mystère.

— Que dit ta mère de la situation avec Carlo, à part que tout est normal ?

— Comme toujours, elle s'est mise à déverser sur moi ses propres angoisses. Dans les faits, elle a été, et continue d'ailleurs de l'être, la domestique de mon père. Je vois bien comment sont mes parents chez eux : ils ne se parlent jamais.

— Pourquoi n'essaies-tu pas d'en discuter avec ton père ?

— Quand mon amie Giulia a divorcé, je ne te raconte pas les commentaires qu'a sortis mon père. Au bout de cinq minutes, elle était devenue une pute. Je sais d'avance que, lorsque je partirai, mon père cessera de me parler.

— On est vraiment vernis, toi et moi, avec nos affaires de famille… Qu'est-ce qu'on doit faire ?

— Je n'en sais rien. Par exemple, tout à l'heure, quand ta mère est arrivée, ça m'a fait de la peine de voir comment vous vous êtes comportés l'un envers l'autre. Je connais vos problèmes et je connais ta mère mais, ce soir, ça m'a attristée de vous voir comme ça.

— Qu'est-ce que je peux y faire, d'après toi ? J'en ai marre de me battre.

Étonnamment, après avoir prononcé ces mots, j'ai senti mes yeux s'humecter de larmes. J'ai réussi à les retenir. La phrase « J'en ai marre de me battre » me bouleversait.

— Nous sommes une génération fatiguée. Je n'arrive pas à discuter avec ma mère, c'est plus fort que moi. Je me bloque. Je me referme. Je suis plus à l'aise avec un inconnu qu'avec elle. Bordel ! Elle s'est engueulée avec les déménageurs pour deux griffures sur le mur derrière une armoire qu'elle ne déplacera jamais.

— Je sais bien que c'est compliqué. Pense à moi, à mes relations avec mes parents en ce moment. Nos parents se sont saignés pour que nous ne manquions de rien, alors que nous nous serions contentés de peu. Un mot, une caresse, un baiser, un regard approbateur.

— Quelque chose doit changer, Silvia. Nous devons changer.

— En ce qui me concerne, je songe seulement à la manière de changer de vie en veillant à ce que Margherita soit heureuse. Toi, tu pourrais rejoindre Michela.

— Attends... Quel rapport avec Michela ? D'ailleurs, tu sembles avoir oublié qu'elle n'est pas partie seule.

— Sois franc : je n'ai pas l'impression que ça t'ait jamais traumatisé de sortir avec les femmes des autres. Le rapport avec Michela, c'est qu'elle est la première femme depuis des années qui t'ait un peu secoué.

Quelques jours après cette nuit aux urgences, j'ai décidé d'aller retrouver Michela à New York. Je me rappelle le moment exact où j'ai pris cette décision. J'étais assis dans les vestiaires de la salle de sport. Soudain, tout est devenu limpide. Assis sur le banc, en slip, j'étais en train de retrousser une chaussette pour l'enfiler. Je me suis arrêté. Ma chaussette à la main, j'ai posé mes coudes sur mes cuisses et je me suis immobilisé, le regard perdu dans le vide. Une voix s'est fait entendre en moi. Elle a mis fin à la confusion et tout est devenu clair comme de l'eau de roche. Je devais aller là-bas. C'était la bonne décision.

Un jour, ma grand-mère m'a dit :

— La vieillesse est un endroit dans lequel on ne vit plus que de souvenirs. C'est pour ça que, quand on est jeune, on vit en s'en créant de beaux.

Chaque fois que j'ai fait quelque chose de bien ou, à l'inverse, une connerie, je me suis dit, repensant à cette phrase de ma grand-mère : *Allez... Je raconterai ça à mes petits-enfants*.

Et voilà. Je partais pour New York parce que, quoi qu'il arrive, ce serait génial de pouvoir raconter, un jour, que j'avais accompli cela pour une inconnue. Je voulais devenir un chasseur d'émotions et de souvenirs.

Dans le vestiaire de la salle de sport, j'ai eu une illumination. Ce n'était pas la première fois. J'avais souvent assisté à un phénomène dû à d'incompréhensibles mécanismes : la mystérieuse loi du casier. Même s'il y a mille casiers dans le vestiaire et que nous ne sommes que deux, l'autre type prend systématiquement le casier à côté du mien, celui devant lequel j'ai posé mes affaires, et il vient se changer au moment précis où je suis là. Les mystères insondables de l'existence...

Cela dit, le monde des vestiaires est un univers étrange. Des inconnus passent et se douchent devant toi, dans le plus simple appareil, alors que certains membres de ta famille ne t'ont jamais vu nu. Certains hommes glissent leur tee-shirt dans leur slip et le bord du vêtement ressort en dessous, sur les cuisses, comme de petites jupettes. Certains se mettent de la crème « contour des yeux », se sèchent les cheveux, se pomponnent avant d'aller s'entraîner comme s'ils se préparaient à entrer en scène. D'autres, au contraire, sentent mauvais avant même de suer et ne se lavent pas davantage. D'autres encore partent en disant qu'ils se doucheront chez eux mais, en attendant, remettent leur veste et leur cravate, si bien qu'on peut raisonnablement penser qu'ils oublieront de le faire une fois rentrés.

Les plus terribles, ce sont ceux qui s'admirent dès que leur regard rencontre une surface réfléchissante. D'abord, ils observent leurs muscles contractés, puis leur coiffure. Il arrive même qu'ils en croisent d'autres comme eux et qu'ils se complimentent alors réciproquement sur leur tonicité musculaire.

Et c'est justement là que j'ai eu mon illumination. La salle de sport a été mon lieu saint. Je me suis levé, j'ai fini de m'habiller, j'ai rincé mes tongs et je suis sorti. Je les lave toujours parce qu'un jour, chez moi, je me suis aperçu qu'il restait des poils collés sous la semelle. Des poils courts et frisés, différents de ceux qu'on a sur les bras. C'est une des choses qui me dégoûtent le plus au monde. J'ai appelé Silvia et lui ai annoncé ma décision.

— Je vais à New York.

— Génial. Je t'envoie la liste de tout ce que tu vas devoir me rapporter.

— Voilà pourquoi tu insistais tant. Tu étais intéressée.

— Quelle question ! Écoute, je suis en train de me promener avec Margherita. On se voit à l'heure de l'apéro ?

— Ça marche. Salut.

— Salut.

Je n'allais pas partir dès le lendemain, mais j'avais pris ma décision. J'avais besoin d'environ deux semaines pour me préparer calmement. Je devais tout régler au boulot. À cette occasion, Alessandro s'est comporté en véritable ami et m'a bien aidé.

Un jour, il est arrivé avec son sac de tennis.

— Hors de question qu'on aille jouer aujourd'hui, lui ai-je dit sur le ton de la plaisanterie. J'ai trop de trucs à faire.

— Je vais aller jouer pendant ma pause déjeuner. Arrête un peu.

— Tu n'as plus l'âge de jouer aussi souvent.

— J'ai choisi un adversaire minable : Pietro.

— Tu m'as toujours dit qu'il était un as du tennis !

— Il l'était, mais ces derniers temps il a des problèmes et il n'arrive plus à se concentrer. Il est exténué. Ça fait plus de six mois que sa femme le fait dormir sur le canapé du salon.

— Attends… Silvia m'a dit qu'elle est allée dîner chez eux un soir et que Patrizia n'a pas arrêté de l'embrasser, au point que son propre mariage lui a semblé minable !

— Je sais… Même s'ils ne se parlent plus depuis pratiquement un an, Patrizia exige qu'il soit gentil avec elle, au moins en public, pour que personne ne soit au courant de leur situation. Pietro est en train de devenir fou.

— Pourquoi est-ce qu'il ne la quitte pas ?

— Il attend de pouvoir le faire. La maison est à son nom à elle.

— Quel bordel ! Allez… Je passe un coup de fil et on se met sérieusement au boulot.

La veille de mon départ, je suis passé chez Silvia pour lui dire au revoir. Alors que je discutais avec elle, Margherita a débarqué et a dit :

— Tonton Giacomo, ne pars pas. Reste jouer avec moi.

— Je ne peux pas. Je dois partir, mais je reviendrai vite.

— Viens, tonton. Je veux te faire voir quelque chose.

Je suis allé dans sa chambre et j'ai joué un peu avec elle. Quand je suis revenu dans la cuisine, j'ai trouvé Silvia en pleurs. Je l'ai serrée contre moi.

— Je reviens bientôt. C'est pour ça que tu pleures ? Parce que je pars ?

Elle a reniflé et a souri de ma plaisanterie.

Je ne sais pas si j'ai jamais ressenti autant d'affection pour quelqu'un qu'à l'égard de Silvia. Je l'ai embrassée sur le front. Elle m'a raccompagné jusqu'à la porte.

— N'oublie pas de me rapporter des bonbons à la cannelle.

Je suis rentré à pied pour réfléchir.

Je partais à New York pour rencontrer une femme dont j'oubliais peu à peu les traits. J'étais obsédé par elle et, pourtant, il m'arrivait de ne plus visualiser son visage.

Une femme qui, très probablement, était fiancée.

Néanmoins, je devais y aller. Le moment de vivre un bout de ma vie en compagnie d'autres personnes était arrivé.

Michela titillait ma curiosité depuis trop longtemps.

8

Qui sait où tu te trouves ?

Je n'ai pas peur de l'avion. Disons seulement que, lorsque je pose le pied par terre, je me sens plus heureux. Je n'éprouve pas une véritable angoisse. C'est un peu comme quand on se sent fiévreux, mais qu'en réalité on ne l'est pas.

Je ne prends pas de calmants ou de somnifères. J'essaie seulement de partir fatigué. Le vol pour New York décollait à 10 heures du matin. J'avais préparé ma valise tard dans la nuit après m'être promené en ville. C'était agréable. Mais, comme toujours lorsque je me promène, j'ai ressenti à un moment donné un sentiment que je n'ai jamais été capable de nommer. C'était un mélange de mélancolie, de tristesse, d'insatisfaction, de crainte et de bonheur qui avait le don de me bouleverser. Ça m'arrivait souvent autrefois. C'était quelque chose que j'éprouvais surtout quand j'étais seul ou quand je prenais un peu de temps pour réfléchir. Je sentais la douleur monter comme si j'avais reçu un coup. À 5 heures du matin, une fois rentré chez moi, j'ai refermé ma valise et je me suis endormi sur le canapé.

Je me suis réveillé en sursaut. Je me suis douché et je suis parti. À peine quelques minutes plus tôt, je me croyais en avance mais, dès que j'ai refermé la porte et commencé à descendre l'escalier, j'avais déjà l'impression d'être en retard. Puis j'ai eu peur d'avoir oublié quelque chose.

DÉTENDS-TOI ! m'a intimé une voix intérieure. J'ai passé à nouveau en revue la liste des choses indispensables : billet, papiers, carte bleue. Quand on a ces trois choses-là, on peut partir. Pour le reste, on peut toujours se débrouiller.

Je crois que cette angoisse du retard est un héritage de mes voyages en train avec ma mère ou ma grand-mère. C'est l'un des rares domaines dans lesquels elles se ressemblent. Il faut absolument qu'elles arrivent à la gare une bonne heure avant le départ. Si le train partait à 7 heures, nous étions sur le quai dès 5 h 50. « Mieux vaut arriver avec un peu d'avance », tel était leur mot d'ordre.

Je n'étais pas en retard à l'aéroport. Je me suis enregistré, j'ai déposé ma valise et glissé dans mon bagage de cabine des livres, un cahier, de la musique et une brosse à dents. Puis je suis allé prendre un petit déjeuner. Dans la queue du bar, une femme âgée est passée devant moi. Je reste calme dans ce genre de situation, sauf lorsqu'il s'agit d'une personne âgée, car on devrait s'améliorer en vieillissant. Et puis elle a fait une de ces têtes ! Je ne lui ai rien dit. C'était inutile. Elle savait. Tout en patientant je me disais que je devrais commander un thé plutôt qu'un café (sinon, à quoi ça m'aurait servi de rester éveillé toute la nuit ?). J'ai alors reçu un message de Camilla sur mon portable : « Contente de t'avoir rencontré et d'avoir discuté avec toi. Sois heureux. »

Étrange… Un message juste le jour de mon départ. Chaque fois que je prends l'avion, je me convaincs que les coïncidences ou les événements inattendus sont des signes. Camilla qui se manifeste maintenant… L'avion va s'écraser.

J'ai relu son message.

J'ai toujours détesté l'expression « Sois heureux ». D'habitude, elle accompagne toujours une brouille, par exemple quand une personne veut te faire comprendre que tu es en train de la perdre. Au lieu de t'écrire : « Tu es un enfoiré. Va te faire foutre », elle t'écrit : « Sois heureux. » Cette fois-là, pourtant, j'avais l'impression qu'il s'agissait d'autre chose. Sois heureuse toi aussi, Camilla. J'ai rangé mon téléphone dans la poche de ma chemise et, distrait par mes pensées sur la vieille et par le message, j'ai commandé machinalement un café. J'ai pris conscience de mon erreur seulement quand j'ai vu le liquide au fond de la tasse. Pour rattraper le coup, je l'ai noyé dans du lait. *Peut-être qu'il me fera moins d'effet comme ça*, ai-je songé. En prenant le sucre, j'ai croisé le regard de la vieille et son expression m'a confirmé qu'elle était parfaitement consciente de son incorrection.

Je suis ensuite allé aux toilettes. D'habitude, je préfère utiliser les urinoirs mais, ce matin-là, l'agent d'entretien était en train de les nettoyer. Je suis donc entré dans une cabine. Avisant un crochet sur la paroi latérale, j'ai voulu y suspendre mon sac et, quand j'ai relevé les bras, mon téléphone est tombé de la poche de ma chemise et a fini sa course là où il n'aurait jamais dû aller.

Plouf !

— Putaindebordeldemer… !!! Qu'est-ce que je vais faire ?

J'ai fini par sortir et par demander à l'agent d'entretien s'il pouvait me prêter ses gants en plastique.

— Qu'est-ce que vous voulez faire avec ?

— Récupérer mon téléphone.

— J'arrive.

Il a pris dans son chariot une petite épuisette, de celles dont on se sert pour attraper les poissons dans les aquariums.

— Vous n'êtes pas le premier, vous savez ! Je suis organisé, maintenant. Il y a même des gens qui les laissent à l'intérieur de la cuvette !

Il a repêché mon téléphone et me l'a rendu. J'ai déchiré une bonne douzaine de mètres de papier-toilette et m'en suis saisi délicatement, comme s'il s'agissait d'un oisillon tombé du nid. Je l'ai posé sur le lavabo et je me suis tout de suite lavé les mains. Je ne savais pas s'il valait mieux que je le rince après son passage dans la cuvette et, donc, que je le mouille à nouveau, ou bien que je le sèche sans plus attendre.

La loi du contre-pas. Quand je vais dans des toilettes publiques, je garde toujours à l'esprit qu'après avoir uriné un homme touche la chasse d'eau, puis la poignée de la porte. Alors je fais tout avec les pieds. On dirait un samouraï : j'appuie sur la chasse avec mon pied et ensuite, toujours avec le pied, j'ouvre la porte que je n'avais pas refermée à clé, mais juste repoussée.

J'espérais que mon téléphone serait toujours en état de marche. J'ai fini par le rincer, puis je l'ai séché sous le souffle d'air chaud du sèche-mains.

L'agent d'entretien n'a pas semblé particulièrement concerné par mon problème, peut-être parce qu'il était en train de travailler.

— J'ai du mal à croire qu'il fonctionnera à nouveau après ça. Vous allez devoir le balancer. Dans le meilleur des cas, vous pourrez récupérer la carte SIM, sinon vous lui direz adieu à elle aussi.

J'ai séché encore un peu l'appareil avant d'essayer de le rallumer. Le témoin de veille fonctionnait, mais l'écran ressemblait à un arc-en-ciel sur lequel rien ne s'affichait.

Je l'ai glissé dans mon sac.

Putaindebordeldemer… !!!

Avant de pénétrer dans la zone d'embarquement, où je m'étais retrouvé quand j'avais voulu rejoindre Michela, il fallait suivre tout un itinéraire en zigzaguant entre les rubans bleus. On se sent toujours comme un rat de laboratoire dans ce genre de parcours. Parfois, quand il n'y a personne, je passe dessous parce que, déjà, en temps normal, on se sent stupide, mais c'est pire encore lorsqu'il n'y a personne. J'imagine toujours qu'il y a une pièce derrière une paroi vitrée où des hommes en blouse blanche prennent des notes sur mon comportement. J'ai lancé un signe en direction de ces hommes imaginaires.

Putaindebordeldemer… !!! L'adresse du bureau de Michela est enregistrée dans mon téléphone. Comment est-ce que je vais faire ? Je n'ai plus qu'à espérer que Silvia l'ait gardé en mémoire.

En montant dans l'avion, qui m'a paru immense, j'ai constaté qu'il était bondé. Un homme assis en face de moi s'est levé pour aider une femme à hisser sa valise dans le compartiment à bagages. Ça m'a rendu heureux. Je réagis toujours ainsi quand je vois quelqu'un de gentil. J'ai envie de hurler : « Les êtres humains sont vraiment bons ! » à la face des journaux télévisés qui les décrivent toujours comme des monstres et ne parlent jamais de tous ces gens gentils, bien élevés et calmes. De le crier à la face de la vieille de tout à l'heure, au bar. Moi aussi, je viens souvent en aide aux autres. Je ne crois pourtant pas qu'il s'agisse d'une question de bonté. Je ne suis pas bon ou, du moins, je ne me considère pas comme tel.

Au moment de l'enregistrement, j'essaie de ne pas me faire attribuer l'une des places centrales, celles qui sont coincées entre deux autres sièges. Surtout, en montant, je prie pour que l'enfant le plus proche se tienne à l'autre bout de l'appareil. Parfois, mon vœu au sujet de la place est exaucé. Celui sur les enfants ne l'est presque jamais. Je suis peut-être poursuivi par une sorte de malédiction. Je les attire comme si j'utilisais une Chupa Chups comme déodorant. D'ailleurs, sur mon vol pour New York, qui se trouvait derrière moi et donnait de grands coups de pied contre mon siège ? Il devait avoir à peu près cinq ans. Quand sa mère lui a dit d'arrêter, elle a parlé de moi en disant « le monsieur » :

— Enrico, tiens-toi bien. Tu déranges le monsieur.

L'avion a décollé avec presque une heure de retard. Il était énorme, lourd de passagers et de bagages. Je me demande toujours comment un appareil peut contenir une telle masse. Je n'ai jamais vraiment compris.

Quelques minutes plus tard, je suis allé aux toilettes faire ce que je n'avais pas réussi à faire avant et même un peu plus encore. Ce devait être la faute du café au lait. Je n'en prends jamais. Il faut se vider les intestins. Pourquoi, quand j'étais petit, au lieu de me donner des lavements, ma mère ne m'a pas gavé de café au lait ?

J'y suis allé tout de suite, dès qu'il a été possible de détacher les ceintures de sécurité, pour profiter du fait que les toilettes étaient encore propres, immaculées. Tandis que j'étais assis en train de faire mes petites affaires, j'ai entendu le commandant de bord s'excuser

113

pour le retard et annoncer qu'il rattraperait le temps perdu durant le vol. J'ai songé : *Mais si l'avion va plus vite pour rattraper son retard, pourquoi ne fait-il pas la même chose quand il n'est pas en retard ? Si on peut aller plus vite et mettre moins de temps pour arriver, pourquoi est-ce qu'on ne le fait pas ? Va savoir !*

Aux toilettes, mes pensées sont toujours plus subtiles. Je me suis également aperçu que, en cas de problème avec mon portable, je ne connaissais par cœur aucun des numéros en mémoire. Même au bureau, je me sers toujours de mon portable. Je cherche le prénom dans le répertoire et j'appuie sur la touche d'appel. Je ne pianote plus aucun numéro depuis des années. En surfant sur Internet, je pourrais peut-être retrouver certains contacts. *Prie pour que ça marche*, me disais-je.

Obnubilé par ces questions métaphysiques, j'ai commis une erreur : j'ai tiré la chasse alors que j'étais encore assis. Or, la chasse d'un avion ne fonctionne pas de la même manière que celle qu'on a chez soi. L'eau descend mais, en plus (et c'est cela que je n'avais pas pris en compte), il y a un appel d'air comme pour un aspirateur, avec une puissance d'environ douze mille watts. En me regardant dans le miroir, j'ai eu l'impression que mes yeux s'étaient rapprochés de ma bouche. À coup sûr, mes poumons avaient glissé jusqu'à mon estomac. Un sacré appel d'air…

Je suis revenu à ma place. Le déjeuner est arrivé peu après. J'ai bu deux ou trois bières, dans l'espoir qu'elles m'aideraient à m'endormir, mais je n'ai pratiquement pas fermé l'œil, malgré quelques brèves pertes de conscience, de quelques minutes à chaque fois.

J'étais crevé mais, quoi qu'il arrive, je suis incapable de dormir assis. Mes pieds gonflent et mes jambes durcissent.

Ma voisine, en revanche, a dormi tout le temps. À un moment donné, j'ai pris le téléphone emmailloté dans le papier-toilette et je l'ai démonté. Il était enfin sec. J'ai contemplé les pièces éparpillées devant moi. Je les ai prises l'une après l'autre et j'ai soufflé dessus. J'ignorais si cela était utile mais, sur le coup, je n'ai pas eu d'autre idée. J'ai aussi découvert que les chiffres des téléphones sont en fait imprimés sur un petit tapis en plastique souple.

Après avoir remonté l'appareil, j'ai essayé de le mettre en fonction. Ça ne pouvait pas attendre. Je suis retourné aux toilettes en le tenant comme s'il s'agissait du saint sacrement. J'ai imaginé que, dès qu'il serait reconnecté, l'avion s'écraserait. J'étais curieux mais, en même temps, j'avais peur de faire une bêtise. J'y suis enfin parvenu. L'écran s'est allumé comme avant, mais l'inscription « CODE PIN ? » n'est pas apparue. Je l'ai éteint. À ce moment-là, une envie pressante m'est venue à nouveau. J'ai fait ce que j'avais à faire, mais, cette fois, je me suis relevé avant de tirer la chasse.

Il faut se vider les intestins. Pourquoi, quand j'étais petit, ma mère ne m'a pas gavé de café au lait et ne m'a pas fait voyager en avion au lieu de me donner des lavements ?

Une voix nous a prévenus de l'imminence de l'atterrissage. D'habitude, c'est l'instant que je choisis pour ranger mes affaires. Je rentre mon livre dans mon sac, j'arrête la musique, je me mets à sucer un bonbon et, s'il me reste un peu de temps, je vais me rincer le visage aux toilettes.

L'avion a atterri. Je ne comprends pas pourquoi les gens se lèvent aussi vite dès que l'avion se pose. Les portes sont encore fermées et tout le monde est déjà debout, la tête courbée sous les compartiments à bagages dans une position très inconfortable. La même chose se produit sur les vols intérieurs qui durent à peine une heure. Il m'est arrivé de prendre le vol Milan-Rome pour mon travail. Avant le départ, j'entendais tous ces types parler au téléphone de chiffres, de budget, de coupes, de dividendes, de relance de produit, de partenaires commerciaux, etc. Ils restaient en ligne jusqu'à la dernière seconde parce qu'ils étaient très puissants. Si, ensuite, ils se trouvaient assis à côté d'une femme, ils lançaient quelques « Ils ne peuvent rien faire sans moi » ou bien « Quand je dis non, c'est non ». Moi, avec mon sac à dos et mon tee-shirt, je me sentais insignifiant. Certains avaient même sauté le déjeuner. Leur haleine le prouvait. Et puis l'avion se posait et, aussitôt, ils rallumaient leurs portables et se redressaient d'un bond, tout ça pour garder la tête baissée et se faire mal au cou. Ils avaient l'air de rapaces, dans cette position. Leur intelligence tout entière était résumée dans leur posture. Debout dans le couloir, ils s'excusaient, essayaient de s'avancer pour récupérer leurs sacs avant de s'immobiliser à nouveau. Ensuite, dans le bus, ils devaient patienter, toujours debout et tassés comme des sardines, le dernier passager, celui qui restait assis jusqu'au dernier moment et qui faisait tout en trois secondes : il se levait, prenait son bagage et descendait. Comme il était monté en dernier dans le bus, il était aussi le premier à en sortir au terminal. Ces gens-là ont beau manipuler des montagnes d'argent, leur cerveau ne vaut pas grand-chose en dehors des chiffres.

À l'aéroport de New York, j'ai constaté que les procédures pour entrer aux États-Unis étaient bien plus compliquées que lors de ma visite précédente : empreinte des deux index, photographie numérique, passeport à lecture optique. Un instant, j'ai eu peur qu'ils ne vérifient aussi ma prostate. Le vrai problème, pourtant, s'est produit peu après, quand je me suis aperçu que ma valise ne se trouvait pas sur le tapis roulant. Jamais je ne l'avais vue se présenter en premier, mais c'était la première fois qu'elle n'arrivait pas du tout. Faut-il y voir une signification particulière ? Je l'ai imaginée dans l'aéroport d'une ville européenne quelconque, tournant toute seule, posée sur le flanc, peut-être même première à sortir sur le tapis. Pas dans l'aéroport où je me trouvais, certes, mais ça aurait au moins été une petite satisfaction. Les préposés m'ont dit qu'on me l'apporterait le lendemain à mon hôtel. Je ne savais pas si je pouvais leur accorder le moindre crédit, mais la jeune femme de l'accueil était très gentille et la gentillesse suscite chez moi la confiance. Je l'ai crue.

Dans le taxi qui me conduisait à Manhattan, j'ai discuté avec le chauffeur. Je fais toujours ça, surtout pour savoir où en est mon anglais après tout ce temps. Je comprenais plutôt bien. Regarder les films et les séries télévisées en version originale est un bon entraînement. Et puis j'ai appris que, quand je ne sais pas comment dire quelque chose, j'utilise le mot « get » et ça marche presque toujours. « Get » est l'équivalent de « schtroumpfer » pour les Schtroumpfs. On peut tout exprimer avec « get ».

Le chauffeur m'a demandé d'où je venais. Quand je le lui ai dit, il a répondu qu'il n'était jamais allé en

Italie. La semaine suivante, en revanche, il devait partir en lune de miel en Jamaïque.

— J'ai pris un hôtel cinq étoiles, *all inclusive*, un de ces endroits où on te met un bracelet au poignet. Il faut savoir se lâcher de temps en temps, dans la vie.

— Tu as bien fait. C'est un endroit génial, la Jamaïque.

— Tu as une copine ?

— Non.

— Tant mieux pour toi. Avec les femmes, même avec la plus belle et la plus fascinante du monde, au bout d'un an on s'ennuie.

— Et toi, pourquoi tu te maries, alors ?

— Parce que je m'ennuie déjà avec elle. Ça ne changera rien.

Nous avons ri. Quand je suis descendu de voiture, je lui ai dit :

— Bonne lune de miel et profites-en bien pour faire l'amour !

— Avec ma femme ?

— *Of course !*

— T'es fou ! Laisse tomber…

Mon hôtel se trouvait au nord de Chelsea. Avant de m'y rendre, j'ai acheté en vitesse tout ce dont j'avais besoin pour survivre jusqu'à l'arrivée de ma valise : un slip, un tee-shirt, des chaussettes et du déodorant. Je m'interrogeais sans fin sur la façon de retrouver, grâce à Internet, le numéro de fixe d'une de mes relations, pour remonter ensuite jusqu'à celui de Silvia, dans l'espoir qu'elle aurait conservé l'adresse de Michela. Je ne connaissais plus grand monde qui eût encore un téléphone fixe, à part ma grand-mère, laquelle n'avait les coordonnées d'aucun de mes amis. D'autre part, elle n'était pas très en forme en ce moment et elle n'utilisait pratiquement jamais son téléphone. Autrefois, nous avions vainement essayé de lui mettre un téléphone portable entre les mains. Mais nous avions vite abdiqué, parce qu'elle ne parvenait ni à l'allumer ni à l'éteindre. Et puis elle oubliait de le recharger. Sans compter qu'elle avait du mal à lire l'écran. Elle disait qu'elle n'y voyait pas bien. Et comme elle ne savait pas se servir de sa messagerie, sa boîte vocale se remplissait de messages publicitaires de son opérateur. J'ai tenté de lui expliquer quelques fonctions, mais j'ai renoncé quand, en découvrant le mot « menu », elle m'a dit :

— Ah, mais il y a des choses à manger, comme au restaurant !

Parfois elle s'asseyait dessus quand il était posé sur le canapé. Sans s'en rendre compte, elle rappelait le dernier numéro composé, presque toujours le mien. Quand ça arrivait, je criais « Grand-mèèèère, grand-mèèèère » dans le combiné. Bien sûr, elle n'entendait rien. Elle était pratiquement sourde et, étant donné la localisation du téléphone, il aurait fallu qu'elle ait une oreille entre les fesses pour m'entendre.

Un jour, j'étais sur le point de partir aux sports d'hiver et j'avais oublié mon écharpe chez elle. Depuis la rue, je lui ai crié : « Grand-mèèèère, envoie-moi mon écharpe. » Elle est retournée à l'intérieur et, quelques secondes plus tard, elle m'a lancé un rouleau de papier-toilette.

Mon écharpe ! MON ÉCHARPE !

Son portable a fini dans un tiroir, le film protecteur toujours collé sur l'écran. Éteint pour l'éternité.

En somme, ma grand-mère ne pouvait pas être la solution à mon problème. Le mieux était d'aller dans ma chambre et de me doucher pour me réveiller. Une fois reposé, je saurais quoi faire. Je n'avais que l'adresse du lieu de travail de Michela, ce qui n'avait pas grand intérêt un samedi. J'étais néanmoins curieux de voir où il était situé.

Dans la chambre, j'ai fait tout ce que je fais d'habitude dans un hôtel. D'abord, je retire le couvre-lit, qui n'a pas été changé entre deux clients, ce qui me dégoûte un peu. Je le jette par terre ou dans l'armoire et je sors le drap de sous le matelas, au pied du lit. Parfois j'oublie et je dois tenter l'opération quand je suis déjà couché, en levant la jambe, mais c'est presque toujours impossible parce que le matelas pèse une tonne. Alors, je finis par faire valser le drap-housse. Du coup, le matin, je me réveille à même le matelas. Tant qu'à faire, autant laisser le couvre-lit. Les draps ne sont pas aussi doux que les miens. Ils sont étranges. La plupart du temps, c'est aussi le cas des serviettes de toilette. Quand on s'en sert, elles semblent recouvertes d'une pellicule invisible. Même la télécommande du téléviseur me dégoûte. Je pense aux innombrables doigts de gens nus au lit qui ont pressé ces touches.

Après ma douche, je suis sorti me dégourdir les jambes. Pour ma première promenade dans New York, j'ai d'abord écouté à plein volume *Live Wire* de AC/DC. Ensuite, j'ai choisi des morceaux plus paisibles : *Back in Your Arms* de Wilson Pickett, *Tired of Being Alone* d'Al Green, *Use Me* de Bill Withers...

À 20 heures, je suis retourné à l'hôtel, mort de fatigue à cause du décalage horaire : 20 heures correspondent à 2 heures du matin en Italie. Je n'avais toujours pas trouvé de solution pour récupérer mes numéros de téléphone.

Au coin de la rue où se trouvait mon hôtel, j'ai fait la connaissance d'Alfred, un clochard. Sur un bout de

carton, il avait écrit : « Une blague contre un dollar. »
Je lui ai donné un dollar. Il m'a raconté une blague,
mais je n'ai rien compris.

Je suis monté dans ma chambre. Tandis que j'étais
en train de m'endormir, mon inconscient m'interpelle.
Dante me disait :

— Tu n'as rien remarqué au sujet de mon numéro ?
C'est un palindrome. Il est facile à retenir.

J'ai ouvert les yeux et je me suis mis à répéter à voix
haute son numéro de téléphone. Je l'ai aussitôt recopié
sur le bloc-notes de l'hôtel.

Bordel… Il fallait justement que ce soit lui mon sau-
veur. Je n'avais pas le choix. Si je voulais me faire mon
cinéma avec Michela, j'étais obligé de passer par lui.
C'est la même chose quand tu loues un DVD et
qu'avant de visionner le film tu dois te taper les publi-
cités sans pouvoir appuyer sur avance rapide.

À cette heure-là, impossible de l'appeler. Cela dit, je
serais tombé sur sa messagerie et ça aurait été plus
facile : je lui aurais demandé de contacter Silvia pour
qu'elle me joigne à l'hôtel. C'est ce que j'ai fait, mais,
Silvia n'ayant pas le numéro de mon hôtel à Manhattan, il a fallu que je le lui laisse à lui aussi, ainsi que
mon numéro de chambre.

À 10 heures du matin, heure italienne, il m'a rappelé. Aux États-Unis, il était 4 heures.

J'ai essayé de lui expliquer qu'on était en pleine
nuit, mais il a continué à déblatérer sans se soucier de
mes protestations. Il m'a dit qu'il devait s'occuper de
son fils jusqu'à 18 heures et qu'ensuite il partirait à la
recherche de Silvia.

— C'est comment, New York ? Jusqu'à quand
restes-tu là-bas ? Si tu prolonges, je pourrais peut-être

prendre une semaine de vacances et t'y rejoindre. Qu'est-ce que tu en dis ?

— On en reparle ce soir. En tout cas, merci. Allez, salut.

Je n'ai pas réussi à me rendormir. À 6 heures, j'étais debout. Je suis sorti me promener. À cette heure-là, marcher est un vrai bonheur. J'ai pris mon petit déjeuner sur la 7e Avenue, au *Pain Quotidien*, puis je suis allé à Central Park.

Vers 10 heures, je suis rentré à l'hôtel et, comme on y servait encore le petit déjeuner, je suis allé au restaurant. J'ai pris du jambon et du fromage et je me suis fait un sandwich. J'avais bien marché et j'avais faim. J'ai aussi pris du melon, mais il n'y avait pas de jambon cru. Chaque fois que je déguste du melon au jambon, je me demande qui a bien pu inventer cette association. J'en mange parce que je l'ai vu faire et que ça m'a plu, mais je ne sais pas si l'idée me serait venue spontanément. Va savoir...

Il y avait très peu de gens dans le restaurant : un couple de jeunes Sud-Américains qui parlaient espagnol, un type en costume-cravate et, à la table voisine de la mienne, une femme qui devait avoir la quarantaine. Tandis qu'il débarrassait la table centrale, le serveur a fait tomber une carafe en verre remplie de jus de pamplemousse. La femme et moi nous sommes regardés et adressé des grimaces pour nous moquer de ce serveur empoté. Finalement, quand je me suis levé pour prendre la cafetière avant qu'on l'emporte, je lui ai demandé si elle voulait que je remplisse sa tasse. Elle m'a répondu oui et m'a proposé de m'asseoir à sa table. Elle était américaine, mais pas de New York, et accompagnait son mari pour un voyage d'affaires. Elle s'appelait Dinah.

À 11 heures, je n'avais toujours aucune nouvelle de ma valise. J'ai passé un coup de fil.

— Vers 14 heures, peut-être… m'a-t-on répondu.

Mon principal problème du matin, ce n'était pas de retrouver ma valise, mais l'adresse de Michela, puis de survivre à Dante.

Son entêtement, sa détermination, tout ce qui m'insupportait en lui, se sont révélés efficaces pour la mission que je lui avais confiée. À 14 heures, c'est-à-dire 20 heures en Italie, Dante m'a appelé à l'hôtel et m'a dit, sans préambule :

— Mission accomplie. J'ai glissé un mot sous la porte de Silvia, parce que j'ai sonné et qu'il n'y avait personne.

— Merci, Dante.

— Pas de problème… Tu me paieras une pizza et une bière. Comme ça, on aura l'occasion de discuter un peu.

Écoute, justement, à ce propos…

9

Waiting for Michela

Silvia m'a rappelé. Par chance, elle avait conservé l'adresse de Michela. Je l'ai recopiée sur un bout de papier que j'ai serré dans ma main comme s'il s'agissait d'un parchemin magique.

Je me suis aperçu avec plaisir que cet endroit n'était pas très loin de mon hôtel. Ce n'était pas dans un gratte-ciel d'Uptown, mais dans West Village.

— Comment ça se passe avec Carlo ? lui ai-je ensuite demandé. Vous en avez reparlé ?

— Il m'a dit qu'il en avait marre de mes geignements et de ma perpétuelle insatisfaction. D'après lui, je suis une enfant gâtée et je n'apprécie pas à sa juste valeur tout ce qu'il m'offre grâce à son boulot.

— Et toi ? Qu'est-ce que tu lui as répondu ?

— Rien. Margherita était là et je ne voulais pas qu'elle nous voie en train de nous disputer. Il s'est même mis en tête que je le trompe, que je ne l'aime plus parce qu'il y a quelqu'un d'autre. Si c'était le cas, les choses se produiraient dans le sens inverse : je tomberais amoureuse d'un autre, parce que je ne l'aime plus. Bon… Parlons d'autre chose, s'il te plaît…

— Tu sais, c'est typique des hommes qui refusent d'assumer leurs responsabilités.

— Je lui ai dit qu'il était temps pour lui de grandir. Écoute, Giacomo, je ne veux pas t'embêter avec mes histoires tristes. Amuse-toi bien, conquiers-la et reviens vite ici. Je t'embrasse.

Le lundi matin, je suis descendu dans la salle du restaurant, j'ai pris un café à emporter et je suis allé faire le pied de grue devant le bureau de Michela dans l'espoir de la voir entrer. Sur Perry Street, à l'angle de la 7ᵉ Avenue, se trouvait le Doma Café. Je suis entré et je me suis assis à une table d'où on apercevait l'entrée de l'immeuble. Je ne savais même pas à quelle heure elle arrivait au bureau. J'étais très nerveux, en partie à cause des deux énormes gobelets de café que j'avais déjà bus.

Je regardais les passants. J'ai toujours aimé faire ça. Quand j'étais petit, l'été, je passais beaucoup de temps sur le balcon de ma grand-mère à m'adonner à cette activité. Il y avait des familles, des enfants comme moi qui mangeaient leur glace et, près d'eux, leur père et leur mère.

Souvent, ma mère travaillait et ma grand-mère n'avait pas envie de sortir. De ces soirées passées sur le balcon, je me rappelle aussi que, souvent, je me retournais et je voyais alors ma grand-mère éclairée par la lueur bleutée du téléviseur. Seulement vêtue d'une chemise de nuit, elle agitait un éventail, les pieds posés sur ses pantoufles. Quand elle les enfilait, ses pieds paraissaient gonflés, comme si on les avait coulés à l'intérieur des chaussons et qu'on avait oublié de dire « Ça suffit ». Ils débordaient de partout. Elle restait là, immobile devant son écran, et parfois elle s'endormait.

Quand je lui demandais : « Tu dors ? », elle me répondait :

— Non, je ne dors pas. J'ai juste fermé un instant les yeux.

Elle semblait avoir honte d'admettre qu'elle dormait.

Parfois, durant ces soirs d'été, pour effacer la tristesse de cette vision des autres familles heureuses, j'ouvrais le frigo et, comme les gens qui noient leur douleur dans l'alcool, j'en sortais la bouteille de thé glacé qu'avait préparé ma grand-mère. Elle ne se servait pas de sachets. Le sien était merveilleusement bon. On sentait le goût du thé et, surtout, du citron.

Elle me disait toujours :

— Quand tu l'auras fini, tu n'en auras pas d'autre.

Elle voulait dire par là qu'elle ne m'en ferait plus, au moins jusqu'au lendemain. Souvent, je le finissais quand même. C'était plus fort que moi. J'aurais presque pu aller dans un centre des Alcooliques anonymes pour parler de ma dépendance au thé glacé.

— Bonjour à tous, je m'appelle Giacomo. J'ai huit ans et j'ai commencé à boire par jeu. Et puis, un jour, je me suis aperçu que je ne pouvais plus me passer de ma bouteille de thé au citron. Mais, grâce à votre soutien, j'ai décidé d'arrêter.

Le modérateur aurait alors déclaré :

— Applaudissons Giacomo qui nous a confié son problème. Merci à toi pour ton courage.

— Non, merci à vous.

À cette époque, j'étais couvert de tatouages. À huit ans, je passais mon temps à me tatouer. Le dessin était lisible seulement le premier jour, ensuite il se transformait en une tache indistincte. Je trouvais mes tatouages à l'intérieur des emballages de chewing-gum. On posait le morceau de papier sur la peau, on le mouillait et on devenait un rebelle tatoué. Ces années-là, j'avais par ailleurs les coudes, les jambes et les genoux couverts de griffures et d'écorchures.

Des bleus partout, des tatouages et une dépendance au thé au citron : l'enfer.

Tandis que j'essayais d'apercevoir Michela, je me sentais léger comme une bulle de savon. Les effets du décalage horaire y étaient sans doute pour beaucoup. J'observais attentivement tout ce qui se passait autour de moi comme si je n'avais rien à voir avec le spectacle qui se produisait sous mes yeux.

C'est toujours un peu le cas quand j'arrive dans un nouvel endroit. Ensuite, vient le moment où je désire m'y intégrer. J'éprouve alors une sorte de jalousie pour ses habitants. Quand je me trouve à l'étranger, j'essaie toujours de passer pour un indigène. J'évite les zones touristiques, les plans de la ville et l'appareil photo autour du cou.

Quand je me promenais à Londres dans Leicester Square et que je rencontrais des Italiens en vacances avec leurs sacs à dos, je les toisais comme si j'étais londonien. Je les évitais mais, en même temps, j'étais tenaillé par le désir d'aller à leur rencontre pour leur indiquer les lieux où on mange bien, ceux où on s'amuse et toutes les choses de ce genre. J'avais envie de faire celui qui connaît la ville, en somme.

Assis à ma table du Doma Café, j'ai constaté que, vue de l'intérieur, l'inscription de la devanture était inversée. Et comme le D était masqué par une colonne, je pouvais lire : AMO. J'aime. *Est-ce un signe ?* me suis-je demandé.

Face au bar, il y avait une cabine téléphonique. J'ai décidé d'appeler Michela. À partir de l'adresse de son bureau, je suis parvenu en quelques coups de fil à remonter jusqu'à son numéro de poste. Je suis resté assis encore une demi-heure, le bout de papier à la main.

Qu'est-ce que je fais, maintenant ? Je l'appelle ? Salut, c'est Giacomo. Tu te souviens de moi ? Je suis venu t'offrir à mon tour un café. Je t'attends dehors.

N'importe quoi.

J'ai pris une profonde inspiration et j'ai appelé.

Je suis tombé sur son répondeur.

Please leave a message... Clic !

J'ai raccroché. Même en anglais, mon cœur avait reconnu sa voix et il a commencé à battre à tout rompre, comme s'il voulait s'échapper de ma poitrine.

Sachant que j'allais tomber à nouveau sur son répondeur, je me suis préparé et j'ai rappelé.

— Salut, Michela, c'est Giacomo, le type du tramway. Écoute... Je suis de passage à New York pour le boulot et je voulais savoir si ça te dirait d'aller boire un café. Je suis en b..., à l'hôtel. Voici mon numéro.

J'ai indiqué les coordonnées de mon hôtel avant de raccrocher.

J'étais sur le point de lui dire que je me trouvais juste en bas de son bureau... Heureusement, je me suis repris à temps, sinon elle aurait pu penser que je l'épiais. Ce n'était vraiment pas le cas. Ou plutôt : si, j'étais en train de l'épier, mais ce n'était pas pareil. Pas pareil que quoi ? Je me sentais un peu perdu.

Je suis reparti. J'ai recommencé à marcher sans but dans New York. Toutes les demi-heures, j'appelais l'hôtel pour savoir si j'avais reçu des messages. Rien. J'étais au bord de la déprime, comme quand on envoie un SMS à quelqu'un qui nous plaît et que cette personne ne nous répond pas tout de suite. Après l'avoir fait partir, on le relit toutes les trois secondes et on vérifie l'heure de l'envoi. On compte les minutes, les secondes, avant de finir par ouvrir ceux qu'elle nous a expédiés. On les a tous mémorisés, même les plus récents. Ils sont là, alignés l'un au-dessous de l'autre, car on a effacé tous ceux qui ne provenaient pas d'elle.

Il n'y a rien de pire que d'attendre après avoir envoyé un message. On craint de devenir envahissant. Comme au cours d'une partie d'échecs, on pense avoir mal joué et, en une fraction de seconde, on sent la situation nous échapper. On imagine la fille en train de dire à ses amies : « Ce mec m'inonde de messages. Je n'en peux plus ! » Quand on se trouve dans cette situation, il n'y a rien à faire. C'est l'impasse. La seule solution est de ne plus lui écrire.

Et puis elle finit par nous répondre et on comprend qu'on s'était angoissé pour rien.

Par chance, je connais peu de choses aussi agréables qu'une promenade dans Manhattan. C'est une ville pleine de stimuli, de gens, de couleurs et de parfums. On avance sur le trottoir, et on passe de l'odeur de pizza à celle de la nourriture asiatique puis, juste après, à celle des cacahouètes grillées. Les gens donnent l'impression d'être exactement comme ils le souhaitent. Quand je suis à New York, le monde entier semble s'être rassemblé là, si bien que le reste de la planète n'est rien d'autre que la banlieue de cette métropole.

Souvent, je me vois vivre dans un endroit tranquille à la campagne ou au bord de la mer mais, en réalité, j'ai grandi en ville et j'aime la ville plus que tout. Pour me sentir bien, il suffit que j'aille dans le centre et que je fasse du lèche-vitrines, même sans rien acheter. J'entre dans une librairie, je m'arrête dans un bar et je feuillette les livres que je viens d'acheter, ou bien je lis la pochette d'un CD tout en buvant un thé.

Voilà un de mes projets d'avenir : comprendre où j'ai envie d'habiter, parce qu'on voit différemment les lieux et les villes selon notre âge et les différentes phases de notre existence. C'est pour ça que ceux qui vivent toute leur vie au même endroit risquent de ne jamais changer.

Je suis revenu à l'hôtel. À 16 heures, toujours pas de message de Michela. Je suis allé boire une bière au bar.

Je passais mon temps à me dire : *Qu'a-t-elle pensé de mon message ? Pas du bien, probablement, vu qu'elle n'a pas rappelé, même pas pour refuser mon invitation. De toute manière, elle me l'a dit qu'elle m'avait invité à boire un café justement parce qu'elle était sur le point de tourner une page de sa vie et de commencer quelque chose de nouveau. D'un autre côté, si ça ne lui faisait pas plaisir de me revoir, elle pourrait très bien trouver des excuses à la pelle pour refuser et donc me rappeler. Ou alors elle n'a peut-être pas écouté ses messages...*

Et puis j'ai entendu une voix prononcer mon nom.

— Giacomo !

Je me suis retourné. Dinah était assise, seule, sur l'un des canapés du bar. Elle m'a proposé de boire un verre avec elle. Elle attendait son mari. Nous avons vaguement discuté, mais j'avais la tête ailleurs. J'étais obsédé par Michela. Je commençais à regretter mon initiative, qui perdait de minute en minute le charme de l'aventure pour ressembler de plus en plus à une belle connerie.

Dinah était toutefois très sympathique. Parler avec elle m'a fait du bien et, durant un bref instant, j'ai même tout oublié. À un moment, nous avons été interrompus par la fille de la réception, qui m'a appelé en me disant que j'avais reçu un message.

Je me suis excusé auprès de Dinah et me suis précipité.

Sur la feuille était écrit : « PEUX-TU ME RAPPORTER UNE CASQUETTE DES YANKEES ? MERCI. DANTE. »

Sans même s'en apercevoir, certaines personnes sont toujours à contretemps. J'ai dit au revoir à Dinah et je suis retourné dans ma chambre. À 20 heures, je suis descendu et je suis allé marcher un peu. J'ai opté pour Uptown, le quartier des gratte-ciel. J'espérais naïvement croiser Michela.

Bien sûr, il ne s'est rien passé.

Je suis descendu dans le métro. J'aime ce mode de transport. Je le prends dans toutes les villes où je vais. On comprend beaucoup de choses sur une métropole en voyageant dans ses entrailles. C'est comme découvrir un corps à partir de son système veineux. J'ai toujours trouvé que New York était plus compliquée que les autres. Dans l'absolu, le meilleur métro est celui de Paris. Je ne m'y suis jamais perdu, alors que ça m'est arrivé souvent à New York. Mais se perdre n'est pas désagréable. On finit souvent par tomber sur des endroits intéressants.

Après quelques détours, je suis remonté à la surface. Je me suis arrêté devant un marchand de hot-dogs ambulant. J'en ai mangé trois, puis je me suis remis à marcher en direction de l'hôtel. Alors que je me trouvais dans une rue de l'East Side, j'ai été abordé par une prostituée très mignonne. On a parlé un peu. Elle m'a demandé d'où je venais.

— Italien.

— Italieeennn... Mais je parle italien. Allez, viens, on va s'éclater tous les deux.

Pour tenter de me convaincre, elle m'a montré ses seins. Quand elle a compris que je n'étais vraiment pas intéressé, elle m'a envoyé me faire foutre.

Je me suis couché. Était-ce à cause des hot-dogs ou du fait que Michela n'avait pas répondu à mon message, mais j'ai eu toutes les peines du monde à m'assoupir et, quand j'y suis enfin parvenu, j'ai très mal dormi. Le matin suivant, à 6 heures, j'étais malgré tout debout et, dès 8 heures, je me trouvais au Doma Café, en face du bureau de Michela.

Au bout de deux heures, je me suis senti vraiment stupide et ridicule. Elle ne m'avait pas répondu. Tout était donc limpide. J'ai songé à changer mon vol de retour, mais ça m'ennuyait d'avoir fait tout ce voyage pour repartir sans même un simple « non ».

En rentrant à l'hôtel, je me suis retrouvé à Washington Square. Au milieu des arbres, des gens étudiaient, d'autres lisaient, jouaient de la musique, faisaient de l'exercice ou promenaient leurs chiens dans la partie réservée pour cela. Chacun était concentré sur son activité. Au centre, il y avait une statue de Giuseppe Garibaldi. *Salut, Garibaldi, je suis Giacomo, le fils de Giovanni, celui qui est parti de chez lui.*

À l'hôtel, même si j'étais là depuis peu, j'avais déjà mes habitudes, comme passer dans la salle du restaurant pour prendre mon petit déjeuner juste avant la fin du service. J'ai bu un café et, bientôt, Dinah est arrivée. Désormais, nous nous asseyions spontanément l'un près de l'autre. Nous étions deux personnes seules dans un hôtel. Nous avons bavardé un peu, puis nous nous sommes dit au revoir et je suis remonté dans ma chambre.

Au bout d'un quart d'heure, le téléphone a sonné. J'ai sauté dessus. C'était Dinah qui voulait savoir si j'avais envie d'aller au Guggenheim avec elle. Je n'avais pas grand-chose à faire. Pourquoi pas ?

J'ai réclamé dix minutes pour me préparer.

— Je passe te prendre, a-t-elle répondu.

Quand elle a frappé, j'étais en train de me laver les dents. Je lui ai ouvert et suis reparti dans la salle de bains. Dinah s'est assise sur le bord du lit. Quelques secondes plus tard, nous nous embrassions. Quand elle s'est déshabillée, j'ai pensé, à la vue de ses sous-vêtements, qu'elle avait décidé de faire l'amour avant même de venir me rejoindre. Et puis son alliance m'a excité. Ce matin-là, nous l'avons fait à trois reprises. Entre la première et la deuxième fois, la femme de ménage est entrée. Nous n'avions pas eu le temps de mettre la pancarte « *Do not disturb* ».

Nous sommes sortis déjeuner à 14 heures passées. Elle est ensuite revenue à l'hôtel afin d'attendre son mari. J'ai préféré, pour ma part, aller faire un tour. Pour le Guggenheim, c'était raté.

Le soir, en partant dîner, je l'ai croisée par hasard à la réception avec son mari. Ça m'avait tellement plu de faire l'amour avec elle que j'ai eu une érection en la voyant. Nous nous sommes lancé un regard furtif, puis chacun a repris sa vie. Elle devait repartir dès le lendemain.

J'avais envie d'une pizza et je suis allé chez John's Pizzeria, sur Bleecker Street. Le serveur était né à Brooklyn, mais sa famille venait de Calabre. Les immigrés italiens typiques, comme on en voit dans les films, qui parlent un mélange d'américain et de calabrais.

À mon retour à l'hôtel, la fille de la réception m'a appelé. J'adore entendre mon prénom prononcé par des femmes étrangères. Souvent, elles placent mal l'accent tonique. Giacomo… Elle avait un message pour moi. Je savais bien que Dinah ne serait jamais partie sans me laisser un petit mot. Mais, cette fois, il s'agissait de Michela.

J'ai dégluti.

Son message disait : « Salut Giacomo, je viens juste d'écouter ma boîte vocale. J'étais à Boston pour mon travail. Je devrais pouvoir me libérer demain à 17 heures. Si tu peux, passe au bureau demain matin et donne ton nom à l'accueil. On ira prendre un café à 17 heures. Voici mon numéro de portable. »

Elle m'a aussi laissé l'adresse de son bureau, que je connaissais déjà par cœur.

Je me sentais heureux. Je suis rentré dans ma chambre et j'ai passé plusieurs minutes euphoriques. Ma joie est retombée quand j'ai commencé à me demander pourquoi je devais passer une première fois à son bureau pour donner mon nom à l'accueil ? Fallait-il être fiché pour boire un café ?

Le matin suivant, à 7 heures, j'étais déjà sur le pont. J'ai travaillé dans ma chambre pendant une heure, puis j'ai eu envie de continuer dans un bar. Au Doma, en fait, pour avoir une chance de la voir en cachette. Pour savoir quel effet ça me ferait, mais aussi pour ne pas exploser et mourir au moment de notre rencontre. Pour diluer mon émotion, en somme. J'ai choisi comme toujours la table près de la porte, juste derrière la vitrine. Immobile, je contemplais son immeuble au lieu de travailler.

Le Doma était un endroit vraiment délicieux. Parquet, mur de briques peintes en blanc avec des tableaux réalisés par un artiste inconnu. Au milieu de la salle, il y avait deux colonnes, elles aussi peintes en blanc. Le comptoir en bois vieillot était recouvert de gâteaux, de muffins et de biscuits. À côté, sur un grand tableau noir était inscrite la liste des plats qu'on pouvait commander.

La musique était une *playlist* enregistrée sur un iPod relié aux enceintes du bar. Rien que de la bonne musique : Nina Simone, Crosby & Nash, Carol King,

REM, Sam Cook, Janis Joplin, John Lennon, Cindy Lauper.

Il y avait environ dix tables, de tailles différentes. Aux plus grandes s'asseyaient des gens qui ne se connaissaient pas. Les chaises semblaient provenir d'un débarras. J'ai allumé mon ordinateur et j'ai continué à travailler. Péniblement, parce que j'étais sans cesse distrait par les gens qui m'entouraient. Beaucoup d'entre eux lisaient des livres. Certains écrivaient ou tapaient sur un ordinateur. Une fille prenait des photos, y compris des clients, sans que personne s'en soucie. Une étrange complicité unissait tous ces inconnus. Le temps semblait suspendu, rythmé par le mouvement lent des pales des ventilateurs.

J'ai pris une part de tarte aux pommes à la cannelle et un café. À New York, on met de la cannelle dans beaucoup de gâteaux et c'est une des raisons qui me donnent envie de venir m'y installer.

Je n'arrivais pas à travailler. J'ai décidé de la rappeler sur son portable. Je ne lui avais encore jamais parlé au téléphone. J'espérais ne pas la déranger. Ce n'était pas le cas, ou du moins c'est ce qu'elle m'a dit.

— Salut, c'est Giacomo.

— Salut, comment ça va ? Tu as eu mon message ? J'imagine que c'est le cas, vu que tu m'as rappelée. Excuse-moi, je suis assommée ce matin. Alors, on se voit plus tard ?

— Bien sûr. Écoute… Je ne sais pas si la réceptionniste a bien compris ce que tu lui as dit. Je dois vraiment passer à ton bureau avant ?

— Si tu peux, oui. J'ai laissé quelque chose pour toi à l'accueil. Sinon je te l'apporterai.

— Non, non… Je n'ai rien de particulier à faire aujourd'hui. Je passerai. J'espère ne pas paraître trop gonflé de t'avoir appelée. J'étais dans les parages et ça me semblait normal.

— Au contraire, ça me fait plaisir. Tu as bien fait. Salut, à tout à l'heure.

— Salut.

— Attends… Tu n'as pas de portable ?

— Je l'ai fait tomber… par terre. Il ne fonctionne plus.

Quand je me suis présenté à l'accueil, un colosse noir m'a souri et m'a remis un paquet.

« For Giacomo. »

Je l'ai pris, j'ai signé, je l'ai remercié et je suis retourné au bar. J'ai pris une salade de fruits. Il y avait de la pastèque dedans. Or, je déteste ça dans la salade de fruits. J'aime bien la pastèque, mais seule. Ma grand-mère en mangeait avec du pain. Je l'ai vue faire. Elle me disait toujours : « La nature est vraiment généreuse. Regarde tous ces pépins dans une seule pastèque. Voilà ce qu'on appelle aimer la vie. »

Ces mots me reviennent chaque fois que je mange de la pastèque. Je me souviens aussi que ma grand-mère mettait la pastèque au frigo sans la recouvrir et que, lorsque j'en mangeais, elle avait absorbé le goût de tous les autres aliments, comme une éponge.

Quand j'ai ouvert l'enveloppe, j'ai tout de suite reconnu l'objet à l'intérieur : le cahier orange sur lequel Michela écrivait tous les matins dans le tramway. Il y avait aussi une feuille sur laquelle elle avait écrit : Si tu n'étais pas venu, je comptais te l'envoyer dans six mois. On se voit à 17 heures en bas. Bonne lecture. Michela.

10

Le journal intime

Je n'avais jamais lu le journal intime d'une femme. Une seule fois, à l'âge de vingt ans environ, une fille avec laquelle je suis sorti durant quelques mois m'a montré certaines des pages qu'elle rédigeait chaque soir. Elle s'appelait Luisa. Sur une page, elle avait écrit que j'avais oublié de prendre des préservatifs avant de venir la retrouver. Comme elle se trouvait justement dans une période d'hyper-fécondité, je n'avais pas eu confiance et, comme nous avions peu de temps devant nous, je lui avais dit qu'il valait mieux repousser pour faire l'amour tranquillement un peu plus tard. N'importe quoi…

En repartant de chez elle, je ne cessais de me répéter combien j'avais été stupide de ne pas apporter de préservatifs. Dans son journal, cette histoire était devenue pour elle la preuve que je ne sortais pas avec elle juste pour le sexe, mais que je tenais vraiment à elle.

Il y avait une chose qui m'exaspérait chez Luisa. J'aime bien les baisers sur les yeux, mais elle avait l'horrible habitude de me les lécher. Sa salive était si dense que je finissais par avoir du mal à les rouvrir ; mes cils étaient lourds et trempés, comme si elle avait des escargots dans la bouche.

Avoir en main le journal intime de Michela m'émouvait. Je l'ai bien regardé avant de l'ouvrir. Il a aussitôt fait resurgir en moi son image, alors qu'elle était occupée à écrire dans le tramway, ainsi que les émotions que j'éprouvais à l'époque en la voyant. J'étais alors si curieux de savoir ce qu'elle pouvait bien écrire ! Je l'ai ouvert comme un livre saint. Voilà que je pouvais enfin entrer dans le secret de ces matins.

Les pages étaient pleines de moi. Elle écrivait tout le temps sur moi, sur la façon dont j'étais habillé ou sur ce qu'elle imaginait à mon propos. J'aime lire. Ce jour-là, j'ai découvert que j'aimais davantage encore lire des choses qui me concernaient. Certains passages m'ont surpris.

Jeudi

Je ne lève pas la tête, mais je sens que tu me regardes. Je sens tes yeux sur moi. Ils me caressent et me pénètrent. Quand tu m'observes, j'ai envie de m'arranger un peu. Je me sens en désordre, comme seule une femme peut se sentir face à un homme.

Lorsque ton regard me concède quelques instants de répit, j'essaie de dérober des images de toi. Aujourd'hui, tu es distrait. D'un côté, j'ai peur de ne plus susciter ton intérêt. De l'autre, ça me permet de te regarder un peu plus. Ce matin, quand j'en ai eu l'occasion, je me suis arrêtée sur tes mains. De belles mains, sans livre aujourd'hui, mais qui suscitent les mots.

Mardi

J'ai pris l'habitude de regarder l'arrêt où tu montes quand le tramway s'en approche. Je n'arrive pas toujours à attendre pour savoir. Parfois je ferme les yeux. Je les rouvre seulement quand le tramway repart et je te cherche. Je te cherche parmi cinquante formes sans intérêt. Aujourd'hui, tu es là. Tu sembles ne pas avoir dormi parce que tu es encore plus beau. Tes cheveux sont mal coiffés, en bataille. Je les peigne avec mes mains invisibles. Puis, quand j'ai tout remis en place, je t'ébouriffe à nouveau avec un baiser. Je passe la main dans tes pensées.

Aujourd'hui, tu es monté face à moi. Je ne descends pas. Toi non plus, ne descends pas. Je t'en supplie. Allons jusqu'au terminus. Allons jusqu'au bout, au bout de ce voyage.

Vendredi

S'il est vrai que la rencontre entre deux personnes génère toujours des réactions qui les transforment toutes les deux, que nous arriverait-il si nous nous rencontrions vraiment ? Si nous nous parlions, tout de suite ?

Qui es-tu ? Comment es-tu lorsque je ne suis pas là ? Et comment serais-tu après notre rencontre ? Et moi ? Qu'est-ce qui changerait dans ma vie ? Que deviendrais-je que je ne sois déjà ?

Aujourd'hui, à cause de toutes ces questions, je ne serais allée nulle part si je ne t'avais pas vu au moins l'espace d'un instant.

Tu pourrais être la perte de mon équilibre. L'équation de mon chaos.

Lundi

Aujourd'hui, quand j'ai vu le ciel gris, j'ai cessé de respirer. J'ai trouvé de l'oxygène seulement dans la corbeille de mes jeux. Je les ai apportés pour survivre. Veux-tu jouer avec moi ? Choisis au hasard. Choisis quelque chose. Tout, sauf le jeu de l'indifférence. Aujourd'hui ce n'est pas permis. Ce jeu-là, le ciel nous l'a volé. Jouons à cache-cache. Je me cache, tu me cherches et, si tu me trouves, je me ferai toute petite pour me glisser dans la poche de ta chemise. Ou bien jouons à autre chose : au lieu de me cacher, c'est moi qui dois te découvrir. J'ai une robe de soirée, parce que j'ai l'impression d'être Cendrillon. Emporte-moi loin d'ici. Ramène-moi au bal. Danse encore avec moi. Dans peu de temps, je descendrai l'escalier et je m'échapperai. Je te laisserai ma pantoufle de vair maquillée en gant. Je me sens pathétique.

Jeudi

Aujourd'hui, je fais mine de ne pas m'apercevoir de ta présence. Je ne te regarderai pas tant que je ne serai pas descendue. J'ai envie de te faire languir. Va savoir ce que tu imagines. Va savoir comment je me verrais, de près, dans tes yeux. Je voudrais m'évaporer en mille petites bulles et me recomposer sur la vitre derrière toi, là où, l'autre jour, ton image et la mienne se sont reflétées. Je voudrais être l'image de moi que je n'ai pas reconnue l'autre jour. Il y a un abîme entre la manière dont je me perçois et celle que je suis en train de devenir. Avant d'être celle que je suis maintenant, je ne t'aurais même pas vu. Tu es la rencontre entre moi et nous. Je t'attends. Je t'ai attendu. Je t'attendrai.

Je pars demain. Je quitte ce tramway en te laissant à l'intérieur. Tu m'as donné la force de changer les choses qui ne me plaisaient pas. Je ne t'ai jamais parlé. Je ne sais même pas si tu es ce que j'imagine. J'ai projeté sur toi l'homme qui m'accompagne tous les jours. Tu es porteur d'émotions, de pensées, de désirs. Tu as été la force, le muscle, l'action. Je t'abandonne ici, assis sur ces matinées. Je t'abandonne, mais je t'emporte avec moi pour toujours.

Plus j'avançais dans ma lecture et plus je m'apercevais que, d'une certaine façon, j'avais été manipulé. La preuve la plus évidente était écrite noir sur blanc à la dernière page. C'était le jour où elle a pris l'avion pour New York.

… hier, Giacomo et moi sommes allés boire un café. Il est sympathique et très doux, mais peut-être un peu empoté. À un moment donné, après que nous avions déjà un peu parlé, j'ai failli l'embrasser, mais j'ai préféré m'éloigner en prétextant un besoin pressant. J'ai laissé l'enveloppe sur la table. J'espérais qu'il aurait le désir et le courage de recopier l'adresse, vu qu'il ne m'avait même pas demandé mon e-mail. Je suis partie et j'ignore si je le reverrai à nouveau.

Quoi qu'il arrive, jouer avec ce destin-là a été une expérience merveilleuse. Aujourd'hui, avant de pénétrer dans la zone d'embarquement, je me suis retournée un instant. J'ai espéré qu'il viendrait me dire au revoir. J'ai recommencé plusieurs fois. Même mon frère s'en est aperçu. Il m'a demandé si j'attendais quelqu'un. Je lui ai répondu que non. Je suis la seule à savoir, pour nous deux.

J'aurais peut-être dû lui demander une adresse, un numéro ou un e-mail. Peut-être ne l'ai-je pas fait simplement par orgueil. Tu as six mois pour me rappeler, me retrouver ou me rejoindre. Si ça n'arrive pas, je t'enverrai ce cahier, mais te revoir n'aura alors plus aucun sens.

Je ne savais pas si je devais me sentir heureux ou stupide. C'était comme si j'étais tombé dans un piège, comme si je n'avais fait que suivre le parcours qu'elle avait tracé, comme si j'étais un rat de laboratoire. Pendant des semaines, je m'étais pris la tête chez moi, alors qu'elle m'attendait ici.

La joie a pourtant fini par m'envahir. Les sensations que j'avais éprouvées dans le tramway n'étaient pas l'effet de mon imagination. Elles étaient bel et bien réelles.

Je me suis levé et, le journal à la main, je suis sorti. Je n'avais plus qu'à attendre 17 heures. J'étais heureux. Ma tête était légère. Ce matin-là, les gens qui m'ont croisé sur les trottoirs de Manhattan ont vu un sourire sur pattes. L'un de mes plus grands plaisirs, quand je suis à l'étranger, c'est l'anonymat. Je ne rencontre personne de ma connaissance. Pas d'amis, pas de voisins, pas de collègues ou de partenaires de sport. Personne ne sait qui je suis, quel travail je fais, où je vis. Personne ne me connaît et je ne connais personne.

Ça m'autorise à faire des choses que je ne peux pas me permettre en temps normal. Par exemple, quand je suis chez moi, je me surprends souvent à chantonner. J'arrête tout de suite de peur que quelqu'un ne m'entende. Peut-être ai-je cette chanson en tête parce que je l'ai entendue dans un bar et que c'est une de celles qu'on ne parvient pas à se sortir de la tête et qu'on chante sans même s'en apercevoir. Quand ça m'arrive à l'étranger, en revanche, je continue à chanter sans vergogne.

Ce matin-là, j'étais si heureux que j'ai parcouru la 8ᵉ Avenue en chantant *Uomini soli*[1] du groupe Pooh. Je l'ai chantée en entier, ou du moins la partie que je connaissais par cœur. Chanter *Uomini soli* sur la 8ᵉ Avenue procure un délicieux sentiment de honte, surtout au moment du refrain : « Dieu des viiiiiiiiiiiilles et de l'immensitéééééé… »

À 17 heures, je me trouvais en bas du bureau de Michela. Elle est arrivée, souriante, avec quelques minutes de retard. Quand je l'ai aperçue, un déluge d'émotions m'a envahi. J'étais nerveux, heureux, gêné, fier, content. Je me sentais déjà lié à elle et cette sensation me bouleversait. Mes peurs habituelles avaient disparu. Ce n'est que plus tard que j'ai décodé cette sensation. Sur le coup, j'étais juste déconcerté et pas du tout conscient de ce que j'étais en train de vivre.

Michela était émue, elle aussi. Ça se voyait d'emblée.

Nous nous sommes assis sur un banc à l'extérieur.

— Je me sens un peu stupide d'être là. En lisant ton cahier, je me suis vu comme un poisson pris dans un filet.

— J'aimais bien l'idée de jouer, d'oser, pour voir s'il se produirait quelque chose. Et te voilà. Il s'est passé quelque chose. Je t'ai toujours senti proche de moi. Je ne sais pas pourquoi.

— Comment savais-tu que je viendrais ?

— Je ne le savais pas.

— Et quand tu as trouvé mon message sur ton répondeur, qu'est-ce que tu as pensé ?

---

1. Littéralement, « Des hommes seuls ». (*N.d.T.*)

— Maintenant que tu as lu mon journal intime, tu dois avoir compris que ça m'a fait plaisir. Même si tu n'es pas là pour moi, mais pour ton travail, bien sûr…

Elle avait tout compris : son demi-sourire en était la preuve.

J'étais si bouleversé que j'ai commencé à parler sans pouvoir m'arrêter, au point qu'elle m'a interrompu :

— Je vais te parler un peu de moi, comme ça, tu pourras faire une petite pause. Qu'est-ce que tu attendais pour venir me parler dans le tramway ? Tu ne parais pourtant pas timide. J'ai tout essayé. Je t'ai même offert un gant. J'ai cru que tu étais pris. Peut-être l'es-tu, d'ailleurs…

— Je ne suis pas pris. J'ai cru, moi aussi, que tu l'étais, quand je suis venu à l'aéroport le jour de ton départ.

— Comment ça ? Tu es venu à l'aéroport et tu ne m'as pas vue ?

— Si, je t'ai vue, mais tu étais avec quelqu'un et je suis parti.

— C'était mon frère !

— Je l'ai compris en lisant ton journal. Tout ça est un peu difficile à expliquer. Je traverse une phase confuse sur le plan émotionnel. À vrai dire, c'est toi qui me rends comme ça. D'habitude, je suis plus détendu et moins empoté avec les femmes. Mais, tout compte fait, je suis content d'avoir attendu. Je n'ai jamais fait ce genre de chose avant et, encore maintenant, j'ignore pourquoi je me suis comporté ainsi.

— C'est bon signe, non ? Tu préférerais rester toujours le même individu ?

— Non, c'est mieux comme ça. Quoique… Je n'en sais rien, en fait.

Nous avons longuement bavardé. À la différence de la première fois, même si j'étais ému, j'ai réussi à me détendre. J'avais le sentiment d'avoir des petites bulles de bonheur sous la peau. Peut-être regardions-nous, cette fois, le même film. En plus, la projection avait lieu à New York. Parmi les choses qui me plaisaient en elle, il y avait le fait que, quand elle me parlait, elle n'essayait pas de me séduire à tout prix, comme le font certaines femmes par le regard, la voix, les mots ou la gestuelle. Elle était naturelle. C'était du moins l'idée que j'avais d'elle.

— Qu'est-ce que tu fais, ce soir ? lui ai-je demandé après un éclat de rire.

— Je comptais sur toi pour me le dire !

11

Dîner romantique (hamburger et frites)

Après cette brève rencontre, j'ai tout de suite compris qu'avec Michela, pour la première fois de ma vie, je n'étais pas en présence d'une fille, mais d'une femme. Je suis bien incapable d'expliquer la différence. Il s'agissait d'une sensation, d'un parfum, d'une manière de parler, mais surtout de regarder. C'est peut-être le regard qui fait d'une fille une femme. Sa conscience, certainement. Une fille consciente d'elle-même est une femme à n'importe quel âge. Michela était une femme. Ça se voyait à sa façon de se mouvoir dans l'espace.

Nous nous étions donné rendez-vous au pied de mon hôtel. Tandis que je l'attendais, j'imaginais notre dîner dans un restaurant sympa de Manhattan aux lumières tamisées, avec une musique de fond et des murs peints dans des couleurs chaudes, ou bien alors en brique blanche. Nous avions rendez-vous à 21 h 30. Nous sommes sortis du Doma vers 19 heures.

À l'hôtel, j'ai eu la mauvaise idée de m'allonger un instant sur mon lit après m'être douché. Heureusement, j'ai pris conscience que j'étais en train de m'endormir et j'ai aussitôt fui cette pièce et cet immense lit douillet. Ma valise était enfin arrivée et j'ai pu mettre ma chemise préférée. Je ne sais pas si je serais parvenu à mes fins, ce soir-là, sans porter quelque chose de bien à moi. Je suis descendu au bar, où j'ai bu un triple café. J'avais peur de m'endormir à table, mais surtout de bâiller sans pouvoir m'arrêter. Après un repas, surtout quand j'ai bu du vin rouge, je bâille. Et si cela arrivait pendant qu'elle me parle ?

Aller dîner à 21 heures signifiait se coucher à 3 heures du matin. D'habitude, quand je suis fatigué, je ne fais pas partie de ceux qui traînent. Ces soirs-là, je suis incapable de cumuler dîner, cinéma et sexe. Il faut choisir. Déjà, quand je vais à la deuxième séance du soir, je ne parviens pas toujours à rester éveillé.

Vers 21 heures, un taxi jaune conduit par un moustachu à turban a déposé Michela. Ainsi commençait notre première soirée commune.

Après m'avoir dit bonsoir, elle m'a tendu un téléphone portable.

— Je l'ai pris en arrivant, avant d'avoir mon numéro professionnel. Si tu veux t'en servir... Rappelle-moi juste de te passer aussi le chargeur.

— Merci.

Ensuite, elle m'a demandé ce que je voulais manger.

Je me suis souvenu des conseils de Silvia sur le fait que les femmes aiment les hommes décidés, ceux qui savent où ils vont. J'ai alors trouvé une réponse qui me semblait être un bon compromis :

— Je suis à Manhattan, sur ton territoire, alors pour ce soir je préfère me fier à toi. Mais seulement pour ce soir.

— Tu veux te promener ?

— Oui.

Nous avons marché vers Greenwich Village. Ce n'était pas là que nous trouverions des restaurants sympas, avec musique et lumières tamisées…

— Ça te dit, un hamburger ?

— Pourquoi pas ?

Michela m'a emmené manger des hamburgers géants avec des frites, des oignons et du ketchup.

— Je n'en mange pas souvent mais, de temps en temps, j'aime bien ça. Et autant faire les choses en grand.

— Pardon ?

— Manger ces saletés qu'on sait mauvaises pour la santé. C'est ici qu'il y a les meilleurs hamburgers de Manhattan.

Le restaurant s'appelait Corner Bistrot, sur la 4e Rue Ouest. C'était un endroit vieillot avec un téléviseur accroché au mur dans l'angle derrière le comptoir, pas vraiment soigné, mais original, avec des tables en bois recouvertes de prénoms gravés, comme on en voit en Italie dans les snacks de province. Il n'y avait aucun signe de jeunesse, ni parmi le personnel ni dans la décoration. Les hamburgers étaient servis avec les frites sur des assiettes en carton. J'ai pris un hamburger classique. Elle a opté pour un cheeseburger.

Je dois l'admettre : c'était le meilleur hamburger que j'aie jamais mangé. Même si, après, il m'a fallu boire deux Coca-Cola pour le digérer. Je les ai demandés avec du citron, même si, en général, je les préfère sans. J'aime le goût du citron mais, quand je bois, la tranche vient toujours se coller contre mes lèvres et le Coca passe mal. Et je déteste boire à la paille.

Ce dîner n'avait pas grand-chose à voir avec l'idée que je m'étais faite de notre premier vrai rendez-vous. L'endroit n'était pas romantique pour un sou. Malgré tout, notre soirée, elle, l'est devenue. Pas mal, Michela...

Quand je rencontre une femme qui m'intéresse, j'aime me découvrir le désir de plaire. Je voudrais dire des choses qui lui plaisent aussi. Lui raconter un détail de mon existence qui lui fasse dire : « Incroyable ! Mais moi aussi, j'ai toujours pensé ça ! Je croyais être la seule au monde à l'avoir remarqué. »

Nous avons beaucoup parlé de nos matinées dans le tramway. Puis je lui ai posé une question en riant :

— Écoute, Michela... Tu es très mignonne et tu n'as pas de copain. Quel est ton problème ? C'est quoi, ton défaut de fabrication ? Tu sais, le truc qu'on découvre trop tard. Vas-y, dis...

— « Tu es très mignonne »... C'est nul, comme phrase. Bon... Je vais te répondre quand même.

Voilà. Je m'étais planté, malgré toutes mes bonnes intentions.

— Je ne pense pas avoir un *seul* problème avec les hommes. J'en ai beaucoup, en fait...

Elle parlait avec un sourire ironique.

— Ou plus exactement, j'ai un *gros* problème. On me répond toujours le contraire de ce que j'attends.

— C'est-à-dire ?

— Mon problème, c'est que, lorsqu'un homme me plaît, que je souhaite partager avec lui un peu plus d'une nuit de temps en temps et que, par malheur, il le comprend, il commence tout de suite à s'agiter, à m'expliquer qu'il ne veut pas s'attacher et finit par s'enfuir, avant même que je puisse lui faire entendre que je ne veux pas me fiancer. C'est pour ça que j'ai appris à prendre ce que me donnent les hommes sans rien demander de plus. Parfois, ça manque juste d'émotion. Quand, au contraire, c'est moi qui ai envie de me laisser vivre sans penser à rien, je ne tombe que sur des hommes qui me disent qu'ils sont amoureux de moi dès notre deuxième rencard et qui m'inondent de messages d'une mièvrerie affligeante, de poésies pathétiques, de pensées nocturnes et de promesses.

— J'ai connu ça moi aussi, une fille qui m'envoyait sans cesse des poèmes et des messages romantiques. Et puis, un jour, j'ai eu le malheur de lui répondre. Je crois qu'elle s'est vexée, parce qu'elle ne m'en a plus jamais envoyé.

— Ça dépend de ce que tu lui as répondu.

— Je lui ai écrit : « Le brouillard monte jusqu'aux monts escarpés en pleuvassant[1]. » Quoi qu'il en soit, toi et moi, nous avons le même problème. Moi aussi, j'ai souvent envie de faire ou de dire des choses qui vont au-delà du sexe, sans que nécessairement ça ouvre la porte à une histoire d'amour ou à un lien exclusif. Mais je me suis toujours heurté à un besoin de certitudes, de promesses. Des exigences et des attentes que je devais satisfaire.

— On est mal barrés.

— Un peu, oui. Et toi, tu vois New York comme une expérience temporaire, ou bien tu veux t'installer ici définitivement ?

— Je n'en sais rien. Ça fait trop peu de temps que je suis ici mais, à part quelques problèmes au début, je m'y sens plutôt bien. Beaucoup d'éléments de mon ancienne vie me manquent, mais je suis contente d'être dans cette ville.

— Comment as-tu pris la décision de venir ici ?

1. Ce vers est tiré du poème *San Martino* de Giosuè Carducci (1835-1907), prix Nobel de littérature en 1906. (*N.d.T.*)

— J'avais envie de nouveauté. L'entreprise pour laquelle je travaillais en Italie est américaine et j'ai pu facilement demander une mutation. Ça m'a semblé être une bonne opportunité, vu que je voulais clarifier ma situation depuis un certain temps et changer un peu les choses. Je suis contente d'avoir donné cette nouvelle orientation à ma vie.

— Tu as décidé ça comme ça ? Rien de spécial ne t'est arrivé ?

— Non, rien. Simplement, je n'aimais plus ma vie. Ce que j'étais devenue. J'y pensais depuis quelque temps. C'est un de mes ex qui m'a donné l'impulsion finale, l'année dernière, quand il m'a demandé de l'épouser et que je l'ai quitté.

— Toi aussi tu t'enfuis ! Tu t'étais aperçue que c'était un con ?

— Ça m'aurait facilité les choses… Non, il était presque parfait. Paolo est un bel homme, intelligent. Il m'aimait vraiment. À part mon frère, tout le monde me disait que c'était un garçon en or, que j'étais chanceuse, parce que les mecs comme lui ne courent pas les rues. Mes amies, ma mère, mes deux sœurs me disaient que c'était le bon. Je ne sais même pas s'il existe, le bon. Ou plutôt, je pense que la bonne personne existe uniquement si on y croit. Dans ce cas, on peut faire de quelqu'un la bonne personne, du moins pour quelque temps. Même s'il me plaisait et que je lui trouvais beaucoup de qualités, au fond je ne l'aimais pas. Ou plutôt : je l'aimais, mais comme on aime un frère, pas un compagnon. Quoi qu'il en soit, je l'ai plaqué, et je t'assure que quitter quelqu'un qu'on aime est affreux. Il faut de la force. Il attendait de moi quelque chose que je ne pouvais pas lui offrir. Le seul acte d'amour dont j'étais capable, c'était de lui éviter de perdre son temps avec moi. Si j'étais restée, j'aurais été injuste à son égard. Mais nous parlons d'une personne complètement différente de celle que je suis maintenant. J'ai beaucoup plus changé l'an dernier que durant toute ma vie.

— Alors il t'a demandée en mariage et tu l'as largué ?

— Quelque chose dans le genre. C'est marrant, non ? Je me rappelle encore le moment où c'est arrivé. Parce que tout ça s'est produit au cours de la même conversation. Nous sommes passés du paradis de ses mots à l'enfer des miens. Je me souviens de chacune de ses phrases et de chaque expression de son visage. Je me rappelle aussi qu'à la fin il m'a dit : « Comment ça ? Je te demande en mariage et toi, non seulement tu me dis non, mais en plus tu me quittes ? Alors, si je ne t'avais rien dit, nous serions restés ensemble ? Écoute, Michela : fais comme si je ne te l'avais pas demandé. Faisons semblant qu'il ne s'est rien passé et oublions tout ça. » J'ai fait comme si de rien n'était. Deux heures plus tard, je partais de l'appartement.

Michela était assise en face de moi. Je l'écoutais avec l'impression de la connaître depuis des années. Je me sentais calme. Tandis qu'elle parlait, je l'imaginais nue. Je désirais l'embrasser et lui faire l'amour. J'étais si pris par ces images que, lorsqu'elle m'a demandé : « Et toi, qu'est-ce que tu fais là ? Quel type de travail t'a amené à New York ? », elle a dû répéter, parce que j'étais ailleurs. Elle l'a lu sur mon visage.

— Ça n'a rien à voir avec le boulot, ai-je avoué. Je suis là parce que j'avais envie de te voir. Pas la peine de t'inquiéter : je ne te demanderai pas de m'épouser.

— Je ne m'inquiète pas.

Après le dîner, alors que je digérais les hamburgers, elle m'a amené manger une pâtisserie chez Magnolia Bakery, dans Bleecker Street. Nous avons pris un gâteau pour deux. Pratiquement que du beurre et du sucre.

— J'espère que tu ne t'alimentes pas tous les jours comme ça. Mon foie ne va pas tenir.

— Non, seulement ce soir. Je voulais te faire découvrir mes endroits préférés. Tu veux une autre pâtisserie ?

— Tu as déjà vu un corps humain exploser ?

Après un instant de silence, Michela m'a demandé :

— Pourquoi est-ce que tu as voulu me revoir ?

— Parce que tu me plais et que je pensais souvent à toi. Je pense aussi que j'avais besoin de me donner une preuve de courage. Je voulais prendre le risque d'être ridicule. Une amie m'a convaincu d'ouvrir la porte sur laquelle était gravé ton prénom. À partir de l'adresse de ton bureau, elle a trouvé ton e-mail et m'a dit d'essayer de te contacter. Et puis, un jour, j'ai décidé de venir directement ici, parce qu'il m'a semblé que c'était la bonne chose à faire. Je te le répète : je ne me suis jamais comporté comme ça avec une femme. Mais ce qui m'étonne, c'est que tout cela me semble parfaitement naturel. Je ne crois pas avoir fait quelque chose de particulièrement excentrique. Je veux dire : je me rends compte que venir ici sans même savoir si je te rencontrerais et si ça te ferait plaisir de me voir était une absurdité, mais je ne vis pas cela ainsi. En fait, tout est étrange. Je ne suis pas amoureux de toi. Je ne veux pas me fiancer avec toi et je ne pense pas que tu sois la femme de ma vie. J'ai seulement suivi mon instinct sans trop me demander si c'était bien ou pas. Je suis peut-être là seulement par curiosité. Je ne sais pas

153

pourquoi je continue à penser à toi et j'aimerais bien le découvrir. C'est comme si j'étais attiré par ce que je ne comprends pas.

Je l'ai raccompagnée chez elle. Elle habitait dans Prince Street, au-dessus d'une boulangerie, la Vesuvio Bakery. J'avais envie de l'embrasser. Nous n'avons pas parlé des confessions de son journal intime, mais ce que j'y avais lu me laissait croire qu'elle aussi voulait m'embrasser. J'en étais même sûr, mais elle ne m'envoyait aucun signal.

Je l'ai fixée un moment, avec cette phrase lancinante dans ma tête : *Je me lance ou pas ? Je me lance ou pas ?*

J'allais la prendre dans mes bras quand elle m'a dit :

— Tu dois être crevé. Il vaut mieux qu'on aille dormir.

— Oui, ça vaut mieux, ai-je répondu, me raccrochant à ses mots.

Puis j'ai ajouté :

— Tu es vraiment quelqu'un de plein.

— C'est un compliment ou bien tu sous-entends que j'ai trop mangé ?

— Non… Ou plutôt, si, c'est un compliment. Tu es pleine dans le sens où tu m'apparais pleine de choses, intense. On ne dirait pas un compliment, je sais, mais c'en est un.

Elle a souri.

— Je pense avoir compris. Même au niveau des compliments, tu es compliqué.

Nous nous sommes dit au revoir. Elle m'a donné le chargeur du téléphone portable et elle est rentrée dans son immeuble. Quant à moi, je suis reparti vers l'hôtel à pied. Durant tout le trajet, je me suis répété : *Elle a peut-être changé d'avis. Peut-être que, quand elle m'a vu, j'ai cessé de lui plaire. Alors pourquoi est-ce qu'elle m'a invité à dîner ? Je ne comprends pas. C'est ma faute, aussi. Quelle idée de lui dire « Tu es très mignonne » ! Qui sait si elle ne m'aurait pas laissé faire si j'avais tenté le coup ?*

J'étais impatient d'arriver pour pouvoir appeler Silvia et me défouler sur son répondeur.

Soudain, sur l'écran du téléphone que m'avait donné Michela, est apparu un message d'elle : « J'ai passé une bonne soirée, merci. Je sais ce que tu es en train de te demander. La réponse est oui. »

12

Le jour suivant

Mon téléphone a sonné. C'était Michela. Elle m'a demandé si je voulais venir déjeuner avec elle. Comme la veille, deux petites heures plus tard, j'étais en bas de son bureau. Quand elle est arrivée, nous sommes allés dans un bar du coin, Morandi Vins et Cuisine, sur la 7ᵉ Avenue.

— Qu'est-ce que tu as fait, ce matin ? m'a-t-elle demandé.

— Rien. Je me suis promené. Après le dîner d'hier, je crois que je vais juste prendre une salade.

— Moi aussi.

— Tu sais cuisiner ?

— Oui. Ma mère nous a appris, à mes sœurs et moi. Dans sa conception de l'existence, savoir cuisiner est fondamental pour une femme.

— Elle n'a pas vraiment tort. C'est génial de savoir cuisiner. Pour les hommes comme pour les femmes, d'ailleurs.

— C'est aussi mon avis.

— Comment ça se passait avec ton ex quand vous viviez ensemble ? C'est toi qui cuisinais ?

— On cuisinait tous les deux. Mais nous ne vivions pas vraiment ensemble : il vaut mieux parler de cohabitation.

— Quelle différence ?

— Vivre ensemble suppose de partager une intimité, chose que j'évitais soigneusement.

— C'est pour ça que tu l'as largué ?

— Entre autres. Mais j'ai mis du temps à me décider. Je te l'ai déjà dit.

— J'ai une amie qui vit la même chose en ce moment, sauf qu'en plus elle a une petite fille. Ça doit être dur de rester dans une maison où on ne se sent plus à sa place.

— Assez, oui. Et c'est encore plus compliqué quand on a des enfants. En ce qui me concerne, j'en étais arrivée au point où, le soir, j'étais contente quand il rentrait tard du boulot. À la maison, je faisais tout pour aller au lit avant lui ou bien je veillais tard sur le canapé. Quand j'allais me coucher la première, il essayait parfois de me titiller. Je feignais alors de dormir. Seulement, si cela avait vraiment été le cas, j'aurais fini par me réveiller au bout d'un moment. Là, je lâchais des grognements bizarres et des gémissements jusqu'à ce qu'il se décide à me laisser tranquille.

— Il ne s'apercevait de rien ?

— Il n'était pas stupide. Il comprenait bien ce qui se passait, mais les gens amoureux n'osent pas s'aventurer dans certaines discussions, de peur de devoir prendre conscience qu'ils sont les seuls à aimer. C'est moche d'avoir à dire : « Non, mon amour, il n'y a rien. Je suis juste crevée. Je travaille beaucoup en ce moment… » Ça suffit. Je ne veux plus me mettre dans ce genre de situation. Les derniers temps, le simple concept de pluralité me tapait sur les nerfs. Tu sais, quand tes amis t'invitent ou te parlent en utilisant toujours le pluriel : « Vous venez ? Vous partez ? Vous sortez ? »

— Pourquoi ne l'as-tu pas quitté, alors ?

— Je n'y arrivais pas. Peut-être aussi parce que les beaux discours de mes amis et de ma mère m'empêchaient de le faire.

— Tu as quand même fini par y parvenir. Ce n'est pas le cas de tout le monde.

— Parce que ce n'est pas facile. Quand j'ai quitté Paolo, j'ai eu des problèmes avec ma famille, sans parler de la sienne. Sa mère me téléphonait sans cesse pour me demander de revenir sur ma décision, parce que son fils était un brave garçon. Et, bien qu'elle ne me l'ait jamais dit de façon explicite, elle m'a également fait comprendre que, sur le plan financier, il valait mieux que je reste avec lui. Ma famille me tenait les mêmes discours. Mes parents m'ont toujours vue comme « une chose étrange ».

— Dans quel sens ?

— Ils se sont toujours occupés de moi de manière étonnante. Je ne leur ai jamais ressemblé. Ils avaient fait le forcing pour que je me marie, pensant que le mariage me « remettrait les idées en place », comme le dit si bien ma mère. Tout le monde s'attendait à ce que je reste avec lui, et peu importait que je ne sois plus amoureuse. C'est ça qui m'a le plus peinée. Une amie m'a dit un jour que je devais l'épouser quand même, parce que Paolo était un garçon bien et que ce genre d'hommes ne courait pas les rues. Elle a ajouté qu'à mon âge, j'avais intérêt à rester avec lui. « Tu as presque quarante ans, où est-ce que tu vas, comme ça ? » Sauf que j'en avais seulement trente-cinq... J'en avais marre de vivre avec des gens qui, dès que tu fran-

chis le cap de la trentaine, commencent à te demander :
« Comment se fait-il que tu ne sois pas mariée ? » On
considère toujours qu'une femme reste célibataire
parce qu'elle n'a pas trouvé la bonne personne, et
jamais parce qu'elle l'a choisi. Imagine plutôt qu'on
commence à demander aux femmes : « Pourquoi t'es-
tu mariée ? » J'en avais par-dessus la tête d'être consi-
dérée comme une pauvre fille par des femmes pour qui
le mariage était une fin en soi. C'est pour ça que j'ai
changé de vie.

— Et maintenant tu cherches l'homme parfait ?

— J'espère que non. Tu sais, je crois que les
hommes parfaits recherchent justement des femmes
parfaites. Je n'ai aucune chance.

— Qu'est-ce que tu cherches, alors ?

— Je ne sais pas vraiment. Rien, ou peut-être tout. Il se
peut même que, plutôt que de chercher quoi que ce soit,
j'aie seulement envie de profiter de ce que m'offre l'existence. J'aime bien jouer. Être libre. Mon boulot à New
York me plaît et je l'ai trouvé toute seule comme une
grande. Je suis heureuse et fière de moi, même quand je
fais les courses. Je sors si j'en ai envie, sinon je reste à la
maison pour lire, regarder un film ou bien cuisiner pour
moi ou mes amis. Parfois, je mange à table. D'autres fois,
je m'assieds par terre, adossée au canapé. J'ouvre une
bouteille de vin même quand je suis seule. Je n'ai pas
besoin de négocier. Je suis indépendante. Je suis prête à
me battre de toutes mes forces pour préserver cette situation. Pour toujours. Pourtant, moi aussi, j'aurais
quelquefois besoin qu'on m'enlace. Besoin de baisser la
garde et de me perdre dans les bras d'un homme. De me
sentir protégée. Même si je me débrouille très bien toute
seule, parfois j'aimerais feindre le contraire, juste pour le
plaisir que quelqu'un s'occupe de moi. Seulement, je ne

veux pas rester avec un homme pour ça. Je ne veux pas devoir accepter des compromis et je n'arrive pas à renoncer à tout ce que j'ai.

Elle a fait une pause, avant de reprendre :

— Je me suis réveillée tard. J'ai toujours été en couple dans ma vie d'avant. Je suis restée fidèle et j'ai connu de longues histoires, si bien que je peux compter mes hommes sur les doigts de la main. Ma nièce de dix-neuf ans en a déjà eu plus que moi. En fait, je n'ai jamais réussi à rester avec quelqu'un sans en être amoureuse ou sans que nous soyons officiellement ensemble.

— Ce que tu as vécu est aux antipodes de ce que, moi, j'ai connu : très peu d'histoires et beaucoup d'aventures. Pour me sentir bien avec une femme, j'ai besoin de l'exact contraire. Moins je me sens attaché et mieux je me porte. Dis-moi alors, qu'est-ce que tu cherches exactement chez un homme ?

— Je n'en sais rien. Je voudrais un homme avec lequel je me sente bien. Un homme assis près de moi au cinéma, au restaurant ou dans le bus, avec lequel je puisse partager des perspectives d'avenir. Je ne parle pas nécessairement de mariage, d'enfants ou de ce genre de choses, mais je ne veux pas non plus d'un de ces hommes qui commencent à stresser dès que tu te projettes au-delà du surlendemain. Un jour, c'était au mois de juin, j'ai demandé au type avec lequel je sortais ce que nous allions faire en août, pour les vacances. Ça l'a rendu tellement nerveux qu'il n'a plus dit un mot. Il a fini par m'expliquer que, finalement, il préférerait rester seul pendant le mois d'août. J'en ai marre des gamins… Je suis trop vieille pour faire la fille jeune et trop jeune pour faire la vieille. Je voudrais quelqu'un qui me plaise, à qui je puisse le dire sans qu'il prenne peur, sans qu'il me fasse sentir que je le colle trop. J'ai envie d'un homme qui me cherche aussi sereinement que, moi, je le cherche. C'est ce que tu as fait en venant ici. Et puis, surtout, j'ai envie d'un homme présent.

— C'est-à-dire ?

— Difficile à expliquer. Un homme présent, c'est un regard silencieux qui veut tout dire.

Michela parlait librement et, finalement, elle paraissait rechercher chez les gens les mêmes choses que moi. Quand je lui ai dit que j'avais eu peu d'histoires et beaucoup d'aventures, je ne suis pas entré dans les détails. Je n'ai pas ressenti le besoin de lui préciser, par exemple, qu'un de mes principaux problèmes dans mes relations sentimentales vient de ce que tout perd de son intensité au fil du temps. Le corps ne ment jamais. Mon désir faiblit progressivement. Quand je fais l'amour avec une inconnue, je bande comme un fou. Parfois, j'aimerais avoir six pénis parce qu'un seul ne me suffit pas. Alors que, dans une relation durable, mon érection faiblit très vite.

En réalité, ce qui m'excite le plus chez une femme c'est sa part d'ombre. Découvrir son corps, sa peau, son odeur. La manière dont elle gémit quand elle fait l'amour. Je suis un explorateur, un navigateur, un marin, un pionnier, un voyageur. J'aime les femmes. C'est justement la raison pour laquelle je ne me suis presque jamais mis en couple, parce que je n'aime pas les tromper. Or, les autres femmes me détourneraient de celle avec laquelle je suis. Je me vis comme une victime du baiser pas encore partagé, du corps inconnu, du regard mystérieux.

L'émotion du premier baiser longuement désiré. Un corps nouveau qui m'offre la possibilité de le toucher pour la première fois. Voir enfin le sein jusqu'alors seulement entraperçu sous les vêtements. Soulever une jupe et contempler les jambes, les cuisses. La marque de l'élastique de sa culotte. Embrasser un pied, sentir un cou. Découvrir les expressions d'une femme lorsqu'elle atteint les sommets du plaisir. M'apercevoir que le monde s'arrête de tourner quand elle me sourit. Le décolleté d'une femme, même quand elle n'est pas particulièrement belle, attire toujours le regard. Toutes ces sensations agissent sur moi comme des drogues.

J'aime les femmes. Je les ai toujours aimées. Comment peut-il en être autrement ? Les femmes sont belles. Leurs contours, leurs mains, leur peau, les fils entortillés de leurs pensées sont beaux. Les parfums colorés de leurs désirs sont beaux, tout comme leurs peurs et leurs petits troubles. J'aime la beauté de leurs gestes. J'aime la manière dont elles sèchent leurs larmes avec la main et le sourire qu'elles dévoilent soudain après avoir pleuré comme des gamines. J'aime les femmes. Sans elles, je serais déjà mort.

J'ai toujours été comme ça. Quand je suis au téléphone et que j'entends le bip de ma messagerie, je perds toute envie de continuer à bavarder, car je suis bien trop curieux de savoir qui m'a envoyé le message. C'est pareil avec les femmes. J'ai toujours cru que, si je restais avec l'une d'elles, je perdrais les autres. Et ça vaut pour tout. En sport, par exemple, j'ai fait du karaté, du ping-pong, du football et du basket. Je ne me suis jamais focalisé sur une activité en particulier. J'ai creusé des trous par milliers, et c'est peut-être justement pour ça que je n'ai jamais rien trouvé.

Michela m'a enseigné une chose importante mais, à cet instant-là, je l'ignorais encore.

13

Première douche ensemble (et première nuit)

Le soir, nous avons dîné dans un restaurant, le Macelleria, dans le Meatpacking District. Je me souviens qu'à la table voisine de la nôtre il y avait un couple. Sur son cou, l'homme avait un tatouage représentant une empreinte de lèvres écarlate, comme celle que laisse un baiser.

Je n'ai jamais eu le courage de me faire tatouer, encore à cause de ma peur du « Pour toujours ». Je le ferai peut-être à l'avenir, mais certainement pas sur le cou.

— Tu as des tatouages ? ai-je demandé à Michela.

— Non, mais j'ai envie de m'en faire faire un.

— Où ça ?

— Sur la cheville, sans doute.

— Et tu voudrais quel motif ?

— En fait, je n'ai rien trouvé qui me plaise vraiment. Et toi, tu en as ?

— Non, mais je vais finir par y arriver un jour ou l'autre.

Après le dîner, nous avons marché sans but et nous nous sommes assis sur un banc dans Father Demo

Square, parce qu'un couple de jeunes Japonais y jouait, lui de la guitare et elle de la basse. Ils interprétaient des airs de westerns célèbres. En les voyant, j'ai eu envie qu'ils soient un couple. J'en ignore la raison, mais j'aimais cette idée et aussi celle qu'ils passent leur vie à parcourir le monde avec leurs instruments.

J'ai demandé à Michela :

— D'après toi, ils ne sont que partenaires musiciens ou bien ils sont amants ?

— Amants.

— C'est aussi mon avis.

Nous avons traversé la 6e Avenue et nous nous sommes retrouvés dans une petite rue du nom de Minetta Street.

C'est là que nous nous sommes embrassés pour la première fois. Je me souviens avoir repoussé ses cheveux et pris son visage entre mes mains. Un baiser magnifique, long et doux. Authentique.

À peine nos lèvres se sont-elles touchées que j'ai ressenti une décharge. J'étais aussi heureux qu'on peut l'être quand, après l'avoir longuement cherché, on trouve la pièce du puzzle qui nous permet de terminer le ciel.

J'adore embrasser, aussi suis-je ému chaque fois que cela m'arrive. Je suis resté le garçon de quinze ans que j'ai été il y a bien longtemps. Je n'ai jamais cessé d'embrasser, même après avoir atteint l'âge adulte. J'aime le faire avant l'amour, mais aussi pendant et après. Ça me plaît, sans que ce soit nécessairement un préliminaire au sexe. J'adore m'installer confortablement sur le canapé et embrasser jusqu'à en avoir la mâchoire douloureuse et les lèvres en feu. J'use les lèvres des femmes. Si possible sans rouge à lèvres ni gloss collant. Je les veux crues. J'aime aussi les baisers volés. Quand, par exemple, on passe près d'une femme en allant chercher quelque chose dans le frigo et qu'on s'arrête pour un baiser. On la repousse contre le mur et on l'enivre avec ses lèvres. J'adore les baisers improvisés, inattendus. Il m'arrive même de couper la parole à une fille simplement parce que je suis incapable de résister. La seule chose que je désire, c'est sentir ses lèvres contre les miennes. Et alors je les prends.

Cette nuit-là, j'ai dormi chez Michela et, avant de faire l'amour, nous avons pris une douche ensemble.

— Je vais me doucher, m'a-t-elle dit.

— Je peux t'accompagner ?

C'était sorti comme ça, sans réfléchir, de la même façon qu'un enfant dit tout ce qui lui passe par la tête.

Je ne l'ai pas déshabillée, vêtement après vêtement, comme je le fais d'habitude. Elle l'a fait elle-même, dans la salle de bains. Je l'ai entrevue dans le mince rai de lumière entre la porte et le mur. J'étais curieux de découvrir la forme de son corps. Il me suffisait de passer le seuil pour l'avoir tout à moi.

Elle m'a répondu :

Bien sûr, je vais te chercher une serviette propre.

Quand je suis entré dans la douche, elle était déjà sous le jet. J'avais enfin devant moi le corps de la fille du tramway, ce corps imaginé des mois durant. Ce n'est qu'après l'avoir rejointe que j'ai commencé à l'observer en détail.

C'était beau de voir ses cheveux collés sur son visage. J'ai essayé de ne pas avoir honte de mon début d'érection. Nous nous sommes embrassés.

On ne peut pas dire que j'aie un physique d'Apollon, au contraire. Je me suis aussitôt mis à dresser, à haute voix, la liste de mes défauts, craignant qu'elle n'entreprenne de le faire, elle. Ça n'a pas eu l'air de l'intéresser beaucoup. Elle m'a regardé avec douceur et a ri de mes plaisanteries.

Mon corps est bourré d'imperfections. Certaines sont inexplicables, comme par exemple le fait que, bien que n'étant pas particulièrement poilu, j'aie deux touffes de poils sur le dos, juste sous les omoplates. Deux îlots velus. Je ne sais pas à quoi ils peuvent servir. Je n'ai pas évoqué ce défaut-là parce que, comme je me trouvais derrière elle, je pouvais le dissimuler pour l'instant.

Elle avait la peau douce. J'ai pris du gel douche dans l'un des flacons qui se trouvaient là et je l'ai savonnée. Les épaules, le cou, les seins, le ventre. Le dos. J'ai essayé de ne pas aller tout de suite plus bas, même si je ne rêvais que de cela. Puis je me suis baissé et je lui ai lavé les pieds, comme si elle était une déesse. Pour moi, elle en était une. Les jambes, ensuite, et son sexe, enfin.

Pouvoir la toucher et l'embrasser ainsi me paraissait irréel. Je l'ai fait tout en restant à genoux. Je peux dire que je l'ai bue. Je buvais aussi l'eau qui glissait sur son corps.

Je ne suis pas entré en elle. Nous n'avons pas fait l'amour. Quand j'ai eu fini, elle m'a lavé à son tour.

La douche terminée, j'ai pris une serviette, je me suis agenouillé et je me suis mis à la sécher pour qu'elle ne prenne pas froid, en commençant par les pieds. Je l'essuyais et, aussitôt après, j'appuyais mes lèvres sur sa peau.

J'ai pris beaucoup de plaisir à embrasser ses pieds. Je suis ensuite remonté jusqu'aux jambes et aux genoux. J'essuyais, je touchais et j'embrassais. Elle sentait bon. Je suis arrivé à la poitrine, au cou, aux épaules. J'ai baisé doucement ses oreilles, puis je me suis séché rapidement et je me suis de nouveau concentré sur elle. Sur ses cheveux. Je l'ai peignée et je l'ai embrassée là aussi, sur la tête.

Nous sommes ensuite allés au lit, un lit haut, blanc et moelleux. On avait l'impression d'être sur un nuage. Je l'ai enduite de crème. Je ne l'ai pas massée. Ça me semblait un peu cliché.

Elle était excitée et moi aussi. Je voulais devenir fou et la rendre folle, qu'elle fasse l'amour comme jamais elle ne l'avait encore fait. J'avais pour ambition de lui faire oublier toutes les autres fois, d'être sa première fois.

Au moins, dans ce domaine, avoir eu beaucoup de femmes m'a bien aidé. Sur le plan émotionnel, j'étais bloqué mais, lorsque je faisais l'amour, je devenais maître de la situation. J'ai failli lui dire la phrase de mon garagiste quand je lui apporte ma voiture : « Calme-toi, fais-moi confiance, je sais dans quoi je mets les mains », mais ça me semblait assez mufle.

Michela m'avait avoué avoir eu peu d'hommes. Elle avait vécu avec la plupart, puis en était tombée amoureuse. Presque toujours, ce sont justement ceux-là qui baisent le moins bien.

J'ai commencé à la caresser. Je l'ai laissée gémir un peu puis, délicatement, je lui ai demandé de se tourner sur le dos et de garder les yeux fermés. J'ai commencé à l'embrasser en passant d'un endroit de son corps à l'autre. Je voulais qu'elle sache où se trouvaient mes lèvres seulement au moment précis où je la touchais, lui faire sentir ma respiration. Je me suis longuement attardé sur son sexe. C'était important de découvrir son goût avant de faire l'amour. De le voler du bout de la langue comme s'il s'agissait d'un nectar de fleur, puis avec les doigts pour l'amener à sa bouche, à ses lèvres. J'ai continué longtemps.

Quand j'ai pénétré en elle, elle était si excitée qu'elle a très vite atteint l'orgasme. Ça s'est produit sur les notes des Pink Floyd. Sur *The Division Bell*, plus précisément. Toucher sa peau, la regarder droit dans les yeux, la sentir, appuyer mon corps contre le sien, écraser ses seins avec ma poitrine. La voir jouir sur les notes de *Cluster One*, *Marooned* ou *Coming Back to Life* a été une expérience sublime.

Je ne sais pas si j'ai réussi à lui faire oublier les autres hommes. Je l'espère.

Après avoir fait l'amour, nous sommes restés au lit. Nos têtes reposaient sur le même coussin et nous nous sommes regardés en silence. Ensuite, nous sommes allés nous préparer une tisane dans la cuisine. Elle, entortillée dans un drap blanc, telle une madone. Quant à moi, j'avais remis mon boxer. La pièce n'était éclairée que par la lampe qui se trouvait au-dessus de la gazinière. Michela, son drap blanc, ses cheveux de *post orgasmic chill*, et ses pensées inconnues, tandis qu'elle plongeait le sachet de tisane successivement dans les deux tasses blanches…

J'ignore pourquoi ce moment est resté à ce point gravé dans ma mémoire. Peut-être était-ce l'union parfaite entre mon imagination et la réalité, comme la ligne d'horizon où se rencontrent la terre et le ciel.

Elle a bu son infusion recroquevillée sur sa chaise, un bras autour des genoux. Petite et sexy : à cet instant, je me rappelle avoir pensé ça. Michela était sexy à mort. Sa manière de penser, parler, de rire, de marcher aussi, était sexy. Tandis que je faisais l'amour avec elle, j'ai pensé que j'aurais voulu ne plus faire que ça au cours de ma vie.

Puis nous sommes retournés au lit et nous nous sommes endormis en nous tenant par l'auriculaire.

Je me suis réveillé à 6 h 30. Une lumière diffuse entrait par l'interstice des rideaux.

Le lit était haut. Je me suis aperçu que Michela dormait en chien de fusil, un coussin glissé entre ses genoux. Il y a beaucoup de façons étranges de dormir. Moi, par exemple, je dors souvent avec une jambe au-dessus de la couverture et l'autre dessous, à califourchon.

Je suis descendu lentement du lit pour ne pas la réveiller. L'appartement tout entier semblait vibrer sous mes pas. Je suis allé dans la salle de bains pour faire pipi. Je me suis toujours demandé ce qui est le pire quand on va dans la salle de bains et qu'une femme dort à côté : tirer la chasse et prendre le risque de la réveiller ou bien ne rien faire.

J'ai tiré la chasse. Elle a continué de dormir.

Je suis allé dans la cuisine pour préparer le petit déjeuner, mais je ne savais pas ce qu'elle prenait d'habitude. J'ai fait du café et du thé, j'ai sorti le jus d'orange du frigo, grillé des tartines et posé tous les pots de confiture que j'ai trouvés sur la table, puis j'ai allumé la chaîne hi-fi et j'ai mis un CD. J'ai longuement hésité entre les albums *Come Away with Me* de Norah Jones et *Big Calm* de Morcheeba, avant de choisir le premier. J'ai baissé le son et j'ai réveillé Michela pour lui demander ce qu'elle désirait.

— Un café.

Je lui ai amené son café au lit. J'ai enfilé mon pantalon et elle m'a rejoint à table. Elle a mangé un peu de pain et de confiture.

Ensuite, d'une voix endormie, elle m'a dit :

— Merci pour le petit déjeuner.

Je me suis assis sur le canapé avec ma tasse de café. Elle avait passé les premiers vêtements qui lui étaient tombés sous la main : ma chemise était bien trop grande et lui arrivait presque aux genoux. Ça m'a excité de voir ses jambes dépasser.

Nous nous sommes regardés un instant tandis qu'elle portait sa tasse à sa bouche. Elle avait un regard clair, direct et profond. Puis elle a croisé les jambes et j'ai perdu tout contrôle. Je me suis levé, je me suis assis sur elle, j'ai pris son visage entre mes mains et je l'ai embrassée. J'ai enfoncé le plus loin possible ma langue dans sa bouche.

Je l'ai allongée par terre. J'ai déboutonné la chemise et sa peau claire m'a hypnotisé. J'ai empoigné un de ses seins et, de mon autre main passée sous sa nuque, je la protégeais du froid du carrelage. Je me suis attardé longuement sur ses épaules et sur son cou. Tout était doux et parfumé de réveil. Je l'ai pénétrée. Ses baisers et sa langue sentaient le café. Elle s'est agrippée au pied de la table. Cette image s'est gravée de manière indélébile dans mon esprit.

Nous avons joui ensemble dans le lit.

Puis je l'ai accompagnée jusqu'à son travail.

14

Le jeu

J'étais imprégné de son odeur et ça me plaisait. Je ne m'étais pas lavé exprès. J'ai eu l'impression ce jour-là que même les hommes étaient plus gentils avec moi.

Après l'avoir quittée, je me suis promené et j'ai échoué au Lotus Lounge Cafe, à l'angle de Clinton et de Stanton. Carrelage rouge, tables et chaises en bois et, au fond du bar, une librairie. Des jeunes gens écrivaient, lisaient, et réfléchissaient en contemplant l'extérieur, de l'autre côté de la vitrine. En Italie, on va au bar soit pour boire un café en vitesse, soit pour y passer un moment avec des amis. Ici, on peut rester des heures à travailler avec son ordinateur et, quand la batterie est déchargée, on se branche sur la prise sans même demander l'autorisation.

J'ai bu mon café en regardant dehors. Le ciel était sombre. Il n'y avait pas de soleil ce matin-là. Observer les passants était un spectacle charmant. Presque tous avaient un gobelet à la main. Les gens à vélo portaient un sac en bandoulière. Il y avait aussi les taxis jaunes, des cylindrées si puissantes qu'elles faisaient penser à un paquebot. J'avais l'impression d'être au cinéma ou d'être l'acteur d'un film.

J'ai envoyé un message à Silvia : « J'ai fait l'amour, et avec elle, cette fois. » Deux minutes plus tard, elle m'a rappelé et nous avons longuement discuté. Un copain m'aurait tout de suite demandé des détails sur son physique et sur la manière dont elle se comportait au lit. Silvia, elle, s'intéressait surtout à moi, à mes sentiments, à ce que nous nous étions dit, et si elle me plaisait autant qu'avant ou si ça avait changé quelque chose.

Après que je lui eus tout raconté, j'ai senti qu'elle était contente pour moi.

Avant de raccrocher, elle a ajouté :

— Je voudrais être là pour voir ta tête aujourd'hui.

Soudain, une fille magnifique est entrée. Peau claire, cheveux sombres, lèvres rouges. Elle parlait avec un accent français et tenait un minuscule chiot noir dans ses bras. C'était une de ces images qui réussissent à émouvoir même un rustre comme moi. Pour prendre sa tasse, elle a posé le chien, qui a aussitôt pissé par terre. La fille s'est excusée et a essayé d'éponger avec des serviettes en papier, mais le serveur lui a gentiment dit qu'il s'en occuperait.

J'ai repensé au jour où – j'étais petit alors et mon père n'avait pas encore quitté la maison – ma grand-mère m'avait amené chez une de ses amies en me disant qu'une surprise m'attendait. Quand nous sommes arrivés, l'amie en question m'a conduit dans la cour, derrière la maison. Il y avait une boîte avec quatre chiots à l'intérieur.

Ma grand-mère m'a dit :

— Choisis-en un.

Je ne savais pas quoi faire. Je les voulais tous les quatre. Je n'arrivais pas à me décider, si bien qu'au bout d'un moment ma grand-mère s'est lassée :

— Allez, Giacomo ! On ne peut quand même pas tous les prendre.

J'aurais voulu lui répondre :

— Tu es sûre ? Regarde, ils sont tout petits. Ils peuvent tous loger à la maison.

L'un des chiots a essayé de sortir de la boîte en faisant de petits sauts. Je l'ai pris dans mes bras. Il m'avait choisi. C'était un mâle et on l'a appelé Cochi. Ma mère, toutefois, n'en voulait pas à la maison parce qu'il salissait et qu'il griffait le parquet. Même si c'était mon chien, il restait donc chez ma grand-mère. De toute façon, comme je passais moi aussi le plus clair de mon temps chez elle, ça ne changeait pas grand-chose.

Un jour, peu après son adoption, Cochi a pissé dans la cuisine. Quand ma grand-mère s'en est aperçu, elle l'a pris par la tête et, comme s'il s'était agi d'une serpillière, l'a frottée dans l'urine pour l'essuyer.

Je me suis mis à pleurer. Je n'avais jamais vu ma grand-mère faire quelque chose d'aussi cruel. Et puis elle m'a expliqué que c'était pour l'éduquer. J'ai arrêté de pleurer, j'ai soulevé mon chien et je lui ai parlé. Je lui ai dit de ne plus recommencer. Ça ne s'est jamais plus produit en ma présence, mais j'ignore si ça l'a définitivement guéri.

Je me suis retenu de suggérer à la fille magnifique d'éponger la pisse avec le museau de son chien et non avec les serviettes en papier. Comment aurait-elle réagi à ce conseil ? Je n'ai rien dit et je suis sorti.

Il a commencé à pleuvoir. Un vrai déluge. Aux États-Unis, quand il pleut aussi fort, on a l'habitude d'utiliser l'expression « *It's raining cats and dogs* ». Il pleut des chats et des chiens ! Dingue !

Comme j'essayais de me protéger, j'ai échoué sous l'auvent d'un cinéma, le Sunshine Cinema, sur East Houston Street. Il était 10 h 30 et je me suis aperçu que la projection du premier film débutait à 11 heures. Aller au cinéma le matin : le bonheur absolu. J'ai acheté un billet et je suis entré. L'odeur du pop-corn flottait dans l'air mais, à cette heure, elle me donnait surtout envie de vomir. Il n'y avait personne dans la salle. Quand le film a commencé, nous étions cinq.

Au lycée, ma professeure d'anglais affirmait que l'une des manières les plus rapides d'apprendre une langue est d'aller au cinéma ou au théâtre, même si on ne comprend rien au début. Ce jour-là, les rares spectateurs de la salle semblaient être des étrangers, ce qui pouvait confirmer cette théorie.

J'ajoute « aller au cinéma le matin » à la liste des choses que j'aime dans la vie.

Quand je suis sorti, j'ai trouvé un message de Michela : « Je fais une pause vers 14 heures. Si tu veux, on peut déjeuner ensemble. Je voudrais te proposer quelque chose. »

Je suis repassé en coup de vent à l'hôtel avant de la rejoindre. Devant l'hôtel, j'ai croisé Alfred qui, en échange de son dollar habituel, m'a raconté une autre blague moins obscure que d'ordinaire : « Un homme va chez sa doctoresse et lui dit :

— Docteur, j'ai un problème.

— Je vous écoute.

— Je bande toute la journée. Que pouvez-vous me donner pour ça ?

— Le gîte, le couvert et mille dollars par mois. »

Michela m'a emmené dans un magasin où on vend des pelotes de laine et tout le nécessaire pour tricoter. On peut y manger également, au bar, mais les gens viennent là surtout pour avancer leurs ouvrages. Pendant qu'ils boivent, se restaurent et discutent, ils tricotent un pull ou une écharpe. Il y a beaucoup d'hommes, qui manient les aiguilles comme des petites vieilles. Ça s'appelle The Point et ça se trouve sur Bedford Street.

Cet endroit m'a rappelé ma grand-mère : elle tricotait sans cesse quand j'étais enfant, si bien que je lui ai demandé de m'apprendre quelques trucs. Sur une table du magasin, il y avait deux aiguilles avec un bout de pull déjà commencé. Ceux qui voulaient pouvaient le continuer. Quand j'ai annoncé à Michela que je savais tricoter, elle m'a obligé à le lui prouver. J'allais lentement, mais je me souvenais comment faire. Puis nous nous sommes assis pour déjeuner.

— Qu'est-ce que tu as fait ce matin ? m'a-t-elle demandé.

— Je suis allé au cinéma.

— Un de ces jours, je pourrais peut-être prendre un congé et venir faire un tour avec toi. Ça te dit ?

— Évidemment. Je suis là pour toi.

— J'adore te l'entendre dire…

Tandis que nous mangions un *bugle* avec de la *cream cheese und tomato*, elle s'est jetée à l'eau :

— L'autre jour, nous avons discuté du fait que, lorsqu'on n'a pas envie de s'engager avec une personne, celle-ci tombe systématiquement amoureuse alors que, si, au contraire, on se sent bien avec elle au point de le lui avouer, elle s'enfuit. Tu t'en souviens ?

— Bien sûr. Le problème du siècle…

— Tu m'as dit aussi qu'à la longue tu as fini par ne plus te laisser aller avec les filles pour éviter qu'elles se méprennent sur tes intentions. Eh bien… J'ai passé un très bon moment avec toi hier. Depuis le début, d'ailleurs, je passe des bons moments avec toi. C'était déjà le cas quand on se croisait dans le tramway.

— C'est réciproque.

— Je voudrais te proposer quelque chose, alors.

— Je dois m'inquiéter tout de suite ?

— C'est juste une bêtise. Un petit jeu. Tu aimes jouer ?

— Oui. Enfin… Ça dépend.

— Combien de temps dois-tu rester à New York ?

— Encore neuf jours.

— Alors, voilà : pour éviter que tu te bloques ou que tu te stresses à propos de ce que je pourrais penser, j'ai eu une idée…

— Vas-y, je t'écoute.

— Fiançons-nous.

— Comment ça, « fiançons-nous » ?

— Juste pour le reste de ton séjour. Voilà ce que je te propose : on se fiance et, quoi qu'il arrive, on se quitte dans neuf jours. En quelque sorte, ce seront des fiançailles à durée déterminée, avec la date de péremption écrite en caractères gras sur le paquet.

— Des fiançailles à durée déterminée ? De quoi s'agit-il ?

— On se fiance, mais on décide dès maintenant de se quitter. Tu es à New York pour quelques jours seulement. Prenons soin l'un de l'autre. Laissons libre cours à nos envies. Ensuite, au soir du neuvième jour, on se sépare. Comme ça, pas de méprise. Tout est clair. Tu as envie d'aimer quelqu'un, c'est ce que tu m'as dit. De te laisser aller, de lui offrir des fleurs, de lui écrire des poèmes et tout le reste. Mais tu n'en fais rien parce que tu as peur de t'impliquer dans une relation suivie et de changer ensuite d'avis.

Elle a marqué une pause.

— Moi aussi, j'ai envie de simplicité. Vu qu'on est bien l'un avec l'autre, pourquoi se contenter de dîner et de coucher ensemble ? Laissons-nous la possibilité de nous exprimer. C'est un jeu stupide, mais si ça se trouve on va s'amuser. Qui sait ? Tu es déjà sorti avec quelqu'un en connaissant déjà la date de votre séparation ? Dans ce cas, il ne s'agit pas juste de baiser. Ce n'est pas non plus l'amour éternel. C'est une troisième voie. Une autre manière d'être ensemble. Qu'est-ce que tu en dis ?

— Je n'en sais trop rien…

— Essayons. Qu'est-ce qu'on a à perdre ? C'est quand même plus intéressant que de devenir simplement des copains de baise. Nous n'avons pas besoin de construire une relation, mais juste de la vivre, en toute liberté. Voyons si ça marche, si on réussit à se suffire l'un à l'autre et à s'offrir réciproquement tout ce que nous avons à donner. J'ai eu cette idée parce que je crois avoir deviné que quelque chose nous rapproche. Un territoire commun à vivre, à explorer. Quelque chose qui nous appartient à tous les deux. Ce serait une erreur d'y renoncer. C'est toujours émouvant de rencontrer son double. C'est ce que tu es pour moi. J'ai perçu un scintillement en toi.

— Un scintillement ? De quoi parles-tu ?

— De syntonie. D'affinité élective. Ce que tu n'arrives jamais à créer avec certaines personnes, même pas après des années.

En toute sincérité, je ne savais pas quoi dire.

— Je dois y réfléchir. On se voit tout à l'heure ?

Elle m'a embrassé et s'en est allée.

Je suis reparti faire une longue promenade. Toutes mes pensées étaient rivées sur ce jeu dont je ne comprenais pas le sens. Pourquoi se fiancer ? Vivre le moment présent me paraissait amplement suffisant.

Mais Michela est une femme intelligente. Elle n'avait pas proposé cela à la légère.

D'ailleurs, le matin même, je lui avais dit :

— Écoute, je ne veux pas t'effrayer, mais je me sens très proche de toi. Hier, quand nous avons pris notre douche ensemble et fait l'amour, j'ai eu l'impression de te connaître depuis toujours. C'est une sensation que je n'ai jamais ressentie avant. Ce matin, quand je me suis réveillé, j'ai eu envie de descendre t'acheter des fleurs, seulement j'ai eu peur que ça te paraisse *too much*.

— Le coup des fleurs, avait répondu Michela, on le fait vraiment ou alors on n'en parle même pas. Quant au reste, si j'avais été quelqu'un qu'on effraie facilement, je ne serais pas là. C'est clair ? Ne sois pas si présomptueux.

— Présomptueux ? Quand est-ce que je l'ai été ?

— Tu es présomptueux. Depuis que tu es arrivé, tu n'arrêtes pas de me dire de ne pas m'angoisser. Par exemple, quand nous sommes sortis dîner le premier soir, tu m'as avoué être venu ici parce que tu avais envie de me revoir. C'était une jolie pensée. T'entendre la formuler m'a émue et m'a fait très plaisir. Pourquoi t'es-tu senti obligé d'ajouter tout de suite que je ne devais surtout pas me méprendre ou m'inquiéter ? À l'instant, encore, tu viens de me dire de ne pas m'angoisser. Oui, tu es présomptueux. Tu penses devoir expliquer les choses aux autres. Les défendre, les protéger et les mettre en garde. Ça ressemble à de la gentillesse de ta part, mais en réalité tu as l'attitude d'un individu atteint par un complexe de supériorité.

— Un complexe de supériorité ?

— Tu vis avec des adultes : chacun fait ses propres choix. Si on se plante, c'est qu'on avait besoin d'apprendre et, dans ce cas, cette expérience n'aura pas été inutile. Cela ne signifie pas se moquer des autres, ni s'en soucier à l'excès. Tout ça à cause de tes propres appréhensions, d'ailleurs. C'est toi qui as peur. Je ne sais pas pourquoi tu m'intriguais dans le tramway. Mais tu m'intriguais, point barre. Maintenant, nous pouvons décider de la manière dont ça doit se traduire. La vie n'est pas seulement une suite d'événements, l'important c'est aussi ce qu'on décide d'en faire.

— C'est pour ça que je suis là. Pour apprendre à vivre plus sereinement. Tu me plais, Michela. Et, cette fois, je n'ajoute rien.

— Toi aussi, tu me plais, Giacomo.

Michela a toujours été très directe avec moi, comme Silvia. Ce jeu n'avait-il pas pour but de me libérer ? Peut-être le proposait-elle pour moi, et non pour nous. À moins qu'il ne s'agisse que d'un jeu, auquel cas il me convenait à la perfection parce que, si on en restait là, j'aurais un tas d'envies. Lui faire l'amour, la toucher, l'humer, sentir son corps sous le mien. Tenir ma main ouverte sous son dos quand elle se cambrerait. J'avais envie d'émotions, de respirations, de confidences, de rires et de chuchotements, d'attentions, de tendresse et de caresses. Je désirais lui susurrer à l'oreille combien elle me plaisait, l'embrasser, rester au lit après avoir fait l'amour avec elle, manger des fruits, rire des autres. Je voulais m'abandonner totalement à mes sensations, sans retenir mes mots, mes gestes ou mes attentions. Sans devoir me contenir ou me contrôler. Me sentir libre d'être moi-même.

Michela était parfaite pour ça. Il me suffisait de vivre ces journées comme je le sentais, sans crainte de leurrer quelqu'un ni d'avoir à m'échapper. Quel bonheur ! Avec ce jeu, on ne pouvait pas se méprendre sur moi et je n'avais pas besoin de promettre quoi que ce soit.

En y repensant, et aussi étrange que cela puisse paraître, l'idée selon laquelle, quoi qu'il advienne, cette histoire ne durerait que neuf jours me tranquillisait.

Chacun de nous, au moins une fois dans sa vie, rencontre une personne dont il se sent aussitôt proche. Quelqu'un qui parle le même langage, et rend tout plus simple. La veille déjà, quand je lui avais dit que je n'avais jamais fait une telle folie pour une femme, j'avais compris que Michela représentait cela pour moi. J'aurais tout aussi bien pu garder ces mots pour moi. Ils étaient superflus : ce qu'il y avait entre nous à ce moment précis ne nécessitait aucune explication.

Je lui ai envoyé un message : « À compter de cet instant, tu es ma fiancée. Jouons. »

15

Les règles

Ce soir-là, ma fiancée et moi sommes allés dîner. Michela m'a amené au Lucky Strike, sur Grand Street. Nous y avons parlé du jeu et du fait qu'il nous fallait sans doute des règles.

Sans abandonner notre légèreté et notre ironie, nous en avons inventé quelques-unes :

1) Durant ces neuf jours, chacun de nous promet de faire tout ce dont il a envie. Tout ce qu'on vit doit être partagé, parce que ça nous appartient à tous les deux.

2) Quand l'un de nous fait quelque chose et que ça ne plaît pas à l'autre, celui-ci doit le dire tout de suite. Pas de stratégies. Nous sommes libres.

3) Interdiction de prononcer les mots « pour toujours ». « Pour toujours » est une illusion. C'est trop facile. Nous sommes partisans de l'instant présent.

4) Interdiction de nourrir des sentiments ou, à l'inverse, de les retenir. Quoi qu'il arrive, on se sépare dans neuf jours.

5) Interdiction de dire comment on fonctionne. Nous devons le découvrir au fur et à mesure de notre

vie commune. On se présente vierge au début du jeu,
comme si c'était la première fois qu'on était en
couple avec quelqu'un. Dans la mesure où tous ceux
avec qui on vit sont des miroirs qui nous renvoient
une image différente de nous-mêmes, une image que
souvent nous ignorons, nous vivons cette rencontre
sans le fardeau de notre passé. Faisons comme s'il
s'agissait d'un pique-nique. Quand on pique-nique,
on n'emporte pas son canapé, sa cuisine, son lit et
tout le mobilier de la maison. On vient légers. On se
dépouille de ce qu'on a été. Souvent, on ne se connaît
pas. On se peint tel qu'on se perçoit. Nous compren-
drons cela en le vivant.

— Je crois être déjà entré dans l'esprit du jeu, ai-je
déclaré parce que je n'aime pas t'entendre dire que,
quoi qu'il arrive, on va se quitter.

— On sera plus tranquilles, crois-moi. Ce matin,
quand tu m'as annoncé avoir eu peur de m'acheter des
fleurs parce que tu trouvais ça excessif, ça ne m'a pas
fait plaisir. Au moins, comme ça, tout est clair et il n'y
a pas de problème.

— On verra bien si ça fonctionne. Comment cette
idée t'est-elle venue, d'ailleurs ?

— Vu que les fiançailles, le lien et l'idée même de
couple sont notre maladie, j'ai pensé qu'on pouvait se
soigner en utilisant le principe de l'homéopathie. Tu
vois comment ça marche ?

— Vaguement.

— L'homéopathie consiste à ingérer une dose infini-
tésimale de la substance à l'origine de ton problème.
Contre l'insomnie, par exemple, on te prescrit des
pilules dans lesquelles il y a une quantité infime de

caféine pour pousser l'organisme à réagir et à produire des défenses.

— Et, pour se soigner des fiançailles, tu suggères d'en prendre une faible dose. Des mini-fiançailles, quoi…

— Tout juste. Ce matin, en buvant mon café, j'ai parcouru le journal et j'y ai lu l'interview d'un homme atteint d'un cancer en phase terminale. Il expliquait que, depuis qu'il a appris qu'il ne lui restait plus que quelques mois à vivre, il profitait de tout plus intensément. La conscience d'une fin à brève échéance l'avait amené à prêter plus d'attention à tous les petits riens de la vie, à toutes les petites émotions. Souvent, on oublie de savourer l'instant présent. Le titre de l'article était : « La joyeuse recherche des émotions ». Je me suis dit que dans les rapports de couple aussi l'usage de l'expression « pour toujours » nous fait oublier l'importance de l'instant présent. C'est pour ça que les fiançailles à durée déterminée me semblent être une bonne manière de vivre notre rencontre. Sans paranoïa au sujet du futur, sans le poids de nos passés respectifs.

— Et si, au cours des prochains jours, on découvre qu'on est trop différents ?

— Nos conversations n'en seront que plus intéressantes. Ou bien on se sépare, au choix.

— Ou alors on réussit à dépasser nos divergences.

Ce soir-là, au restaurant, nous nous sommes lancés dans une activité que j'adore : faire des commentaires sur les couples installés aux autres tables, des incursions imaginaires dans leurs situations, leurs amours, la manière dont ils mènent leurs vies. Essayer de comprendre lequel des deux est le plus amoureux, depuis combien de temps ils sont ensemble, de deviner s'ils voulaient venir dîner là, d'un commun accord, ou bien si l'un y a été obligé par l'autre. C'est amusant. Avec Silvia, j'y jouais souvent. Les remarques les plus savoureuses sont réservées aux couples qui ne se parlent pas. Il m'est déjà arrivé de voir deux personnes ne pas échanger un seul mot de tout le dîner.

— Certains couples paraissent vraiment tristes, ai-je constaté. Pourquoi est-ce qu'ils ne se séparent pas ?

— Parce qu'ils vont mal ensemble, mais qu'ils vont encore plus mal tout seuls. C'est dommage, parce qu'il y a beaucoup de choses merveilleuses dans une relation de couple.

— Oui : le divorce.

— Et les amants… Je suis sérieuse : il existe des couples exceptionnels. L'important, d'après moi, c'est de ne pas rester figé dans son rôle. Celui de fiancé, de copine, de mari, d'épouse…

— Désolé, mais je ne vois rien d'agréable dans le couple.

— Et la complicité, le sentiment d'appartenance, tu en fais quoi ? Moi, par exemple, ce que j'aime, c'est connaître quelqu'un par cœur.

— Comment peux-tu apprécier de connaître quelqu'un par cœur ? Et la routine, alors ? La monotonie ? Ça aussi, ça te plaît ?

— Je ne te parle pas de routine ou de monotonie, mais du fait de connaître quelqu'un sur le bout des doigts. Je ne sais pas comment l'expliquer. C'est pareil quand on apprend des poésies à l'école.

— Je suis un peu perdu, là.

— Il faut s'approprier un peu de son rythme. Qu'il s'agisse de poésie ou de personne, tous deux ont leur propre respiration. Connaître quelqu'un par cœur veut dire synchroniser les battements de notre cœur avec les siens. Se laisser pénétrer par son rythme. Voilà :

c'est ça que j'apprécie. J'aime être intime avec quelqu'un, parce qu'on court le risque de devenir légèrement différent de ce qu'on était avant. On s'altère un peu. Ce qui me fascine dans les rapports amoureux, ce n'est pas d'être soi-même, mais d'avoir le courage d'être également quelqu'un d'autre. Cette partie de soi-même qu'on ne connaîtra jamais. Voilà pourquoi il est si important d'entrer en relation avec quelqu'un : parce que ça devient un voyage cognitif et existentiel. C'est exactement ce que dit ton amie Silvia au sujet des portes qu'on doit ouvrir. Tu comprends ?

— Je crois… Ils ont mis quoi dans ton vin ? J'ai des sacrés problèmes, mais les tiens ne sont pas mal non plus. En fait, c'est pour ça que tu vis seule : tu es comme Pénélope qui attend le retour de son homme.

— Si seulement j'étais Pénélope… Elle a attendu longtemps, c'est vrai, mais celui qui est revenu s'appelait Ulysse. Elle a dû se sentir vraiment bien à la maison avec lui. Imagine ce qu'elle a éprouvé dans ses bras. Même quand elle lui tournait le dos, elle se rendait sûrement compte qu'il l'observait. Elle a dû sentir son regard sur elle et son amour, et ainsi se savoir aimée. Dans cette vie-ci, on risque d'attendre des années et, en plus, de se retrouver chez soi avec un type qui ne sait même pas réparer un robinet ou bien qui fait semblant de ne pas voir quand ça ne va pas. Le problème n'est pas le temps qu'on attend, mais qui on attend.

Après le dîner, nous sommes rentrés chez elle. Michela travaillait le lendemain, bien que ce soit un samedi. Elle m'avait dit que, la semaine suivante, elle prendrait deux jours de congé et qu'elle les passerait avec moi.

Le vin rouge nous avait rendus joyeux. Pas saouls, juste bien. À point, comme on dit en Espagne. Quelle sensation géniale de rentrer chez soi, de se désaper et de retrouver le lendemain matin son pantalon en boule par terre avec les jambes retournées et le contenu de ses poches répandu sur le sol !

C'est exactement ce qui s'est passé.

16

Nous connaître (J-8)

Je pouvais donner libre cours à mon imagination puisque, « quoi qu'il arrive, on se séparerait dans quelques jours ».

Il en restait exactement huit.

Dès que nous nous sommes fiancés, j'ai pris l'habitude d'écrire des petits mots à Michela et de les glisser dans son sac, dans la poche de sa veste, de sa jupe ou de son pantalon, et même dans son portefeuille. J'allais jusqu'à en coller sur l'écran de son ordinateur portable. C'était merveilleux de pouvoir exprimer librement tout ce que je ressentais.

Ce matin-là, Michela m'avait laissé les clés de chez elle parce que nous avions prévu de dîner à la maison. Je devais cuisiner. Je suis donc allé faire les courses chez Dean & Deluca sur Broadway, à l'angle de Prince Street. J'ai fait des efforts pour me contrôler, parce que, chaque fois que j'y vais, j'ai envie de tout acheter, du poisson aux pâtisseries, en passant par les fruits, les légumes et tout le nécessaire pour la maison. J'ai seulement pris ce dont j'avais besoin pour cuisiner, ainsi qu'un bouquet de fleurs et une bouteille de vin, puis je suis allé acheter un feutre effaçable.

Je suis rentré. Sur le palier, j'ai remarqué que le paillasson du voisin de Michela portait une inscription très amusante : à la place du « Welcome » habituel, on pouvait lire « Oh no ! Not you again ! ».

J'ai déposé les courses et je suis ressorti. Cela faisait longtemps que je n'avais pas arpenté seul une ville étrangère. Quand j'étais plus jeune, cela m'arrivait souvent. La première fois, c'était après le bac, à Londres ma première expérience à l'étranger. Je voulais perfectionner mon anglais. Je devais y arriver seul. J'étais effrayé, mais ce sentiment était accompagné d'une sensation que j'ignorais jusque-là : le parfum de liberté. C'était une sorte de défi personnel, de mystère à affronter, comme si quelque chose d'important m'attendait au bout de cette expérience, une ligne d'ombre à franchir qui aurait fait de moi un homme.

Il existe un dicton hindou qui dit : « Il n'y a rien de noble au fait d'être supérieur à quelqu'un d'autre. La véritable noblesse consiste à être supérieur à ce qu'on était avant. »

Cela justifiait ma présence à New York.

Mon voyage à Londres avait été l'un des plus importants de ma vie. J'avais atterri à midi à l'aéroport de Heathrow après une escale imprévue en Suisse à cause de problèmes de moteur. Maintenant que j'y songe, ma peur de l'avion est peut-être liée à cet épisode. Quoi qu'il en soit, je suis arrivé à Londres à midi et, à 16 heures, j'avais déjà trouvé un travail : plongeur dans un restaurant près de la gare de Liverpool Street. C'était un vendredi. Je devais commencer le lundi. J'ai profité pleinement de mes trois jours de vacances.

Au début, j'éprouvais un mélange d'enthousiasme et de concentration qui m'aidait à dépasser les premières difficultés, mais, très vite, j'ai commencé à me sentir mal. Je pleurais tous les jours. Je pleurais, mais je ne voulais pas rentrer chez moi. Je me trouvais seul, vulnérable, perdu dans un monde indifférent et qui paraissait même parfois me rejeter.

Depuis mon plus jeune âge, j'ai toujours eu l'impression de participer à une fête à laquelle je n'avais pas été invité. Mais là, à Londres, ce sentiment suscitait en moi le désir de me créer un peu d'espace. Je désirais m'intégrer au monde. Je me sentais mal parce que, tandis que mes amis étaient tranquillement à la plage, bien à l'abri dans leur petite vie sans risque, j'avais l'impression d'être l'homme le plus seul du monde. Je m'interrogeais souvent sur la raison qui m'avait poussé à prendre une décision aussi stupide. Je me répétais sans cesse que j'étais en train de me punir, alors que j'aurais dû au contraire commencer à jouir vraiment de mon existence.

Pourquoi ne rentres-tu pas chez toi et ne vas-tu pas à la plage avec tes amis ? Pourquoi ne laisses-tu pas tout tomber ?

Ces voix… Les sirènes d'Ulysse. J'ai compris plus tard que les difficultés qu'on surmonte et qu'on résout ont une valeur inestimable.

Quand je téléphonais à ma mère, je lui disais qu'elle ne devait pas s'inquiéter, mais j'appelais ensuite ma grand-mère et, retenant mes larmes à grand-peine, je lui avouais que c'était dur. Du coup, elle me suppliait de revenir et j'éclatais en sanglots. Elle répétait alors mon prénom dans le combiné :

— Giacomo, Giacomo, Giacomo… Ne fais pas ça.

Je me ressaisissais, je lui disais que je l'aimais et, à son tour, elle fondait en larmes.

Ce qui m'a toujours amusé chez ma grand-mère, c'est qu'elle me remerciait toujours de lui avoir téléphoné.

— Merci... de m'avoir appelée.

Je t'embrasse, grand-mère.

De ma tristesse londonienne, je me rappelle un jour qui m'a particulièrement marqué. C'était en juillet. Je me promenais sous la pluie en pleurant. J'errais dans cette ville que je maudissais à cause de la pluie, de la langue, des visages parfaitement indifférents, des rires qui me vexaient lorsque je prononçais un mot de travers. Perdu dans ces pensées, je suis arrivé à un croisement et, avant de traverser, j'ai vérifié qu'aucune voiture n'arrivait en tournant la tête – ce qui était naturel pour moi – vers la gauche, puis je me suis engagé sur la chaussée. À ma droite, un taxi a pilé net à quelques centimètres de moi. J'ai bondi en arrière. Le chauffeur m'a insulté avant de repartir. Debout au bord du trottoir, en larmes, je tremblais. Je suis resté immobile sous la pluie pendant au moins vingt minutes, puis j'ai regagné ma chambre et je me suis couché. Je ne me suis réveillé que le lendemain.

J'avais loué une chambre chez l'habitant. Je n'en sortais que pour aller dans la salle de bains.

Pour ne pas solliciter ma mère, je m'arrangeais pour dépenser le moins possible. Durant la journée, j'essayais de manger sur mon lieu de travail. Je volais des aliments quand j'entrais dans la réserve. C'est aussi ce que faisait Duke, un garçon qui travaillait avec moi. Il était africain et, parfois, quand il réussissait à se faire un sandwich au fromage, il en préparait un autre pour moi et le cachait derrière les packs de lait.

Ma complicité avec Duke m'a donné du courage pour survivre. Peu à peu, j'ai repris ma vie en main. J'ai commencé à comprendre l'anglais et à mieux le parler.

Et puis Kelly est arrivée.

Kelly était serveuse dans le restaurant où je faisais la plonge. Elle était blonde, avec des yeux clairs, et ne ressemblait pas du tout à une Anglaise. Nous n'avons pas cherché à nous draguer. Un soir, elle m'a invité à une fête. J'y suis allé et, à un moment, nous nous sommes embrassés. Nous avons fait l'amour et nous sommes restés ensemble jusqu'à mon retour en Italie, un mois plus tard. Je ne sais pas si c'est parce que je comprenais mal la langue, mais je ne me suis même pas rendu compte à quel moment nous nous sommes mis ensemble. Nous avons très naturellement glissé vers cette histoire.

C'était une fête en plein air. Sur une grande toile blanche, on projetait des images psychédéliques. Avant d'entrer, Kelly m'avait donné une pilule. C'était ma première fois. Lorsque la fête s'est terminée, vers 10 heures du matin, nous nous sommes retrouvés chez elle. Son lit était trop petit. Nous avons donc dormi par terre, sous une couverture, dans la pièce où se trouvait le canapé. Aujourd'hui encore, je ne sais pas le nom de cette pilule. Je me rappelle seulement que j'aimais le monde entier, ce soir-là, et que je l'aurais volontiers enlacé de toutes mes forces, au point d'imprimer sur mon ventre la trace de l'équateur.

Nous avons fait l'amour sur la couverture. Ça a été un moment inoubliable. Au travail, nous n'avons rien dit à personne. Durant la journée, notre relation se résumait à des rencontres clandestines, des regards et des phrases codées. Quand je pelais les pommes de terre, j'en sculptais souvent une en forme de cœur. Ça la faisait rire. Les femmes anglaises ne sont pas habituées au romantisme latin. C'est un gros avantage pour nous, les Italiens.

Notre relation avait donc ceci de particulier que nous nous sommes fait la cour alors que nous étions déjà ensemble. C'est étrange, je le sais bien, mais tout cela était absolument naturel. Kelly souriait tout le temps et je m'enamourais d'elle chaque jour davantage, au milieu des poêles à récurer, des assiettes à essuyer et des légumes à laver.

Quelques mois après mon retour en Italie, nous nous sommes perdus de vue. Elle a ensuite déménagé en Australie.

De nombreuses années ont passé mais, bien que parfois j'aie du mal à me souvenir ne serait-ce que de son visage, j'éprouve une profonde affection et une immense mélancolie quand je pense à elle. J'aimerais la revoir, même si nous ne nous reconnaîtrions sans doute pas.

Elle m'emmenait souvent dans un cimetière et nous restions assis sur un banc comme si nous nous trouvions dans un jardin public. Elle disait que c'était son lieu préféré à Londres. Au début, je trouvais cela absurde. Après quelque temps, j'ai fini moi aussi par être sensible à la magie et au charme de cet endroit. Chaque fois que je suis à Londres, je vais me promener dans ce cimetière.

Grâce à Kelly, j'avais cessé de pleurer en appelant ma grand-mère.

Après mon expérience londonienne, j'ai beaucoup voyagé seul, souvent durant deux ou trois mois d'affilée. Je cherchais un job et une chambre à louer. J'ai souvent passé mes vacances d'été dans des villes étrangères comme Paris, Madrid, Prague ou Berlin. Toujours avec l'excitation de l'aventure, mais sans la peur et les larmes de Londres. J'étudiais durant l'année et, l'été, je travaillais. Parfois, je faisais également des petits boulots pendant l'hiver pour ne pas être à la charge de ma mère.

J'arrivais dans ces villes dans la plus complète ignorance, curieux de découvrir des visages, d'imaginer l'appartement où j'allais vivre, la fille avec laquelle je ferais l'amour. Je finissais toujours par faire l'amour. Quand on voyage seul, c'est inévitable. La vie était devenue mon livre préféré. Mon film-culte. Ma plus belle histoire.

La vie est la drogue la plus puissante au monde.

Chaque fois, avant de partir, je disais à toutes mes connaissances de venir me rendre visite. Je pensais que leur présence m'aiderait à surmonter ma solitude. Les premiers jours, quand je ne m'étais pas encore lié avec quiconque, je passais mon temps pendu au téléphone. Je vivais à l'étranger, mais je restais lié à mes pénates comme un cerf-volant à la terre ferme. En revanche, dès que je rencontrais quelqu'un et que je commençais à me débrouiller avec la langue, j'inaugurais une vie nouvelle, bien différente de la mienne en Italie, et je n'avais plus du tout envie qu'on vienne me voir. Quand l'un de mes amis me rejoignait, j'étais content de le voir repartir au bout de deux jours, parce qu'il me replongeait dans l'existence que j'avais quittée pour un temps. Par la suite, j'ai appris à partir sans rien dire à personne.

Ce jour-là, à New York, je suis rentré à 19 heures pour préparer le dîner. Michela devait regagner l'appartement tard. Quand elle est arrivée, j'ai mis l'eau des pâtes à bouillir. La sauce était déjà presque prête. J'avais composé le menu au téléphone avec Silvia. En plus des pâtes, j'avais confectionné un mélange de crudités avec une sauce à l'huile d'olive, une salade et des *bruschette* à la tomate et au basilic. J'avais déjà débouché le vin pour le laisser respirer.

Après un verre, nous avons goûté les *bruschette*. Nous nous sommes offert un petit apéritif maison à base de tomates, de basilic et de baisers aromatisés au vin.

J'avais mis les fleurs dans un vase sur le plan de travail de la cuisine, devant la fenêtre. J'avais aussi allumé des bougies. À travers la vitre, on voyait l'immeuble d'en face, un bâtiment typique de Manhattan en brique rouge, avec une échelle à incendie comme dans les films. Une compilation musicale spécialement concoctée par mes soins pour l'occasion s'échappait des baffles de mon ordinateur.

Nous étions tous les deux, isolés du reste du monde. Tout était parfait.

Michela s'est allongée un instant sur le canapé. Elle était fatiguée. Je faisais couler du vin de ma bouche dans la sienne. Je lui ai massé les pieds, puis elle est allée se doucher, seule, car je devais finir de cuisiner.

Elle est revenue vêtue d'une robe d'été, confortable, mais sexy. Une de ces robes dont il suffit de défaire les bretelles pour la faire tomber jusqu'aux pieds.

Je ne voyais pas l'heure que ce moment arrive.

Je lui ai fait goûter la sauce avec la cuillère en bois avant de l'embrasser pour en cueillir toutes les saveurs.

— Tu sais ce qui me manque de l'Italie ?

— Quoi ?

— Ma baignoire. Là-bas, quand je rentrais du travail, je prenais un bain avant de dîner. J'ai pris cette habitude il y a des années.

Elle a repris son verre de vin.

— De la nouvelle musique… Génial.

— Tu veux mettre un de tes disques ?

— Non. J'adore découvrir de nouveaux morceaux. J'ai toujours l'impression qu'on entend mieux chez les autres. Ce soir, la musique est nouvelle, mais je suis chez moi. C'est quoi ?

— Sam Cooke, John Coltrane, Miles Davis, Ray Charles, Bonnie Raitt, Stan Getz, James Elmore et Dave Brubeck.

— Je me souviendrai de toi comme du fiancé qui m'a fait écouter la meilleure musique.

— À choisir, je préférerais le titre de meilleur amant. Tu sais que je suis un véritable homme des cavernes.

— Pour ça, il faut voir. La concurrence est rude, tu sais.

— Je vais tout donner. Et toi, quel souvenir veux-tu que je garde de toi ?

— Celui de la fille avec laquelle tu t'es senti le plus beau. Ou bien la plus sexy de toutes.

— C'est bien parti, mais la concurrence est rude pour toi aussi.

— Comment te sens-tu, maintenant que tu es officiellement mon fiancé ?

— Pour le moment, bien.

— Les mariages aussi devraient avoir une date d'échéance. J'en suis convaincue.

— Tu voudrais qu'ils soient renouvelables tous les neuf jours eux aussi ?

— Non… Neuf jours, c'est trop peu. Disons quelques années. Cinq ans, par exemple. Au bout des cinq ans, si on s'aime encore, on renouvelle le contrat, sinon salut et on n'en parle plus. Comme ça, on se montre plus attentif et on n'oublie pas certaines choses.

Ce soir-là, je lui ai demandé ce qu'elle aimait chez moi.

— Ta douceur et le fait que tu n'essaies pas de la dissimuler. Tu ne fais pas mine d'être différent ou plus sûr de toi ; tu parais honnête et sincère, même s'il est encore trop tôt pour affirmer avec certitude que tu l'es vraiment. Et puis tu es romantique, bien que tu prétendes avoir eu beaucoup d'aventures et peu de relations suivies.

— On m'a obligé à ne pas l'être. Je te l'ai dit.

— Tu m'as plu à cause de la façon dont tu me regardais dans le tramway. Je me sentais comme caressée. Jamais envahie ni mal à l'aise, en tout cas. Bon… Tu as lu mon journal intime.

Elle s'est tue quelques secondes, puis a repris :

— J'ai aimé la manière dont tu m'as parlé ce matin-là au bar, surtout le fait que tu avoues regretter mon départ. Et puis j'aime ton regard, ton expression curieuse, ta manière de bouger et de remuer les mains quand tu t'adresses à moi. J'aime ton cou, la forme de ta tête et tes lèvres. Et tes dents, aussi.

J'ai réfléchi en silence à ce qui me plaisait chez elle. À part ce que j'avais découvert ces derniers jours, j'avais eu l'intuition, dès le début, qu'elle me ferait me sentir différent, que, grâce à elle, je deviendrais celui que je voulais être à ce moment précis de ma vie.

Je me suis tu.

— À quoi penses-tu ? m'a-t-elle demandé.

— Aux classements concernant les filles avec lesquelles je suis sorti.

— La fille qui t'a fait le plus souffrir ?

— Camilla. En fait, non, plutôt Laura. Et toi ?

— Attilio. Il m'a trompée avec ma meilleure amie.

— Changeons de sujet. Monica : « Le plus beau cul et la plus ravageuse au lit. »

Elle a pris une expression faussement jalouse :

— Qui c'est, cette Monica ? Je ne réussirai peut-être pas à la détrôner dans la catégorie du plus beau cul, mais je vais faire mon possible en ce qui concerne la deuxième partie de ta phrase. À moi. Paolo : premier au classement des « J'y crois et j'y ai cru à fond ».

— Silvia en tête pour « Restons amis ». Par la force des choses, Laura première dans la catégorie « Première fois ».

— C'est la même Laura qui est en tête du classement des souffrances ? Tu es mal tombé dès le début, alors…

— À ma décharge, j'avais quinze ans. Disons plutôt : Laura quand j'étais adolescent. Camilla pour l'âge adulte.

— Quoi qu'il en soit, la première fois n'est pas une catégorie. Enfin, si ça compte, le mien s'appelle Vcroncllo.

— Veronello ? C'est quoi, ce prénom ? Comment peut-on coucher avec un type qui s'appelle Veronello ? La première fois, qui plus est…

— Ses parents ont inventé son prénom à partir de ceux de ses grands-parents, Veronica et Antonello.

— Il remporte aussi le prix du prénom le plus ridicule ?

— Non.

— Impossible. Avec qui es-tu sortie, alors ? Avec Gros Minet ?

— C'était au collège et nous n'avons pas fait l'amour. Ça compte quand même ?

— Seulement parce que je suis trop curieux de savoir comment il s'appelait.

— Amarildo.

— Pas possible… Tu te fous de moi ! Qui, de nos jours, s'appelle Amarildo ?

— Je te jure. Amarildo Cocci, troisième E.

— Amarildo et Veronello… Ces mecs sont nés à Disneyworld ou quoi ? Ils pourraient faire des shows dans les discothèques : « Mesdames et messieurs, avec nous ce soir les étonnants Veronello et Amarildo… Applaudissons-les, s'il vous plaît ! » Je m'incline : tu es la grande gagnante de la catégorie « Prénoms atroces ».

— Tu as envie d'être le meilleur au niveau sexuel, n'est-ce pas ?

— Ouais.

— Tu es déjà bien classé dans la catégorie « Préliminaires et embrassades ». Ça te va ?

— Attends un peu… J'ai vraiment des concurrents pour le titre du meilleur coup ?

— Pour ça, tu dois battre Veronica.

— La grand-mère de Veronello ?

— Non, une autre Veronica. Mais je ne raconterai pas cette histoire-là.

— Comment ça, tu ne vas pas me la raconter ?

— Je plaisante, idiot ! Délicieuses, ces pâtes. Tu es également bien placé dans le classement « Musique, cuisine et préliminaires ».

— C'est déjà ça. Et toi dans la catégorie « Je ne sais pas ce que tu es en train de me faire, mais c'est bon » et dans celles « Femme sexy » et « Appartement accueillant ».

— Va te faire voir avec ton « Appartement accueillant ». Je n'en veux pas. Cela dit, si tu aimes bien être ici, tu peux rester là plutôt que d'aller dormir à l'hôtel. De toute manière, je vais souvent me rendre à Boston ces jours-ci.

— Génial… Tu m'invites chez toi parce que tu n'es pas là.

— Et alors ?

— Va te faire voir.

— Ça t'apprendra à me mettre dans la catégorie « Appartement accueillant ».

— Tu prends aussi souvent l'avion que moi le tramway.

— Si je pouvais éviter, je le ferais, mais il y a beaucoup de changements en ce moment dans la boîte et notre siège se trouve à Boston.

— Vous ne recrutez pas, par hasard ?

— Tu rigoles, mais tu trouverais facilement du travail dans mon domaine si tu le voulais. Tu parles anglais et italien.

— J'y réfléchirais si nous ne devions pas nous séparer dans quelques jours. Mais il est hors de question que j'aille à Boston toutes les semaines. Je déteste l'avion.

— Peur de mourir ou peur de voler ?

— Peur de mourir en volant. Ou plutôt, j'avais peur de mourir jusqu'à il y a quelques années. Ces derniers temps, les choses ont changé. Seulement, ça m'ennuie beaucoup de ne plus être là un jour. Ce n'est pas de la peur. Juste une sorte de désagrément. Mourir est une vraie connerie. Je donnerais ma vie pour ne pas mourir.

— Une fois, j'ai failli mourir. Ça n'est pas passé loin.

— Qu'est-ce qui s'est passé ? Un accident ?

— Non, il m'est arrivé une chose étrange. Un matin, quand je vivais encore avec Paolo, je me suis réveillée et je n'ai pas réussi à me lever. Mes jambes ne me soutenaient plus. C'était comme si tous mes muscles avaient fondu. Je n'avais plus la force de me tenir debout. Je suis restée une semaine à l'hôpital. Les médecins ne comprenaient pas ce qui se passait. J'ai fait toutes les analyses possibles et imaginables sans qu'on me trouve quoi que ce soit. Une nuit, je n'arrivais plus à respirer et j'ai cru que j'allais mourir. Pour tout dire, j'en étais même certaine. J'ai appelé les médecins qui m'ont calmée. Le lendemain matin, à mon réveil, cette impression ne m'avait pas quittée. Je ne sais pas pourquoi… C'est très bizarre, mais je me souviens de mon absence de peur. Je me sentais prête. Une étrange sensation de paix s'était emparée de moi. J'étais sereine. Et puis j'ai guéri. Mais je n'oublierai jamais ce que j'ai ressenti ce jour-là. J'ai guéri sans que personne ne sache de quoi j'étais atteinte.

J'aimais ma fiancée et j'aimais ses histoires. J'aimais l'écouter.

Tout cela était si nouveau pour moi…

17

Brunch (J-7)

Le dimanche matin, nous nous sommes levés tard. Nous avons pris un petit déjeuner léger, puis nous sommes allés au Rehoboth Spa Lounge, à l'angle de la 14e Rue Ouest et de la 6e Avenue.

Michela s'est offert une manucure et une pédicure. J'ai opté pour un soin des pieds. Après ces heures de marche, j'ai accepté tout de suite quand on me l'a proposé. La femme qui m'a massé m'a aussi gratifié d'un tour de magie. Au moment où elle a versé du savon dans la vasque où j'avais mis mes pieds, la mousse a débordé. Elle a alors pris une petite burette, a fait tomber deux gouttes dans l'eau et la mousse a aussitôt disparu. J'ai craint un instant qu'elle ait aussi fait disparaître mes pieds.

Le massage était formidable. Elle pressait avec énergie ses doigts sous mes voûtes plantaires. En dépit de sa petite taille et de son aspect frêle, ses mains possédaient une force herculéenne. Une magicienne, vraiment. Quand je suis sorti, je me sentais léger comme une plume. J'ai pris la main de Michela en marchant, parce que j'avais peur de m'envoler comme un ballon gonflé à l'hélium.

Nous sommes allés bruncher au Café Orlin, sur St Mark's Place. J'ai commandé une orange pressée, des tranches de pain grillé, des œufs brouillés, des pommes de terre accommodées de différentes manières et des fruits.

Assis à cette table en terrasse, ma paire de lunettes de soleil sur le nez pour ne pas être trop agressé par le monde, je regardais Michela tout en réfléchissant à ce que j'étais en train de vivre. Je la contemplais et j'avais l'impression que le temps suspendait son vol. Elle s'est aperçue de mon insistance. Je lui ai parlé en langage des signes. J'ai eu du mal à me rappeler comment on faisait le « s », mais ça a fini par me revenir. Mes yeux rivés sur les siens, j'ai mimé : « Michela, je suis heureux. À la folie. »

Elle a souri. Elle paraissait embarrassée. Elle s'est levée et m'a embrassé. Elle m'avait offert un balcon ouvert sur le monde. Elle avait donné à ma vie une dimension ludique. Grâce à elle, je pouvais recommencer à jouer. Cela ne m'était plus arrivé depuis longtemps. Avant de la rencontrer, j'étais convaincu que les jeux étaient réservés aux enfants ou aux artistes. Un jour, j'ai lu quelque part cette maxime : « On n'arrête pas de jouer parce qu'on vieillit. En revanche, on vieillit parce qu'on arrête de jouer. »

— Tu sais ce qu'il nous faudrait après ce banquet ? lui ai-je demandé. Une bonne cigarette.

— Tu fumes ? Je ne savais pas.

— Non. Mais, si nous avions été dans un film, à cet instant mon personnage aurait fumé une cigarette.

— Taxe quelqu'un.

— Je ne fume pas, en fait.

— En fumer une maintenant ne signifie pas pour autant que tu es un fumeur, ni que tu deviendras accro.

— C'est bon… Je vais la fumer, ta cigarette. Tu en veux une toi aussi ou bien, dans ton film, mon personnage est le seul à fumer ?

— Non. La fille aussi le faisait.

Nous nous sommes fait offrir deux cigarettes que nous avons allumées, assis sur un petit banc en bois installé autour d'un arbre. On ne pouvait pas fumer dans le restaurant, même en terrasse. Pris de haut-le-cœur, nous les avons écrasées presque aussitôt.

L'après-midi, nous sommes allés au MoMA, sur la 53e Rue Ouest, entre la 5e et la 6e Avenue. J'adore les musées. Ils font naître tant de merveilleuses sensations. J'aime aussi leurs boutiques, où l'on trouve des cartes postales, des catalogues d'expositions, des crayons et plein d'autres choses.

Nous n'avons rien acheté, mais sommes allés boire un thé au bar du musée.

Puis nous nous sommes dirigés vers la 9e Avenue, où nous nous sommes arrêtés dans une pâtisserie. À l'extérieur, sur le trottoir, il y avait un banc peint en vert pastel. L'établissement s'appelait Billy's Bakery. Il ressemblait à celui où Michela m'avait amené lors de notre première soirée en tête à tête. J'ai mangé un muffin aux pépites de chocolat. Quand j'y repense, son parfum et son goût resurgissent des profondeurs de ma mémoire. Michela s'est contentée d'un café. Heureusement que je marche beaucoup à New York, sinon je finirais par rebondir à force d'ingurgiter autant de sucreries. Nous nous sommes assis sur le banc pour discuter.

Elle m'a demandé :

— Quand tu étais petit, tu rêvais de faire quoi plus tard ?

— Vétérinaire, et toi ?

— Professeur des écoles.

— La classe ! On était vraiment des gamins intelligents et studieux. Aucun de nous ne voulait devenir astronaute, danseuse, footballeur ou coiffeuse.

— Nous avons donc trahi nos rêves. Ou bien ce sont eux qui ont changé avec les années. Tu te souviens à quel moment tu as cessé de vouloir devenir vétérinaire ?

— Pas vraiment, non. À un moment donné, je n'en ai plus eu envie, mais je suis bien incapable de dire exactement quand c'est arrivé. Et toi ?

— Quand ma sœur a décidé, elle aussi, de devenir professeur des écoles. Tu as des frères et sœurs ?

— Non, je suis fils unique.

— Tes parents ont divorcé ?

— Mon père est mort.

— Désolée…

— Pas de problème. Il était déjà parti depuis plusieurs années lorsque ça a eu lieu. Il nous a quittés, ma mère et moi, quand j'étais gamin. Je crois que c'est pour ça que je n'arrive pas à me lier aux gens. Sauf quand on me propose des fiançailles à durée déterminée…

Nous avons souri tous les deux.

— Il n'y a pas d'explication à tout, a commenté Michela. Si ça se trouve, tu n'es simplement pas fait pour ce genre de relation.

— Je n'en sais rien. J'y ai beaucoup réfléchi. J'aime penser, chercher des réponses. Si on est effrayé par les choses qu'on ne comprend pas, c'est sans doute parce qu'on ne les contrôle pas. En fait, je crois que mon problème principal est d'être le fils de ma mère.

— Tu ne t'es jamais senti aimé ?

— Trop aimé, au contraire. Maman m'a étouffé. Elle ne m'a jamais lâché.

— Le fait qu'elle ait été très collante ne signifie pas qu'elle t'ait aimé. Il faut décrypter le message secondaire.

— Tu entends quoi par « message secondaire » ?

— Tout le monde envoie un message secondaire. Par exemple, ma mère semblait être une bonne personne. Elle l'est sûrement, d'ailleurs. Mais, en même temps, son attitude m'adresse un autre message : un message de peur, de soumission, de manque de courage, de méfiance à l'égard d'autrui, de résignation. Peut-être qu'à la maison on n'en parle pas de façon explicite mais, en grandissant, un enfant assimile inconsciemment le message secondaire.

Quand elle a dit cela, j'ai eu une pensée pour Margherita.

Elle a poursuivi :

— Beaucoup de troubles et de maladies de l'adolescence sont causés par le message secondaire envoyé par les parents. Moi, par exemple, j'ai eu une période d'anorexie.

Nous sommes restés silencieux. J'essayais de comprendre quel avait été le message secondaire de ma mère, mais c'est celui de Dante qui m'est venu à l'esprit.

Ce dimanche-là, nous avons parlé des moments les moins heureux de nos vies. Mon enfance. Son adolescence.

Le soir, nous avons dîné chez elle.

— Est-ce qu'il existe pour toi des choses rédhibitoires que puisse dire ou faire un homme ? l'ai-je interrogée.

— Comment ça ?

— Est-ce que tu es déjà sortie avec quelqu'un qui t'a dit ou qui t'a fait quelque chose qui t'ait déplu ? Quelque chose qui l'ait discrédité aussitôt à tes yeux ?

— Des phrases ou des actes qui m'ont fait passer toute envie, oui. Un jour, un garçon m'a appelée « mon amour » au téléphone le premier soir. Il s'est pointé au dîner avec une petite poupée rose en forme de grenouille et il m'a dit qu'il me l'avait achetée parce qu'elle avait de grands yeux doux comme les miens. Je ne l'ai plus jamais revu. Pendant des semaines, il n'a pas arrêté de m'envoyer des messages…

J'ai souri en pensant à ce pauvre garçon.

— Et puis, a continué Michela, il y a eu ce soir où je suis allée pour la première fois au restaurant avec un type. Quand l'addition est arrivée, il a calculé sa part et la mienne. Il a ajouté que le vin était pour lui. À la limite, j'aurais préféré qu'on partage ça aussi. Une autre chose que j'ai toujours détestée, même lorsque j'étais plus jeune, c'est quand je sortais avec un garçon et qu'au bout de cinq minutes d'embrassades, il sortait son machin et me le mettait dans la main. J'ai toujours détesté ça, même quand le type m'intéressait. Cela dit, au-delà des mots, ce qui compte surtout, c'est qui les dit, la manière dont il les prononce et le contexte. Et toi ? Qu'est-ce que tu détestes entendre de la part d'une femme ?

— À part « Je suis enceinte » ?

— À part « Je suis enceinte ».

— La question que posent toutes les femmes quand elles se sentent bien avec un homme.

— À savoir ?

— « Tu te comportes comme ça avec toutes les filles ? »

— Et tu réponds quoi à ça ?

— Toutes ? Mais il n'y a que toi dans ma vie.

— C'est exactement le genre de phrase qui me donne envie de m'enfuir. Mais je sais que tu plaisantes.

Elle a fait une pause :

— Tu plaisantes, n'est-ce pas ?

— Bien sûr. Un autre truc que je déteste, c'est quand une femme s'appelle elle-même par son prénom.

— C'est-à-dire ?

— Une fois, je suis sorti avec une fille qui se prénommait Sandra. Quand elle me parlait d'elle, elle employait des formules du genre : « Je me suis dit : ma petite Sandra, tu dois être plus forte. Sandra, tu ne dois pas faire ça. Je sais que tu peux y arriver, Sandra… » Elle me tapait sur les nerfs, presque autant que les femmes qui prennent une voix de petite fille quand on est au lit.

— Et qu'est-ce que tu aimes entendre, alors ?

— « Tu baises comme un dieu »… Je plaisante. Bon, pas vraiment, en fait. Disons que ma phrase préférée est : « Avec toi, je me sens libre d'être qui je suis. » Ça m'a toujours fait plaisir de l'entendre.

— C'est vrai. C'est l'impression que tu donnes. On ne se sent pas jugé avec toi. Tu te comportes véritablement comme ça avec toutes les filles ? Hier, je me disais justement : « Michela, ce garçon est absolument charmant. »

— Quand c'est toi qui le dis, ça ne me dérange pas plus que ça. Mais ne te sens pas obligée de recommencer. Qu'est-ce que tu aimes en moi ?

— Tu es pénible à me demander ce qui me plaît en toi ! Quoi qu'il en soit, j'apprécie que tu n'utilises pas ce que tu sais comme une arme.

— Comment ça ?

— Tu es pénible. Vraiment.

— C'est bon, j'arrête… Mais alors, dis-moi ce que tu aimes chez les hommes en général.

— J'aime les hommes qui savent me surprendre. Après quelque temps, beaucoup d'entre eux me font penser aux plages d'un CD.

— Ce qui veut dire ?

— Qu'on sait d'avance ce qui va suivre. Quand une chanson se termine, on commence déjà à chantonner la prochaine dans sa tête. Pour eux, c'est pareil, ils parlent et on sait pertinemment où ils veulent en venir. Même quand ils font l'amour, vous embrassent ou vous touchent, on sait où leurs mains vont se faufiler. En revanche, j'apprécie ceux qui tentent le coup le premier soir ou qui me font comprendre que je leur plais, mais qui n'insistent pas si je leur dis non.

J'ai tout de suite repensé à notre premier dîner. Je n'avais rien tenté, mais qui sait ce qui se serait passé si je lui avais laissé entendre qu'elle me plaisait.

— J'aime qu'un homme comprenne de lui-même quand j'ai envie de rester seule. Je déteste les hommes jaloux. La seule jalousie que j'ai réussi à supporter dans ma vie, c'est celle de mon père lorsque je rentrais tard à la maison. Celle-là me plaisait énormément. Elle me donnait l'impression d'être sa femme. Ah…

Chaque fois qu'on discutait, Michela me semblait avoir une théorie bien établie sur tout. Moi, je découvre parfois mon opinion sur un sujet au moment même où j'en parle, en même temps que ceux qui m'écoutent.

Après cette conversation, nous nous sommes couchés. Michela m'a demandé, comme dans les films, de l'aider à baisser la fermeture Éclair de sa robe. Elle a rassemblé ses cheveux des deux mains et les a relevés.

Cette image est restée gravée dans ma mémoire. Aujourd'hui encore, sans raison particulière, elle me revient souvent en tête. Je revois son cou. Ses mains qui relèvent ses cheveux. La fermeture Éclair qui découvre progressivement son dos lumineux. On aurait dit un tableau d'Egon Schiele.

Je me suis toujours demandé si un homme était capable d'abaisser la fermeture Éclair d'une femme sans embrasser ou mordiller son cou et ses épaules. En ce qui me concerne, je n'ai pas pu résister.

Je suis resté au lit avec elle jusqu'à ce qu'elle se soit endormie. Je voulais m'en aller après le dîner, mais elle m'avait demandé de rester un peu.

— Raconte-moi une histoire, m'avait-elle supplié.

— Laquelle ?

— Inventes-en une.

Je suis resté silencieux quelques instants, puis je me suis lancé. Je parlais les yeux fermés, transformant mes mots en images tandis que je lui caressais doucement la tête.

Elle s'est endormie presque tout de suite. J'ai continué à la caresser et je me suis endormi à mon tour.

Je me suis réveillé longtemps après. Je me suis levé et je suis allé me laver le visage. J'ai alors pris le marqueur que j'avais acheté plus tôt dans l'après-midi et j'ai écrit sur les carreaux de la douche : « Quel bonheur de me promener là où tu m'as amené ! »

Pour la rassurer, j'ai rajouté dessous : « Ma pensée est indélébile. Pas le marqueur. »

Tout l'appartement était endormi. J'ai passé la tête par l'entrebâillement de la porte de la chambre et j'ai observé Michela. J'étais déjà prêt à partir. J'avais enfilé mon sac à dos et ajusté les écouteurs de mon iPod. Tandis que résonnait *Creep*, de Radiohead, en version acoustique, je la regardais dormir. Je suis resté là, immobile, jusqu'à la fin de la chanson. Une petite fille. Son visage. Cette main près de sa bouche.

Durant ce périple visuel et sonore, je me demandais : *Qui es-tu ? Qui es-tu vraiment ? Pourquoi toi ? Pourquoi maintenant ? Si j'étais certain de ne pas te réveiller, de ne pas te tirer de tes rêves, je te caresserais. Pourquoi suis-je ainsi en ta présence ? Pourquoi tout semble-t-il si naturel entre nous ?*

Je suis sorti dans la rue. Le jour était sur le point de se lever. Radiohead jouait *Nice Dream*. Bien que le ciel se fût éclairci, on distinguait encore quelques étoiles. Je me sentais bien. J'étais heureux. Tandis que je marchais, la lumière du petit matin a commencé d'éclairer timidement la ville. L'air était frais. C'était comme si j'avais dormi pendant des heures. L'atmosphère caressait mon âme et je sentais les étoiles dans mes cheveux.

Les promenades dans New York me font toujours du bien. J'ai l'impression de perdre une partie de moi et de marcher vers mon destin, vers un nouveau moi-même. Je ne sais pas si c'est parce que j'ai vu cette ville dans des milliers de films ou bien parce qu'elle appartient à mon imaginaire, mais ces rues, ces odeurs, tout ce qui fait sa spécificité, me mettent de bonne humeur.

Cependant, cette promenade était différente des précédentes. Elle symbolisait pour moi une nouvelle naissance. Je me sentais vierge. Peut-être était-ce ce que saint Paul appelait *metanoïa*, le changement dû à une renaissance spirituelle.

Durant ces quelques jours, je devais ôter l'armure qui m'avait aidé à gagner les batailles de la première phase de ma vie. Certaines personnes ne parviennent pas à se forger une armure ; pour d'autres, le problème est de s'en défaire. Je voulais réussir à vivre pleinement cette nouvelle phase de fragilité, d'émotions, de douleur et de joie.

La vie ressemblait à un jeu enfermé dans une boîte que je n'avais jamais vraiment eu le courage d'ouvrir. Plusieurs questions ne cessaient – et ne cessent d'ailleurs – de me tarauder : *Comment est-ce possible que je me sente comme ça ? Deux personnes peuvent-elles vraiment décider arbitrairement de s'aimer ou, tout au moins, d'être heureuses ensemble ?*

Bien que nous ne l'eussions pas décidé arbitrairement, nous nous étions toujours mystérieusement cherchés l'un l'autre. D'une certaine manière, nous nous étions choisis dans ce tramway. Entre nous, il y avait toujours eu une sorte de lien tacite. Parmi tous les passagers, je ne remarquais qu'elle. Elle et tout ce qu'elle faisait. Ses moindres gestes. Les autres voyageurs n'étaient pour moi que des masques. Elle était le seul visage.

Peut-être le secret réside-t-il dans le fait de s'ouvrir durant un instant, comme ces murs qu'on voit dans la rue : d'une infime fissure jaillit une plante. J'étais devenu comme ce mur. D'une minuscule faille en moi était née une plante gorgée d'émotions et de curiosité. Du coup, les autres femmes, les autres histoires étaient pareilles à ces magnifiques bouquets multicolores qu'on ramène chez soi : on a beau les mettre dans un vase, changer l'eau tous les jours, les fleurs se fanent et meurent peu à peu. Michela, elle, était une plante qui ne cessait de croître.

Jamais je n'avais ressenti un sentiment de liberté aussi fort que ce jour-là. Tout me paraissait différent. J'avais l'impression de pouvoir faire tout ce que je voulais. Je tenais ma vie, ma journée, mon destin entre mes mains. Tout était là, à disposition.

Avoir devant moi une journée sans obligations, sans horaires, sans échéances me donnait l'impression d'être Dieu. Je me suis assis sur un banc public. Il n'y avait rien de remarquable autour de moi. C'était exactement ce que je recherchais.

J'ai beaucoup réfléchi à ce que j'étais en train de vivre, à Michela, au temps dont nous disposions encore. Au fait que ce jeu stupide, cet escamotage ridicule fonctionnaient. Avec son jeu, Michela avait fini par trouver le moyen de me libérer de mes peurs.

— Tu veux jouer avec moi ?

— Oui.

Tandis que j'attendais l'aube sur ce banc new-yorkais, j'ai entrepris de réorganiser mes pensées. À cet instant, je ne pensais pas du tout au futur. Je ne pensais pas au « pour toujours ». J'étais comme l'ange des *Ailes du désir* qui déclare :

— Pouvoir, à chaque pas, à chaque coup de vent, dire : « maintenant, maintenant, maintenant », et non plus « depuis toujours » et « à jamais ».

Michela était pour moi cet ange. MAINTENANT, MAINTENANT, MAINTENANT !

Ce matin-là, à New York, j'étais comme un spectateur qui, à la fin d'un beau film, au moment où les lumières se rallument, ne se lève pas tout de suite et reste assis pour laisser aux émotions le temps de retomber.

Puis je suis allé prendre mon petit déjeuner. Café et muffins. Après quelques détours, j'ai atteint l'hôtel. J'aurais voulu revivre ce début de journée, mais je commençais à sentir la fatigue.

J'aimais bien être avec Michela, même quand nous ne faisions rien de particulier. Je n'avais jamais la sensation de perdre mon temps avec elle. Si je m'étais endormi, enlacé contre elle, et réveillé vingt ans plus tard, je n'aurais pas eu l'impression d'avoir gaspillé mon temps.

Avant de la rencontrer, c'était exactement l'inverse. J'avais toujours l'impression de perdre mon temps. Je prends conscience d'avoir passé une mauvaise journée une fois la nuit tombée, quand je n'ai pas envie d'aller me coucher. Durant ces nuits, j'éprouve une incroyable envie de vivre. J'aimerais voir deux ou trois films, écrire, lire, dessiner ou simplement regarder par la fenêtre. Dormir me semble être une pure perte de temps. J'ai envie d'apprendre. N'importe quoi, mais apprendre, même si ensuite, le lendemain matin, je n'arrive plus à quitter mon lit et que devoir me lever me semble parfaitement injuste. J'ai mal au ventre. La meilleure chose à faire serait sûrement d'inverser mes deux moi : le soir, enfiler celui du matin et, le matin, celui du soir. Car, parfois, il m'arrive de souhaiter m'endormir dès que je me glisse dans mon lit. Je suis alors gagné par une terrible envie de me préparer une tisane pour m'assommer jusqu'au matin. Sauf que, si je bois une tisane, je me réveille la nuit pour aller faire pipi. Je ne sais pas ce qui est préférable. Parfois, même aller se coucher est une activité compliquée.

À cet instant, Michela était en train de dormir. J'aurais aimé pouvoir pénétrer dans ses songes pour lui dire tout ce que je ne lui avais pas encore dit. Je ne voulais pas garder ces choses pour moi seul.

Parfois, je me sentais gêné en compagnie de Michela. Elle possédait le don de me fragiliser. Et m'avait fait perdre une partie de la confiance que j'éprouvais en compagnie des femmes. Elle lisait en moi comme dans un livre ouvert. Je le sentais. J'aurais aimé être plus mâle avec elle, avoir les bras dans lesquels elle désirait se perdre, protégée et libre de se laisser aller, puisque je prenais soin d'elle, que je la défendais du froid et du mal. Comment être tout cela en même temps ?

J'aurais aimé la prendre par la main quand elle traversait la rue. L'attendre chaque jour devant son bureau pour la voir venir à ma rencontre, tout sourire. Être capable de lui offrir une robe qui lui plairait follement. Être une belle chose pour elle, une belle pensée, une belle parole, un beau moment de silence. J'aurais aimé qu'elle m'appelle par mon prénom en parlant de moi à ses amies et que mon prénom résonne entre ses lèvres comme un mot brûlant.

Michela m'avait donné envie d'enfiler une chemise propre, de me peigner et de m'arranger. De prendre soin de moi. De prendre soin d'elle. Je me voyais bien couper sa pizza, comme on le fait avec les enfants.

Une fois, je lui ai demandé :

— Michela, qu'est-ce que je peux faire de plus ? Qu'est-ce qui te manque ? Qu'est-ce que je peux inventer pour toi ?

— Rien, Giacomo. Tu n'as rien à faire. Reste tranquille et prends plaisir à passer ces quelques jours près de moi. Vivons simplement ce moment ensemble, sans réfléchir. Regarde-moi. Regarde-moi vraiment, Giacomo. Tu ne vois pas que je suis une femme heureuse ?

Michela m'a fait remarquer que je ne me considère jamais totalement à la hauteur. Quand elle me l'a dit, j'ai repensé à moi, enfant, avec ma mère.

Je suis allé me coucher, avec le goût du café dans la bouche. Avant de m'endormir, j'ai écrit sur mon carnet : « Ce que j'aime faire avec elle : me promener, faire l'amour, exprimer librement mon émotivité. Rester silencieux. Avec elle, le silence procure une émotion rafraîchissante. »

18

Sexy Manhattan (J-6)

Le lendemain matin, j'ai été réveillé par des coups frappés à la porte. Je suis allé ouvrir. C'était Michela. Elle m'avait apporté le petit déjeuner et un tournesol. Du café américain dans des gobelets et des muffins banane-noisette.

Nous avons déjeuné au lit, puis nous avons fait l'amour. Ce n'était pas de nourriture dont j'avais envie. Mais bien de Michela.

En se rhabillant, elle m'a dit :

— En bas, au coin de la rue, j'ai rencontré un homme qui m'a raconté une blague moyennant un dollar.

— C'est Alfred.

— Je croyais qu'il s'appelait Bob. Tu le connais ?

— Je m'arrête parfois pour l'écouter, mais je ne comprends pas toujours ses blagues. Cela dit, j'aime bien lui donner un dollar, parce que je trouve qu'il a eu une bonne idée. Pourquoi croyais-tu qu'il s'appelait Bob ?

— Parce qu'il m'a dit que, quand il était tout petit, il était le seul dans sa classe à être capable d'écrire son prénom à l'envers. Ensuite, il a fait une pause et il a repris : « My name is Bob ! » C'est un palindrome.

J'ai souri. J'ai pensé à Dante.

Elle m'a embrassé et est partie travailler.

Encore six jours…

Plus tard, dans la matinée, j'ai découvert un magasin qui vendait des CD à petits prix. J'en ai profité pour acheter de la musique appropriée à notre histoire à Manhattan. Des chansons que je n'avais pas sur mon ordinateur. Les prix étaient si dérisoires que j'ai dû me retenir pour ne pas emporter toute la boutique. Je me suis contenté de Chet Baker, Roberta Flack & Donny Hathaway, Smokey Robinson & The Miracles, Nancy Sinatra, Billie Holiday, Otis Redding et Sarah Vaughan. J'ai dépensé trois fois rien et, avec toutes ces emplettes, je crois vraiment avoir pris la première place du classement de Michela dans la catégorie « Fiancé aux meilleurs goûts musicaux ». J'ai aussi craqué pour quelques CD plus chers, mais plus modernes, comme les Arctic Monkeys ou She Wants Revenge.

J'ai ensuite déjeuné au 9th Street Market dans la 9e Rue. J'adore arpenter le Lower East Side. Je suis resté presque toute la journée dans ce coin, puis je suis allé chercher Michela à son travail. Au programme : apéritif et promenade.

Le soir, nous sommes passés devant un sex-shop et y sommes entrés. À l'intérieur, il y avait de tout, y compris des objets qui dépassaient de loin ce que nous pouvions imaginer.

Après avoir fait le tour de la boutique, Michela m'a susurré à l'oreille :

— Achète ce que tu veux et nous y jouerons ensemble.

Là-dessus, elle est sortie.

J'hésitais. À deux reprises seulement, j'avais fait des achats dans un sex-shop. La première fois, c'était avec Maria, une fille que j'avais rencontrée durant un voyage à Madrid : j'avais acheté un vibromasseur, qu'on désigne là-bas du terme délicieux de *consolador*. La seconde fois, c'était avec Monica. Nous étions entrés dans la boutique parce qu'elle m'avait dit vouloir expérimenter de nouvelles choses. Nous y avons consacré tout un week-end. Nous avons essayé un tas de jeux et de trucs inédits : boules de geisha, vibromasseurs, fouet, rubans de soie pour lui bander les yeux et la ligoter, et même un œuf vibrant relié à une télécommande. Le soir, avant d'aller au restaurant, je le lui avais fait mettre et, au cours du dîner, je le mettais en marche de temps en temps. C'était très drôle, surtout quand elle discutait avec le serveur ou quand elle a demandé un renseignement au réceptionniste de l'hôtel.

Avec elle, j'ai aussi joué au préservatif sous-marin : on entre dans la baignoire, on remplit d'eau un préservatif et on l'enfile ensuite dans la femme. Quand on appuie sur la partie extérieure, le préservatif se gonfle à l'intérieur. Ça plaisait à Monica.

Il y a eu aussi, avec Monica, la verge de glace. On prend un préservatif plein d'eau et on le met au congélateur : on obtient un pénis en glace. Ça rafraîchit la fille et ensuite, quand on la pénètre, on se sent bien au frais.

Un premier conseil : laisser la glace dans le préservatif.

Un second : il est préférable de faire ça l'été.

Il m'est impossible d'oublier ce week-end avec Monica. Les images et les détails sont restés gravés dans ma mémoire de manière indélébile.

Comme mes perversions sexuelles sont, somme toute, modestes, je me suis contenté d'acheter des rubans de soie pour lui bander les yeux et l'attacher, ainsi que l'œuf vibrant.

Je m'en suis servi quelques jours plus tard. Nous nous sommes amusés comme des petits fous. Silvia avait l'habitude de dire que « la baise bien élevée est la pire des choses ». Cela dit, il y a des femmes qui font des choses et d'autres qui ne les font pas. Il y a des femmes qui sont d'accord tout de suite et d'autres qu'il faut savoir convaincre.

Avec Michela, tout était ludique. Il s'agissait d'un jeu, certes, mais il n'était jamais pervers. Nous pouvions passer des soirées à ne faire que nous embrasser et nous caresser, et d'autres à faire tout le contraire. Nous avons également passé des journées entières au lit. Pendant ces instants, on se transforme continuellement, d'une minute à l'autre. On est tour à tour amant, puis père ou fils. On est la nourriture de l'autre. On devient navires, certitudes, peurs, mystère, incompréhensions. Souvenirs, couleurs, pluie. Grottes. Amour autour d'un feu. Ciel étoilé, fenêtres ouvertes sur la mer. Soupiraux de lumière traversant le feuillage d'un arbre. Fruits. Draps blancs étendus. Canettes multicolores. Habits de soirée. Explosions lumineuses.

Avec elle, faire l'amour était comme avoir une relation sexuelle après une dispute, mais sans la dispute. Rester au lit pour faire l'amour et rire, c'est de la vie à l'état pur.

Un jour, j'ai réussi à faire avec Michela une chose que j'avais déjà tentée plusieurs fois auparavant sans succès : rester en elle sans bouger. J'avais lu que, lorsqu'un homme et une femme sont ainsi imbriqués, sans atteindre l'orgasme, ils rechargent leur énergie.

Tandis que j'étais en elle, nous sommes restés au lit pendant des heures à nous caresser, à nous embrasser et à discuter. Je me souviens encore de son visage entre mes mains. Ses yeux brillaient de vie.

J'ai expérimenté avec elle une autre chose. J'étais couché sur elle, mais nous ne faisions pas l'amour. Nous nous embrassions et je lui murmurais des mots doux à l'oreille. Elle a alors joui sans même que je la touche, juste sous l'effet de mes baisers et des mots coquins que je lui susurrais. Ce n'était d'ailleurs même pas vraiment des mots coquins. Je dressais simplement la liste de ce que je m'apprêtais à lui faire.

Ce soir-là, le petit sac du sex-shop à la main, nous nous sommes dirigés vers son appartement. Tandis que nous marchions, Michela a vu quelqu'un devant nous franchir le hall d'un immeuble. Elle a couru dans sa direction et lui a demandé de ne pas fermer, prétextant que nous habitions là. Puis, gardant la porte ouverte, elle m'a attendu. Quand je suis arrivé à sa hauteur, elle a murmuré : « Suis-moi. » Nous sommes montés.

— Tu connais quelqu'un qui habite ici ? l'ai-je interrogée.

— Non, je ne suis jamais venue.

— Et où m'emmènes-tu, alors ?

— On va voir s'il est possible de monter sur le toit.

— Pourquoi est-ce qu'on n'est pas plutôt montés sur le toit de ton immeuble ?

— C'est trop loin.

Au dernier étage, il y avait effectivement une porte d'accès au toit.

C'était la première fois que j'allais sur le toit d'un immeuble de Manhattan. J'avais vu ça seulement dans des films. Là-haut, le spectacle est tout bonnement incroyable. Tous les gratte-ciel d'Uptown étaient éclairés. Alors que j'étais hypnotisé par ce spectacle, Michela m'a dit qu'elle avait envie de faire l'amour. Elle s'est adossée à un muret et m'a attiré contre elle. Nous avons commencé à nous embrasser. Elle a déboutonné mon pantalon, a soulevé sa robe et ôté sa culotte, puis elle a soulevé une jambe et l'a enroulée autour de moi. Mon regard glissait sur elle, puis se posait sur la ville. Je faisais l'amour avec elle, mais aussi avec Manhattan.

En redescendant, nous nous arrêtions sans cesse pour nous embrasser. Faire l'amour ne nous avait pas calmés. Au contraire, cela avait attisé notre désir. Une fois dans l'appartement, j'ai pris les rubans de soie. J'en avais acheté cinq. J'en ai lié deux autour de ses cuisses comme s'il s'agissait de jarretières, puis deux à ses poignets avant de les attacher les uns aux autres. Le dernier ruban m'a servi à lui bander les yeux. Je me sentais excité, presque autant que le jour où j'ai décroché le miroir du mur pour le poser par terre.

Ce jour-là, Michela était appuyée à la table et je me tenais derrière elle. Dans le miroir, par-dessous, nous distinguions les reflets de nos corps. Elle m'a traité, sur le ton de la plaisanterie, d'érotomane romantique.

À 4 heures du matin, alors que nous mangions un peu avant d'aller dormir, je lui ai demandé pour blaguer :

— Quand est-ce qu'on fait un enfant ?

— Ça dépend du prénom que tu veux lui donner.

— Tu as raison. Voyons un peu les noms atroces que nous avons en tête. Si c'était une fille, tu voudrais l'appeler comment ?

— Cassia, Lucia, Michela junior...

— Michela junior... J'adore ! Et pour un garçon ?

— Giacomo junior, Filiberto, Luigi, Clemente, Giacinto.

— À part Giacomo Junior, je déteste tes prénoms. Donc, pas de garçon.

— Envoie les tiens, alors.

— Pour une fille : Giada, Lucilla, Beatrice. Pour un garçon : Matteo ou Alberto, comme mon grand-père.

— Ça ne va pas du tout. Voilà comment on va faire : on va choisir chacun pour le sexe opposé. Si c'est un garçon, je choisis. Si c'est une fille, je te laisse faire.

— Vu ta liste de prénoms masculins, je préférerais faire l'inverse.

— Ça marche.

Après un moment de silence, je me suis demandé si je désirais vraiment avoir un enfant d'elle. À cet instant précis, la réponse était oui. J'ai compris les gens qui font un enfant avec quelqu'un qu'ils connaissent depuis quelques mois à peine. Il y a un tel enthousiasme que tout semble facile et idyllique. Peut-être aussi qu'à notre époque tout s'accélère. Quand on veut un enfant, on n'a pas besoin de rester ensemble pendant des années avant de le concevoir.

Ce soir-là, j'aurais dit oui à un enfant, mais pas sérieusement. Nous étions au bord de la séparation, après tout.

19

Pique-nique (J-5)

Le lendemain, sa voix m'a réveillé :

— Hé, mais tu as des ailes d'ange !

J'ai ouvert les yeux, tourné la tête vers elle et me suis aperçu qu'elle contemplait mon dos.

— Tu as des ailes d'ange. Je viens de m'en rendre compte.

J'ai compris qu'elle faisait allusion aux touffes de poils sous mes omoplates.

Ces poils répugnants ont décidé de pousser là sans raison.

— Ce sont des ailes.

C'était la première fois que je voyais ça sous cet angle. Je me suis mis à gambader dans la maison sur la pointe des pieds en faisant mine de voler.

Comme promis, Michela a pris un jour de congé et nous avons décidé d'aller pique-niquer à Central Park.

Elle a tout préparé. Je n'ai rien fait, sauf acheter les boissons. Quand je suis revenu, un panier était posé sur la table. Elle y avait mis des fruits, des Tupperware et des fromages. Quand je l'ai soulevé, elle m'a dit qu'elle le porterait elle-même.

— Mais c'est lourd, ai-je protesté.

— C'est bon. Prends la nappe, les boissons et la radio.

— Tu es sûre ?

— Je suis grande. Regarde un peu mes muscles.

Elle a fait une des choses qui me font mourir de rire chez les filles. Elle a tendu son biceps et m'a dit :

— Tâte un peu.

J'adore quand les filles font ça. Elles sont comme des enfants. Elles ont le visage concentré, avec une petite ridule au milieu du front.

— Vas-y, touche.

En bas de l'immeuble, nous avons appelé un taxi. Je lui ai demandé de le siffler, comme Audrey Hepburn dans *Diamants sur canapé*.

— Je ne sais pas faire.

— Comment ça, tu ne sais pas faire ? Mais tout le monde sait siffler !

— Quand j'essaie, il n'y a aucun son qui sort, c'est comme si je soufflais. C'est un des grands traumatismes de mon enfance. Tout le monde se moquait de moi.

— C'est pour ça que tu as échoué dans les bras d'Amarildo. Parce que personne d'autre ne voulait de toi. Cela dit, en ce qui me concerne, je suis incapable de plonger sans me boucher le nez avec les doigts.

— Il suffit de souffler l'air pour repousser l'eau de tes narines. Ce n'est pas compliqué…

— Tu fais allusion au fait de ne pas savoir siffler ?

Nous avons échangé un sourire.

Une fois à Central Park, nous avons tout installé. Elle avait préparé des œufs, une tourte aux légumes et du guacamole. Il y avait aussi un Thermos de café et des biscuits à la noisette et à la cannelle. J'ai trouvé une station de radio qui passait de la bonne musique. Nous avons mangé en grappillant un peu de tout. Pour accompagner le repas, j'avais déniché un vin rouge californien très correct.

Après avoir bu le café, nous nous sommes allongés au soleil. Elle a posé sa tête sur ma poitrine, en silence. Après quelques instants, elle s'est mise à lire. Soudain, la radio a joué l'une de mes chansons préférées.

— Je vais aller dans le studio pour rouler une pelle au DJ.

— C'est quoi ?

— *Fly Me to the Moon*, dans la version de Shirley Bassey.

— Sympa...

Quand la chanson s'est terminée, j'ai brisé le silence :

— Mais comment t'est venue cette histoire de fiançailles à durée déterminée ?

— C'était pour te rassurer. Comme ça, tu voyais un début et une fin. Et peut-être suis-je moi aussi plus tranquille.

— Au moins, j'ai une circonstance atténuante : j'ai été traumatisé quand mon père nous a abandonnés, ma mère et moi. Alors que toi, tes parents sont encore ensemble.

— Moi aussi, j'ai mon petit traumatisme : celui de ma famille unie. Ma mère était vierge quand elle s'est mariée et n'a couché qu'avec mon père. D'après moi, ils sont restés ensemble parce que leur génération ne se posait même pas la question. Quel modèle peuvent-ils représenter pour moi ? Je serais bien incapable de faire une chose pareille. Quand j'y pense, c'est bouleversant. D'un côté, l'émancipation de la femme, son indépendance, son travail et sa liberté. De l'autre, vouloir rester chez soi pour jouer à la mère au foyer parfaite dans une histoire d'amour idéale. Jusqu'à il y a peu, je ressentais moi aussi ce conflit intérieur.

— Ce n'est pas gagné entre nous, Michela. Mais comment se fait-il alors que nous nous sentions aussi bien ensemble ? Deux personnes peuvent-elles vraiment décider arbitrairement de s'aimer et d'être heureuses l'une avec l'autre ?

Michela a refermé son livre.

— S'il y a bien une chose que nous n'avons pas faite, c'est nous choisir arbitrairement. Si tu te trouves ici, c'est parce que nous nous sommes toujours cherchés, depuis le premier instant où nos regards se sont croisés. Cela dit, j'y ai pensé moi aussi et je me suis dit que ça n'avait aucun sens de se poser la question. Quand on ressent une telle émotion, il faut la vivre. Dans notre cas, nous savons que, dans quelques jours, quoi qu'il arrive, nous nous quitterons. Donc, vivons-les pleinement. L'autre soir, je me suis dit que réfléchir à la raison pour laquelle je me sens bien avec toi et à ce qui se passera quand nous nous séparerons revient à faire un tour à moto à la campagne en se répétant sans cesse : « Et si on crevait ? Et s'il se mettait à pleuvoir ? Et si nous tombions en panne d'essence ? »

Ce que j'aimais particulièrement chez Michela, c'était son envie d'être libre et de jouer. Son jeu m'apportait énormément. Il m'aidait à m'ouvrir. Je n'exagère pas. Michela ne demandait jamais plus que ce que je lui offrais. Ainsi, c'était moi qui ressentais l'envie de lui offrir davantage.

Dans les casinos, on a l'habitude de dire : « Ce que te donne le jeu, rends-le-lui. » Je me suis senti gagné par l'envie de relancer, comme au poker. J'ai songé à lui demander de m'épouser, encore par jeu, mais il m'est ensuite revenu en mémoire que, lorsque son ex l'avait fait, elle l'avait quitté. Et puis Michela n'avait pas caché qu'elle était partie d'Italie parce qu'elle s'était fâchée avec sa mère et avec tous ceux qui lui avaient conseillé de se marier.

Je lui ai posé la question :

— Mais tu es vraiment opposée au mariage ? Je me souviens que tu étais furieuse contre ceux qui voulaient que tu te maries…

— Je ne suis pas partie parce que j'étais en colère contre eux, mais parce que j'étais en colère contre moi-même.

— Pourquoi contre toi-même ? Tu me sembles au contraire avoir été honnête.

— Ma mère me considère comme une femme ratée, parce que je n'ai toujours pas de famille, de mari et d'enfants à mon âge. Ma mère est comme ça et je ne peux rien y faire. Mais tout cela m'a fait réfléchir : au cours de ma vie, je n'ai pas été capable de lui démontrer que sa façon de voir les choses n'était pas la seule. J'aurais dû construire une alternative valable pour le lui prouver, une existence sereine, une certitude, une conviction. Mais je suis pleine de doutes, d'incertitudes, et je n'ai rien en main. Je voyais comment ma mère me regardait, combien elle avait honte de moi quand elle était avec ses amies.

— Tu n'exagères pas un peu ?

— Non. J'étais et je demeure encore aujourd'hui une source d'embarras pour elle. D'ailleurs, elle l'est aussi pour moi. Je n'aurais pas dû laisser ces gens me traiter comme ils l'ont fait. Je ne peux m'en prendre qu'à moi-même. J'ai fini par me laisser convaincre par leur manière de penser. Je te l'ai déjà dit. J'ai vécu la fin de mon histoire avec Paolo comme un échec, parce que je n'avais pas réussi à faire comme ma mère. Moi aussi, j'aimerais partager le reste de ma vie avec quelqu'un, mais pas avec quelqu'un que je n'aime pas, ou avec qui je serais faute de mieux. C'est le syndrome de la médaille d'argent. Je connais un tas de gens qui préfèrent la médaille d'argent, la deuxième place, plutôt que de rester seuls.

J'ai abondé dans son sens :

— L'attention et l'importance qu'on attribue au mariage sont dues au fait qu'il s'agit encore d'une forme de reconnaissance sociale. C'est pour ça que, lorsqu'une fille dit « Je suis mariée », c'est comme si elle disait « J'y suis enfin arrivée », alors que, si elle dit « Je suis célibataire », elle passe pour quelqu'un qui est en pleine recherche sentimentale.

— Tout juste. Certaines de mes amies se marient parce qu'elles sont moins honnêtes que moi, moins fortes en tout cas. D'autres le font parce qu'elles s'en contentent. En plus, elles me regardent comme si j'étais une pauvre fille. Pas toutes, mais beaucoup.

Elle a ajouté en riant :

— J'emmerde l'horloge biologique ! J'emmerde la pression sociale !

Après un court instant de silence, j'ai repris la parole :

— Michela, j'ai quelque chose à te demander... Ça te dirait qu'on se marie ?

Elle a soulevé la tête de ma poitrine et m'a regardé.

— Comment ça ?

— Au lieu d'être juste fiancés durant les quelques jours qui nous restent, marions-nous, puis séparons-nous le jour que nous avons déjà fixé. Décidons nous-mêmes où et comment nous marier. Inventons notre propre cérémonie, toujours par jeu. Qu'en dis-tu ? Si tu m'épouses, je t'apprendrai à siffler.

— Ça marche. Je t'épouserai avec plaisir. Pour quatre jours, bien sûr.

— Tu veux qu'on se marie maintenant, ici à Central Park ?

— Je vais te montrer un endroit. C'est minuscule. Ce n'est pas un parc, plutôt un jardin. J'y vais souvent. C'est là que j'aimerais me marier avec toi, si tu veux bien.

— Pas la peine de me le montrer. J'ai confiance en toi.

— Il te plaira, tu verras. Mais marions-nous demain, pas aujourd'hui.

— Pourquoi ?

— Parce que je veux rentrer chez moi choisir ma robe et aller me coucher avec l'idée que je me marierai demain.

— Tu as raison. Et puis il nous faut des témoins. À qui penses-tu ?

— Je n'en sais rien. Je dois y réfléchir. J'aimerais avoir comme témoin... Dante.

— Lequel ? Mon ami de lycée, le casse-couilles ?

— Mais non... Dante Alighieri.

— N'importe quoi !

Elle n'a pas relevé mon sarcasme. Elle a continué sa liste :

— Ou bien Neruda, Virginia Woolf ou Mozart. Ou encore l'homme le plus viril du monde, Steve McQueen. Je dois y réfléchir. Et toi ?

— Je n'en ai encore aucune idée.

— À quelle heure veux-tu qu'on se marie demain ?

— À 10 heures, ça te va ? Ensuite, nous irons déjeuner.

— OK.

J'ai aussitôt composé le numéro de Silvia pour laisser un message sur son répondeur mais, bizarrement, son téléphone était resté allumé et, après quelques sonneries, j'ai entendu un vague « Allô ? ».

— Qu'est-ce que tu fais debout à cette heure ?

— J'ai oublié d'éteindre mon portable.

— Désolé. Je te rappelle demain. Je voulais juste te dire que j'allais me marier. Salut.

— Salut.

Pas de doute, elle dormait vraiment.

Une minute plus tard, elle m'a rappelé.

— Je t'en parle demain, lui ai-je dit en décrochant.

— Je suis bien réveillée maintenant. À cause de ton coup de fil, mais surtout de ce que tu m'as dit. C'était une blague ?

— Non.

Je lui ai tout expliqué. Nous sommes restés longtemps en ligne. Elle a raccroché en me demandant de lui rapporter des dragées.

Je me suis souvenu que, sur Spring Street, à l'angle de Mercer Street, il y avait un marchand oriental qui tenait un petit étal et qui vendait des colliers, des bracelets et des bagues de pacotille. J'y suis allé et j'ai acheté deux petites alliances dorées. Elles se trouvaient dans un panier, parmi d'autres, et coûtaient cinq dollars pièce. J'ai aussi pris un bracelet en argent pour ma grand-mère. Dès que je l'ai vu, j'ai pensé à elle, même si elle ne porte que son alliance et une paire de boucles d'oreilles que lui a offertes mon grand-père pendant leurs fiançailles. J'étais certain que le bracelet lui plairait. Il était très simple, pas trop ouvragé. Et puis, après avoir porté pendant un mois le collier de nouilles que je lui avais confectionné quand j'étais petit, elle apprécierait la simplicité de mon cadeau. À l'époque, la voir enfiler ce collier et l'entendre me dire à quel point elle l'adorait avaient suffi à me combler.

Lui trouver des cadeaux était toujours compliqué, car elle ne voulait jamais rien. Ce qui la rendait vraiment heureuse était de recevoir une carte postale de là où je me trouvais. J'ai envoyé des cartes postales à ma grand-mère de chacune de mes destinations. À New York, je n'ai pas dérogé à l'habitude.

Je suis rentré à l'hôtel. Je n'avais encore rien trouvé pour Silvia. Alors que je m'apprêtais à me coucher, le téléphone de ma chambre a sonné.

— Allô ?

— C'est Dante. Comment ça va ?

— Dante… Tu ne dors pas à cette heure ? Il est 5 heures du matin en Italie !

— Je réfléchissais. Je suis sorti avec un ami. Nous avons un peu picolé, puis je suis retourné chez moi, mais je n'arrivais pas à trouver le sommeil. Le chien des voisins dort sur leur balcon et il aboie souvent la nuit. L'autre jour, je lui ai même envoyé des cailloux avec mon lance-pierres, mais son propriétaire les a retrouvés le lendemain matin et m'a menacé de me casser la gueule.

— Désolé pour toi. J'espère que tu vas réussir à te rendormir. Allez, salut.

— Attends, j'ai un truc à te demander… Ne te vexe pas, s'il te plaît.

— Pourquoi veux-tu que je me vexe ?

— Écoute… Je pensais… Tu ne vas pas te vexer, hein ? Tu as mon âge et tu n'es pas encore marié. Tu n'as personne. Ton meilleur ami est une fille. Je me suis pris à douter : tu ne serais pas homo par hasard ?

J'aurais voulu lui répondre :

231

— Excuse-moi, Dante, mais tu es encore debout à 5 heures du matin pour t'occuper de mes affaires ?

Je me suis toutefois contenté d'un simple :

— Non, je ne suis pas homo. Je me marie justement demain.

— Tu veux dire quoi par « Je me marie » ?

— Je plaisante. Je ne me marie pas, mais je ne suis pas homo. Rendors-toi tranquillement.

— Désolé… J'espère ne pas t'avoir choqué. Quand est-ce que tu reviens ? On se boit un verre à ton retour, ça marche ?

— Avec plaisir. Bonne nuit, Dante.

J'ai fait une pause, avant d'ajouter :

— Sers-toi de glaçons.

— Pardon ?

— Le chien du voisin… Au lieu de lui envoyer des cailloux, lance-lui des glaçons. Il ne restera plus rien le lendemain matin.

— Génial, je n'y avais pas pensé. Allez, salut, je vais voir ce que j'ai dans mon congélateur.

— Salut.

Pourquoi est-ce que je lui ai donné ce conseil ? Je l'ai aussitôt regretté.

20

Le mariage (J-4)

Je me suis marié par une matinée ensoleillée de fin avril. Tout le monde devrait vivre un tel rendez-vous : un mariage où les seuls invités sont les mariés. Le parc que Michela avait choisi s'appelle Jefferson Market Garden, sur Greenwich Avenue, entre la 6e Avenue et la 10e Rue Ouest. C'est un jardin rempli de fleurs et de plantes. Il y avait aussi une petite fontaine avec des poissons. À l'entrée, se trouvaient deux vieilles femmes assises à une table en bois qui souhaitaient la bienvenue aux visiteurs, ainsi qu'un panneau détaillant toutes les activités proposées, comme la journée des fleurs et des enfants, la lecture publique de romans ou encore des concerts de musique classique. C'est un endroit délicieux.

Je me suis assis sur un banc et j'ai attendu ma future épouse.

J'avais mis un pantalon indigo et une chemise bleu azur. Je m'étais coiffé les cheveux en arrière, comme le faisait mon grand-père. Il utilisait de la brillantine. Pour ma part, j'avais mis une sorte de gel. Je n'ai pas connu mon grand-père. C'est ma grand-mère qui m'a parlé de lui. Elle me disait toujours que, durant la semaine, il travaillait beaucoup mais que, le dimanche, il se vêtait élégamment, se rasait de près et se peignait les cheveux en arrière avec de la brillantine. Elle ajoutait que, jeune homme déjà, il agissait ainsi et qu'elle était tombée amoureuse de lui au premier regard. Ils se trouvaient sur la grand-place, le soir de la fête du village. Il l'avait remarquée et s'était approché pour lui demander une danse, mais elle avait refusé, non parce qu'elle n'en avait pas envie, mais parce que sa proposition la troublait trop. À chaque danse, il revenait à la charge, inlassablement. À la septième tentative, elle avait enfin accepté.

Depuis cet instant, ils ne s'étaient plus quittés. L'année suivante, lors de la fête du village, ils étaient déjà mari et femme.

Je m'étais rendu au Jefferson Market Garden dans l'intention de laisser une image inoubliable à Michela. Je m'étais arrêté en chemin pour prendre mon petit déjeuner et acheter un bouquet. J'avais choisi comme témoin Nick Drake et pris avec moi le texte d'une de ses chansons. Je ne connaissais pas le sien.

Je l'ai aperçue de loin. Je me suis levé. Même s'il s'agissait d'un jeu, je me sentais ému. Elle portait une robe couleur crème et tenait un livre, ainsi qu'un petit sachet.

Quand elle est arrivée devant moi, nous nous sommes souri. C'était notre film et ça nous plaisait d'en être les acteurs. Nous jouions nos rôles respectifs avec émotion et amusement.

D'habitude, pour se marier, il faut être convaincu que ce sera pour l'éternité. Même si l'éternité n'existe pas, il faut y croire.

La cérémonie fut brève. Durant quelques minutes, nous sommes restés silencieux en nous regardant droit dans les yeux.

— J'ai hâte de t'épouser, lui ai-je dit.

— Moi aussi, a-t-elle répondu.

J'ai sorti les deux alliances et nous nous les sommes passées mutuellement.

Ensuite, je lui ai lu les paroles de la chanson *Time Has Told Me*, écrite par mon témoin Nick Drake :

> *Et le temps te dira*
> *De rester à mes côtés*
> *De continuer malgré tout*
> *Jusqu'à ce qu'il n'y ait plus rien à cacher.*
>
> *Alors abandonne tout ce qui te fait devenir*
> *Ce que tu ne veux pas vraiment être*
> *Abandonne tout ce qui te fait aimer*
> *Ce que tu ne veux pas vraiment aimer.*
>
> *Le temps m'a dit*
> *Que tu es une découverte très rare*
> *Un remède trouble*
> *Pour un esprit troublé.*
>
> *Et le temps m'a dit*
> *De ne pas en demander plus*
> *Car un jour notre océan*
> *Trouvera son rivage.*

Je l'ai sentie touchée.

Son témoin à elle était Shakespeare. Elle m'a lu un passage du sonnet 116 qu'elle avait elle-même traduit :

Je ne veux à l'union de deux âmes sincères
Admettre empêchement. L'amour n'est point l'amour
S'il change en trouvant ailleurs le changement.
Oh non ! il est un phare au regard immuable
Fixé sur la tempête et jamais ébranlé !
Pour tout navire errant il est l'astre qui guide.

En l'écoutant, j'ai complètement oublié que notre mariage n'était qu'un jeu, tant ses mots étaient sincères.

Nous nous sommes embrassés.

— Nous devons faire l'échange de nos vœux, m'a-t-elle dit. J'ai rédigé les miens pendant mon petit déjeuner, ce matin.

Elle a sorti une serviette en papier de sa poche et a lu :

— Je te prends pour époux, Giacomo, et te propose de vivre pleinement les jours qui nous restent. De goûter avec toi les fruits de mes décisions, de mes pensées et de mes sentiments. J'ai choisi comme présents ce que j'ai été, ce que je suis et ce que je serai. Tu es celui que je voulais voir arriver dans ma vie. Tout cela est à toi.

— Je n'ai rien préparé, à part Nick Drake.

— Improvise, alors.

Après quelques secondes de réflexion, j'ai déclaré :

— Je te prends pour épouse, Michela, pour les quatre jours à venir. Je promets de ne pas te faire de promesse, mais de vivre et de partager avec toi la capacité d'aimer et de t'aimer. Tu es la femme avec laquelle je me suis senti le plus beau. Ce que j'ai vu de moi en étant à tes côtés me restera pour l'éternité.

Elle m'a embrassé en murmurant :

— Mon mari…

— Si quelqu'un savait ce que nous sommes en train de faire, il penserait que nous sommes tous les deux bons à enfermer.

— C'est ça qui est merveilleux. Nous seuls pouvons comprendre. On se fiche du reste. Du monde, de ses jugements, de ses avis…

Nous sommes allés déjeuner, cette fois en tant que mari et femme. Le déjeuner de noces a eu lieu chez Katz's Delicatessen, dans Houston Street. Nous avons mangé de délicieux sandwichs accompagnés de cornichons géants et de frites.

L'après-midi, nous sommes allés nous promener et, sans l'avoir prémédité, je me suis retrouvé devant le magasin de disques où j'avais déniché mes CD à quelques dollars.

J'ai proposé à Michela :

— Achetons-nous un disque pour notre mariage.

Nous avons choisi Louis Armstrong et Ella Fitzgerald. Un couple pour notre disque de mariage : cela nous paraissait être une bonne idée. J'ai failli acheter leur version de *Porgy and Bess* de George Gershwin, mais la seule chanson d'eux que connaissait Michela était *Cheek to Cheek* et elle ne se trouvait pas dessus.

Nous avons alors opté pour l'album *Ella & Louis* et *Cheek to Cheek* est devenue, à compter de cet instant, notre chanson.

En revenant à la maison, nous sommes tombés sur une église, sur la 3e Rue Est. Nous y sommes entrés et nous nous sommes assis en silence. Je ne sais pas ce qu'avait en tête Michela mais, en ce qui me concerne, j'ai pensé à nous, à ma mère, à ma grand-mère, à Silvia, à mon chien et à plein d'autres personnes.

Quand nous nous sommes levés pour partir, Michela s'est arrêtée devant une statue de la Vierge. Elle a ôté son alliance, m'a retiré la mienne et les a glissées toutes les deux dans la fente destinée à recevoir l'argent pour les cierges. Elle en a pris deux et nous les avons allumés.

Je n'ai rien dit. J'étais d'accord avec elle.

J'ai regardé Michela et j'ai tout oublié comme si, de l'autre côté du portail de l'église, le monde avait disparu. Pendant quelques secondes, je suis allé au-delà de toute réflexion. Quand elle s'est tournée vers moi et qu'elle m'a fixé, j'ai eu la chair de poule pendant un instant d'une rare intensité. Me sentir aussi proche d'elle alors que nous nous connaissions depuis si peu de temps aurait dû me troubler mais, avec Michela, cela me semblait parfaitement naturel.

Quand nous sommes ressortis, nous avons dû plisser les yeux, aveuglés par la lumière du jour.

— Pas mal, cette petite église… ai-je dit.

— Tout à fait. Il m'arrive souvent d'entrer dans les églises. Tu sais que j'ai fait mon mémoire de maîtrise sur l'iconographie mariale au Moyen Âge ?

— Intéressant… Tu m'expliqueras tout ça un jour. Tu crois en Dieu ?

— Je suis agnostique.

— Agnostique ? Qu'est-ce que ça veut dire exactement ?

— Les agnostiques affirment ne pas avoir de réponses au sujet de Dieu. Ou bien alors ils pensent que ces réponses ne relèvent pas du domaine de la connaissance humaine et donc ils ne veulent pas se prononcer avec certitude sur l'existence de Dieu. Et toi, tu es croyant ?

— Je viens de m'apercevoir que je ne le sais pas. Quand j'étais enfant, il fallait peu de chose pour que je cesse de croire en Dieu. Je Le faisais chanter tout le temps : j'ai failli arrêter de croire en Lui parce que mes poils pubiens refusaient de pousser ! Ma foi est branchée sur le courant alternatif, en fait.

— Un problème de poils pubiens me semble effectivement une raison valable pour perdre sa foi. On appelle ça *oligopistia* en grec : c'est le terme qu'on utilise pour désigner une foi inconstante, brève.

Je l'ai regardée avec une drôle de tête.

— C'est bon… a-t-elle concédé. J'arrête avant que tu te mettes à saigner du nez. Allons boire un café.

Le soir, nous avons dîné à la maison, puis nous nous sommes couchés. Ma première nuit à côté de ma femme ! Nous nous sommes embrassés, caressés, câlinés et enlacés, mais n'avons pas fait l'amour. Nous avons échangé des millions de gestes tendres, puis nous avons fini par nous endormir l'un sur l'autre.

Le lendemain matin, sur le ton de la plaisanterie, je lui ai dit :

— Alors c'est bien vrai qu'une fois mariés on arrête de faire l'amour !

Il nous restait quelques jours seulement avant notre séparation. Pour nous aussi, comme pour Cendrillon, le bal était sur le point de s'achever.

21

De la neige et des enfants (J-3)

Le lendemain matin, alors que j'étais en train de l'accompagner à son travail, nous avons vu Barrow Street recouverte de neige. La neige par une journée ensoleillée de la fin avril, ce fut une véritable surprise. Barrow Street est une petite rue arborée bordée de maisonnettes de briques rouges. J'aimais bien passer par là quand je me promenais dans le quartier parce qu'il y a la Greenwich Music School, de laquelle s'échappe toujours de la musique – très souvent du piano.

Ce matin-là, dans cette petite rue, il y avait de la neige sur les plantes, les voitures et les trottoirs, et les gens portaient des vêtements chauds. C'était beau, irréel. Une vision digne d'un film de Fellini.

Nous nous sommes avancés, mais on ne pouvait pas passer, car il y avait des barrières. Nous avons demandé à un homme qui se tenait devant :

— On peut se promener un peu dans la neige ?

— C'est impossible, désolé. Vous ne pouvez même pas rester derrière la barrière.

Puis une voix s'est élevée d'un mégaphone :

— Rooooll !

— Vous ne pouvez pas rester là, a insisté l'homme. Vraiment.

Nous sommes partis. Un film était en cours de tournage. Un passant prétendait même avoir aperçu Vincent Gallo.

— Dommage qu'ils ne nous aient pas laissés passer, ai-je dit. Je voulais faire l'ange pour toi sur le trottoir enneigé.

— Oui, mais j'aurais été obligée de t'aider à te relever pour obtenir une forme parfaite.

Sa réponse m'a laissé abasourdi. À cet instant, je l'aurais volontiers épousée si cela n'avait pas déjà été fait.

Nous avons bu un café chez Joe the Art of Coffee, un bar agréable situé sur Waverly Place, à l'angle de Gay Street. Un café excellent et des biscuits aux noisettes à se damner.

Il ne restait plus que quelques jours avant la fin de notre histoire.

— Offre-moi quelque chose d'unique, a exigé Michela.

— Du genre ?

— Par exemple, confie-moi une chose que tu as faite et que tu n'as jamais dite à personne.

— Comme ça, rien ne me vient.

— Tu ne dois en avoir parlé à personne. Absolument personne.

J'ai réfléchi durant quelques secondes. J'ai hésité un peu, tant cela me paraissait stupide.

— C'est quelque chose dont j'ai eu honte pendant des années, ai-je fini par déclarer. Je n'ai jamais réussi à l'avouer à personne. Ça s'est passé quand j'avais à peu près neuf ans…

— Quelle atrocité as-tu bien pu faire à cet âge-là ? En fait, je pensais à quelque chose de plus piquant, mais si tu n'en as jamais parlé à personne, ça compte quand même. Je veux libérer l'enfant qui est en toi. Vas-y, raconte.

— Un jour, le père d'un de mes copains nous a rejoints là où nous étions en train de jouer et il lui a apporté une magnifique voiture télécommandée. Mon copain était très heureux. Lui et son père se sont embrassés et ont commencé à jouer ensemble avec. Moi, je ne faisais que regarder. J'étais jaloux et envieux, de sa voiture et aussi du rapport qu'il entretenait avec son père. Je n'oublierai jamais cette étreinte…

Maintenant que j'étais lancé, rien n'aurait pu m'arrêter. J'ai poursuivi :

— Quand son père est parti, mon ami et moi avons continué à jouer, mais il ne voulait pas me laisser essayer sa voiture. Il me la confiait l'espace d'un instant, me laissait juste appuyer sur le bouton, mais il gardait toujours la télécommande dans sa main, sans la lâcher. Cette voiture était devenue pour moi le centre de tout, et surtout le symbole de la distance qui nous séparait, lui et moi, de notre différence. Il allait toujours partout avec. Jamais il ne la quittait. Un jour, alors que j'entrais dans la cour qui se trouvait devant chez lui, j'ai vu la voiture et la télécommande devant la porte.

J'ai fait une pause.

— Je ne sais pas ce qui m'a pris… Je m'en suis emparé et je me suis enfui jusqu'à un terrain vague un peu plus loin. Là, je l'ai détruite avec un caillou et j'ai jeté les morceaux au milieu des herbes hautes, près d'un lampadaire. Quand je suis revenu, mon ami était devant chez lui et il pleurait. Je me suis senti heureux en le regardant. J'étais content de le voir à ce point peiné. Encore maintenant, j'ai honte d'en parler. À un moment, mes yeux ont croisé les siens. Ils étaient gonflés, remplis de larmes. J'ai eu l'impression qu'il savait que c'était moi, et surtout qu'il voyait combien ça me faisait plaisir de le voir souffrir. D'ailleurs, quelques jours plus tard, au cours d'une dispute, il m'a dit : « Je sais que c'est toi qui m'as pris ma voiture, espèce de sale voleur. » Pour la première fois, nous nous sommes tapés dessus. Nous sommes toutefois restés amis, mais on n'en a plus jamais parlé, même pas quand nous avons grandi. C'était une bêtise de gosse mais, rien que d'y penser, je me sens mal.

— Pauvre enfant, a-t-elle dit avant de m'embrasser.

— À ton tour.

— Je veux bien te raconter quelque chose que je n'ai jamais dit à personne, mais je n'en ai pas particulièrement honte. En fait, je n'en ai même pas honte du tout. Mais personne n'est au courant, à part moi et l'autre personne impliquée dans l'affaire.

— Je suis impatient… Raconte.

— Quand j'avais vingt ans, je suis partie en vacances avec mon copain de l'époque et un couple d'amis. Nous avons pris une location en Sardaigne pendant trois semaines. Au bout du troisième jour, j'ai trompé mon copain avec la fille. Ça a duré jusqu'à la fin des vacances.

— Comme avec cette Veronica dont tu m'as parlé l'autre jour ?

— Tu te souviens de son prénom ?

— Tu m'as dit que c'était une blague !

— Je n'avais pas envie de te raconter la vérité. Aucune de nous deux n'avait jamais eu d'expérience de ce genre. Elle n'était pas lesbienne, mais nous étions attirées l'une vers l'autre. Elle était magnifique. Un soir, tandis que nous étions dans la chambre et que nous nous préparions à sortir, nous nous sommes embrassées. Nous nous sommes tout de suite aperçues qu'un lien très fort existait entre nous.

Elle a fait une courte pause avant de reprendre :

— Jusqu'à ces vacances, je l'avais tout juste aperçue une ou deux fois en coup de vent, mais il ne s'était rien passé, même pas en pensée. Cette fois-là, pourtant, à peine nous étions-nous effleurées que nous avons ressenti une étrange attraction. Nous nous sommes de nouveau embrassées, le même soir, dans les toilettes du restaurant et dans la discothèque où nous sommes allées danser. À partir du lendemain, nous avons trouvé toutes les excuses possibles pour rester seules.

— Et personne ne s'est douté de rien ?

— Tu penses… Deux femmes en vacances… Nous avions toujours besoin d'aller acheter ou essayer des vêtements. Le soir, nous nous enfermions dans la chambre comme lors de notre premier baiser. Je garde des images magnifiques d'elle, nue face au miroir, et de moi, agenouillée, en train de l'embrasser. Nos regards se croisaient dans le miroir. C'était très amusant. Nous ne vivions pas ça comme une trahison, mais plutôt comme un jeu excitant. Ça n'avait rien à voir avec nos histoires d'amour respectives. Je n'en ai jamais parlé à mon copain de l'époque, bien que j'aie davantage fait l'amour avec elle qu'avec lui pendant ces vacances. À notre retour, nous nous sommes revues quelquefois dans des soirées, mais il ne s'est plus rien passé entre nous.

Tandis qu'elle parlait, j'essayais d'imaginer deux femmes nues et bronzées dans une chambre au bord de la mer. Une chambre avec une valise ouverte remplie de chaussures à talons, de sandales, de crèmes, de ceintures et de paréos…

Son récit m'avait excité. Le soir, quand nous avons fait l'amour, ces images m'envahissaient. Je voyais Michela et son amie s'embrasser, se toucher et tout le reste. Cette vision me rendait fou. Je pouvais imaginer Veronica à ma guise, alors que Michela était là près de moi.

— Tu as revu Veronica dernièrement ?

— Je sais à quoi tu penses : c'est non. Vous faites une fixation là-dessus, vous les hommes. Et ton ami à la voiture télécommandée, tu l'as revu ? Comment s'appelle-t-il ?

— Andrea. Disons que je lui ai piqué son joujou et que, quelques années plus tard, il m'a piqué ma copine. On ne se voit plus depuis quelque temps.

— Au moins, vous êtes à égalité.

— Un jouet contre une copine : tu trouves ça équitable ?

— À cet âge, oui. Et puis il n'est pas question de copine ou de voiture, mais de trahison.

Je ne sais pas à quel moment Michela m'a convaincu, mais je suis de son avis maintenant.

— À l'exception d'Andrea, tu as cessé de parler à beaucoup de gens ?

— En dehors de quelques femmes vexées, non. Et toi ?

— Mon ex-presque-mari et toute sa famille.

— Somme toute, ça fait un nombre réduit de morts et de blessés…

Après cette conversation, elle est partie travailler et, comme toujours, je me suis promené dans New York. J'ai fini par aller déjeuner au Chelsea Market, sur la

9e Avenue entre la 15e et la 16e Rue Ouest. C'est un endroit merveilleux : quand on entre, on a tout de suite envie d'acheter tout ce qu'on y voit et de s'arrêter dans tous les restaurants et les bars devant lesquels on passe. Il y a la boucherie-restaurant Frank's Fine Meats, les soupes de Hale and Hearty Soups ou bien encore le restaurant thaïlandais Chelsea Thay. Et puis Amy's Bread et la Fat Witch Bakery, où les brownies sont divins. Il y a aussi un magasin de produits italiens et, au fond sur la gauche, le T Salon, un salon de thé où l'on trouve toutes les variétés du monde.

Je suis également allé chez Lobster Place, une poissonnerie avec un petit coin restauration. Partout, des bacs avec des crevettes, des sushis, des soupes de poisson, des salades au thon et au saumon. Pour un amoureux du poisson comme moi, c'est le paradis. J'ai mangé des sushis et une portion pantagruélique de gambas.

J'ai appelé Michela parce que j'avais lu qu'il y avait ce soir-là au Philharmonic un concert avec des pièces de Rachmaninov et de Schumann.

— Ça te dit ?

— Avec plaisir.

— Je dois m'acheter un costume élégant, d'après toi ?

— Je ne crois pas que ce soit indispensable.

— Dommage. J'aurais adoré te voir en robe de soirée.

— Si tu tiens à la robe de soirée, j'en ai une. Tu n'as qu'à te louer un costume pour la soirée.

— Je n'y avais pas pensé. On fait comme ça, alors ?

— D'accord.

— Je passe te prendre vers 20 heures. Ce sera génial.

Je suis donc allé louer un costume noir. Quand je suis allé la chercher en taxi, elle est apparue en bas de chez elle, magnifique, dans une robe de soirée rouge à dos nu. Elle portait un fin collier autour du cou. Au moment où elle est montée dans le taxi, j'ai été tenté d'en descendre aussitôt pour l'entraîner directement dans son lit.

L'une des choses qui me plaisaient chez Michela, c'était qu'elle était à l'aise partout, aussi bien dans des endroits un peu glauques que dans des lieux élégants. Il n'y avait jamais de problème. Elle pouvait porter des chaussures à talons, des robes de soirée ou des jeans avec la même grâce. Elle était toujours elle-même, en toute situation. J'avais rencontré la femme idéale.

Le concert a été génial. Quand l'orchestre a joué la *Symphonie n° 2*, Michela m'a pris par la main et, l'espace d'un instant, j'ai eu l'impression que nous nous agrippions l'un à l'autre comme le font les femmes quand elles regardent un film d'horreur. Peut-être partagions-nous la même émotion : tout était si délicat, puissant et beau que c'en était effrayant.

De retour à la maison après le concert, nous avons fait l'amour debout, juste derrière la porte. Naturellement, je ne lui ai pas retiré sa robe.

22

Le bain (J-2)

Il ne restait plus que deux jours avant mon départ. Nous étions vendredi matin et mon avion décollait le dimanche. J'avais dormi chez elle.

Quand je me suis réveillé, elle était déjà partie travailler. J'ai trouvé un petit mot sur la table de chevet : « Pense à ce que nous aurions manqué si nous n'avions pas eu tout ce courage. Tu es bien mieux que ce que j'avais imaginé. À plus tard. Ta femme. PS : Quand tu dors, tu ressembles à un enfant. »

Michela avait biffé un mot. J'ai essayé de le lire par transparence, sans succès.

Je trouve les ratures plus intéressantes que ce qu'il y a à lire. Je suis toujours porté à croire qu'elles ne recouvrent pas des fautes d'orthographe, mais plutôt des confidences jugées par la suite trop intimes. J'ai toujours pensé cela. Et je ne changerai sûrement pas d'avis un jour.

J'ai paressé dans le lit deux bonnes heures. Je n'avais pas envie de sortir. Il ne faisait pas beau. Le temps de cette ville change rapidement. À un moment, il pleut ou bien le ciel est chargé et, l'instant d'après, le

248

soleil resplendit. C'est le vent qui est la cause de tout à Manhattan : quand il fait froid et qu'il n'y a pas de vent, c'est un froid agréable, dont on s'emplit les poumons, qui réveille et donne de l'énergie. À l'inverse, quand le vent souffle, il vous taillade le visage et vous donne l'impression d'être en guerre. Qui sait comment ma grand-mère se serait sentie dans une ville comme New York avec ses jambes « météopathiques » ?

Cette nuit-là, j'avais fait mon rêve récurrent, celui qui revient depuis mon plus jeune âge.

Je suis enfant et je dois tirer un penalty. Le but est vide, déserté par le gardien. Debout derrière les filets, mon père me regarde. J'ai peur de rater. La plupart du temps, je me réveille avant de tirer. Mais parfois, je shoote. Cela fait plus de vingt ans que je tire ce penalty et je n'ai jamais marqué. Je tape dans le ballon et il s'échappe hors de la cage. Parfois, il s'arrête au bout d'un mètre.

Ce qui est constant, c'est qu'après mon échec mon père s'en va.

Ce matin-là, alors que j'étais encore au lit, j'ai allumé la télévision. Tous les produits dont on faisait la publicité se terminaient par le nombre 99 : 6,99 $. 9,99 $. 19,99 $… J'ai établi la liste de mes activités pour la journée. En fait, ma seule obligation était de rendre le costume.

J'ai alors eu une idée. J'ai envoyé un message à Michela : « Peux-tu me rejoindre à l'hôtel après ton travail ? »

Sa réponse ne s'est pas fait attendre : « Ça marche. Serai là vers 7 heures. Pas de pause déjeuner aujourd'hui. Suis à une réunion mortelle. Tu es le seul pour lequel j'ai mis cette robe. »

Je suis allé au magasin où j'avais loué le costume, puis j'ai déjeuné au Paprika, sur St Mark's Place. Ensuite j'ai acheté des bougies, une éponge et des vis, et je suis rentré chez Michela. Depuis que nous étions mariés, elle m'avait donné un trousseau de clés.

En me douchant, je m'étais aperçu que ses produits de toilette traînaient par terre. Le concierge m'a prêté sa perceuse et j'ai fixé un porte-savon. Chez certaines femmes, on a du mal à comprendre avec quoi on doit se laver. Il y a des crèmes et des baumes pour cheveux dans tous les coins. Un jour, chez une fille, je me suis lavé avec l'après-shampoing. Quand je suis sorti, je ressemblais à une peluche.

Après avoir joué mon rôle de parfait mari bricoleur, je suis reparti. Tandis que je marchais, l'idée que je pouvais lui sembler trop envahissant m'a gagné. *Et si elle se fâche parce que je ne lui ai pas demandé son avis ? Et si elle vit ça comme une intrusion dans son intimité et non comme un geste gentil ? Si elle me demande de mettre un terme prématuré au jeu ? Allez... On s'en fiche.*

Il m'arrivait souvent de passer devant les bars ou dans les rues que nous connaissions, Michela et moi. Dans ce monde nouveau et inconnu pour moi, ces lieux me semblaient familiers. Ils étaient des points cardinaux émotionnels qui orientaient mon chemin de touriste. Parce que, même dans le domaine des sentiments, j'étais un touriste. Je visitais pour la première fois ce territoire amoureux.

New York était devenue la métaphore de ce que je vivais en mon for intérieur. Je déchiffrais cette ville un peu comme mes émotions mais, dès que je m'y enfonçais davantage, elle se faisait plus mystérieuse, inconnue et intestine. Quand j'arrivais dans des lieux que j'avais fréquentés avec Michela, c'était comme si, à cet instant, le « nous » prenait possession du « moi ». Elle et moi. Ensemble.

Je suis repassé là où nous nous sommes embrassés pour la première fois. Je lui ai envoyé un message : « Je suis revenu à Minetta Street. Par terre, j'ai trouvé une paire de baisers à nous. Je les ai ramassés et les ai glissés dans la poche de ma veste. Ce soir, fais-moi penser à te les rendre. »

Je suis allé dans un bar près de l'hôtel. J'ai travaillé un peu sur mon ordinateur devant un café.

Michela m'a appelé pour m'annoncer qu'elle arriverait d'ici une demi-heure. Je suis monté dans ma chambre en courant et j'ai tout préparé : j'ai fait couler un bain, versé du gel moussant, posé l'éponge sur le rebord, puis j'ai écrit sur le miroir : *Enjoy the bath*. Profite du bain. J'ai allumé quelques bougies autour de la baignoire et je suis sorti en laissant la porte entrouverte.

Je me suis caché dans le hall en attendant qu'elle arrive.

J'avais envie qu'elle puisse se détendre un peu après sa journée de travail. Je voulais qu'elle entre seule dans le bain. Elle comprendrait et ne me chercherait pas.

Une vingtaine de minutes après l'avoir vue se diriger vers ma chambre, je suis allé la rejoindre. Elle était dans la baignoire.

Nous nous sommes regardés tendrement.

Elle m'a remercié avant d'ajouter :

— Tu viens ?

Je me suis déshabillé et je l'ai rejointe.

Dès que j'ai mis le pied dans l'eau, le téléphone s'est mis à sonner.

— Si je n'étais pas ici avec toi, j'irais décrocher.

— Va répondre. Ça ne me dérange pas.

— Ce que je voulais dire, c'est que, si je n'étais pas ici avec toi j'irais voir si c'est toi qui essaies de me joindre.

J'adorais jouer au mâle romantique. Elle savait que je plaisantais et elle riait.

Nous sommes restés un long moment dans la baignoire. De temps en temps, nous retirions la bonde pour vider un peu d'eau et en rajouter de la chaude.

La dernière fois que j'avais pris un bain avec une fille, c'était avec Monica, durant le fameux week-end des jeux érotiques. Toutes les images me sont revenues en mémoire.

Un moment inoubliable, vraiment.

J'ai dû faire une tête bizarre, à moins que ça n'ait été une pure coïncidence, mais Michela s'est rapprochée en faisant passer ses jambes au-dessus de mes hanches et s'est assise sur moi.

Nous avons fait l'amour ainsi. Elle bougeait lentement. Des vaguelettes se formaient. Avec l'éponge j'ai fait ruisseler de l'eau sur sa poitrine et sur ses bras. Elle m'a embrassé et a appuyé son visage sur mon épaule. Sa respiration, ses gémissements et le clapotis délicat de l'eau se mêlaient pour se transformer en une caresse invisible.

J'étais fou de Michela. Tout était trop beau. J'étais proche de l'explosion. J'ai soulevé son visage. Je voulais la regarder et l'embrasser.

Je me suis aperçu qu'elle pleurait en silence. Je l'ai embrassée et nous nous sommes de nouveau enlacés. Je sais qu'il ne faut rien demander aux femmes dans ces moments-là.

Ensuite, nous nous sommes lavés avec le gel douche.

— Tous ces flacons qui traînent par terre chez toi ne te dérangent pas ?

— Pas du tout.

J'ai dégluti.

— Vraiment ?

— Cela dit, si je savais me servir d'une perceuse, j'installerais un porte-savon. Mais, bon… j'en suis bien incapable.

C'est déjà mieux.

Michela a fermé les yeux et a posé sa nuque contre le rebord de la baignoire. Elle était complètement détendue. Un peu ramollie aussi par l'eau chaude. Je l'ai dévorée du regard pour la énième fois.

Parfois, je pensais à elle sans même l'associer à la fille du tramway, comme si Michela était devenue quelqu'un d'autre. Cette inconnue avait réussi à me faire vivre quelques jours de liberté et à me faire penser, pour la première fois de ma vie, que j'avais envie d'un enfant d'une femme comme elle.

— Tu n'as jamais vraiment pensé à avoir un enfant ? ai-je demandé.

— Bien sûr que j'y pense. Je serais très triste de ne pas faire l'expérience de la maternité.

— Ça te plairait de faire un enfant avec moi ?

Sans soulever les paupières, elle a répondu :

— Je n'en sais rien. Je crois que oui.

Silence.

— Nous nous connaissons depuis si peu de temps…

— C'est vrai, a-t-elle concédé. Mais ce ne serait pas choquant.

— Je ne t'ai même pas dit « Je t'aime ».

Être dans cette baignoire, totalement relaxés, nous poussait à nous taire. Les réponses aux questions que nous posions se faisaient attendre, si bien que notre conversation ressemblait à une lente partie de ping-pong.

— Qu'est-ce que vient faire dans cette histoire le fait que tu ne m'aies jamais dit « Je t'aime » ?

— Comment ça : qu'est-ce que ça vient faire ? La moindre des choses, quand on fait un enfant avec quelqu'un, c'est qu'on en soit amoureux, non ?

— Pas en ce qui me concerne.

Pause.

— Pour moi, l'important n'est pas de faire un enfant avec toi parce tu es amoureux de moi. Ou plutôt : ce n'est pas suffisant. Ce qui compte à mes yeux, ce n'est pas ce que tu éprouves à mon égard ni la personne que tu es avec moi, mais ce que tu es dans la vie.

— C'est-à-dire ? Je ne te comprends pas. On ne dit pas que les enfants sont les fruits de l'amour ?

— C'est possible, mais ce n'est pas comme ça que je vois les choses. Si je faisais un enfant avec toi, ce ne serait pas parce que nous nous aimons.

— Pourquoi, alors ?

— Quand j'avais vingt ans, j'aurais pu faire un enfant avec mon fiancé de l'époque parce que je l'aimais. Parce que je croyais aux belles histoires. Mais les choses ont changé. Maintenant, je me sens prête à faire un enfant et je cherche un homme avec lequel je puisse vivre et partager cette expérience. Mais il n'est pas nécessaire que nous soyons amoureux pour cela. À mon sens, il vaut même parfois mieux ne pas l'être. Les amoureux ne sont pas fiables.

Son raisonnement me paraissait absurde. Je n'avais jamais entendu une femme parler ainsi.

— Je voudrais que le père de mon enfant ait des qualités humaines supérieures aux sentiments qu'il éprouve à mon égard. Donner à mon enfant un père dont la priorité serait de faire l'amour avec moi me semblerait très égoïste. Paolo m'aimait comme personne ne m'a jamais aimée, mais je n'ai jamais songé à faire un enfant avec lui. Pour rien au monde, je n'aurais voulu ça. Tu vois, une femme peut très bien tomber amoureuse d'un homme, vivre une histoire forte avec lui et savoir néanmoins que tout ira bien tant que leur relation restera centrée sur eux deux. Le couple est une chose. Faire des enfants en est une autre. Tu dois être un homme courageux avant d'être un homme amoureux. Si, en plus, tu es également amoureux, c'est tant mieux. Tu me plais tel que tu es. Par exemple, tu sais ce qui m'a donné envie de te connaître davantage ? Ton geste le jour où nous sommes allés au bar, quand nous nous sommes parlé pour la première fois.

— Et qu'est-ce que j'ai fait ?

Elle a rouvert les yeux et la conversation a repris à un rythme plus normal :

— Tu as tenu la porte du bar pour laisser sortir une dame et tu lui as conseillé de bien se couvrir parce qu'il faisait froid. Vu la façon dont tu l'as fait, c'est évident que tu ne te forçais pas. Tu étais d'ailleurs la seule personne du tramway à te lever pour céder ton siège à une personne âgée et tu ne regardais jamais autour de toi pour vérifier que les autres passagers t'avaient remarqué. Tu es plein de petites attentions à l'égard des autres. Tu aimes les gens. J'aime ton intelligence, ta loyauté et ton honnêteté. Et aussi ton côté féminin.

— Mon côté féminin ?

— Tu es un homme avec une grande part de féminité et ça me plaît. J'aime beaucoup ta fragilité et le fait que tu n'essaies pas de la dissimuler.

— Et tu voudrais un enfant d'un homme fragile avec une grande part de féminité ? Tu es folle !

— Beaucoup de gens pensent qu'être un homme interdit d'être fragile.

— J'aimerais bien comprendre ce qu'il y a de viril dans le fait d'être fragile et féminin.

— Parce que, quand tu emploies les adjectifs « féminin » et « fragile », tu penses à « efféminé » et « faible ». Fragile ne veut pas dire faible. Féminin ne veut pas dire efféminé. Ce sont des choses très différentes.

— Et en quoi suis-je féminin ?

— Tu l'es à cause de ta sensibilité, de l'attention que tu portes à certaines choses et du fait que tu n'as pas essayé de faire le macho avec moi. Tu as toujours été tel que tu es réellement au fond de toi. Tu te souviens la fois où nous avons pris notre première douche ensemble et où nous nous sommes vus nus pour la première fois ?

— Oui.

— Ne pense pas que ce soit facile pour une femme de se montrer nue. Du moins, ça ne l'est pas pour moi. Ce jour-là, je me suis aperçue que ça ne l'était pas davantage pour toi, mais tu t'es mis à me faire la liste de tous tes défauts en te moquant de toi-même. C'est un truc de fille. Grâce à ton ironie, tu m'as laissée entra-percevoir ta peur et tu l'as dépassée. Ce sont les choses dont tu ignores toi-même être capable qui m'ont fait comprendre à quel point tu me plais. Tout est là. Toi et moi, nous pourrions bien ne plus nous plaire comme amants dans quelques années, mais tu resterais néanmoins pour toujours le père de mes enfants. Donc l'amour ne compte pas. Ce qui compte, c'est ce que nous sommes en tant qu'individus. Pas en tant que couple. Ce qui compte, c'est la façon dont nous dialoguons, dont nous nous comprenons, dont nous nous percevons l'un l'autre. Tu ne dois pas penser à ce que tu éprouves pour moi. Tu dois essayer de découvrir si tu aimes ma manière de raisonner, de vivre ou de me comporter et, surtout, ce en quoi je crois. Le plus important pour toi est de comprendre ce que tu peux me dire et ce que tu ne peux pas me dire parce que tu penses que je ne le comprendrais pas ou bien parce que ça pourrait m'irriter ou me blesser. Ensuite, si tu es encore amoureux après tout cela, tant mieux. Mais, pour faire un enfant, il faut voir au-delà de notre relation.

Même si son propos était un peu étrange et si, probablement, je n'avais pas très bien compris ce qu'elle venait de me dire, j'avais plaisir à l'écouter, et notamment à l'entendre parler de ce qu'elle aimait chez moi.

Elle était un chaos fascinant. Je n'ai jamais rencontré de femme comme elle. Jamais nous ne nous sommes dit « Je t'aime » ou bien « Je suis amoureux de toi ». Nous n'étions ni l'un ni l'autre capables de nommer ce qu'il y avait entre nous.

Cette histoire était différente de toutes celles que j'avais vécues jusqu'alors : si Michela m'avait demandé de lui dire ce qui me plaisait chez elle, voilà ce que je lui aurais répondu. Mais elle ne m'a rien demandé. Elle a fermé les yeux et nous sommes restés encore un moment dans la baignoire, immergés dans nos pensées.

Plus tard, nous sommes allés dans un restaurant incroyable où Michela avait réservé une table trois jours plus tôt tant il était prisé.

Étrangement, Alfred se trouvait encore devant l'hôtel à cette heure de la soirée. D'ordinaire, je le voyais seulement durant la journée. Nous lui avons donné un dollar et il a dit :

— *No joke... tonight for you just the truth. You had made a supernova. Believe me*[1].

Nous nous sommes éloignés en souriant.

The Corner, sur Kenmare Street. Vu de l'extérieur, ça n'a rien de particulier. En fait, le restaurant se trouve en dessous. À l'entrée, le portier a la liste des réservations. Si votre nom y figure, il vous ouvre une porte minuscule et vous invite à descendre. En bas de l'escalier, une jeune femme pointe également votre nom sur sa propre liste. Vous pouvez alors entrer mais, pour rejoindre les tables, il faut passer entre les fourneaux, casseroles et cuistots. Vous pénétrez alors dans un endroit extraordinaire. C'est une vieille cantine aux murs de briques, remplie de bougies et d'étranges tableaux dont le nom est La Esquina, ce qui veut dire The Corner en espagnol.

La cuisine mexicaine y est vraiment fabuleuse, et les margaritas aussi.

J'avais une faim de loup. Je suis toujours affamé quand je prends un bain. Et si je fais l'amour en prenant un bain, alors ma faim est décuplée. Nous avons commandé, mais seul mon plat est arrivé. Je me suis senti obligé d'attendre patiemment que Michela soit servie à son tour. Au bout d'un certain temps, je lui ai demandé :

— Qu'est-ce que tu as pris, au juste ? Un puzzle de cent pièces ?

---

1. « Pas de blague... Pour vous ce soir, une simple vérité. Vous êtes une explosion d'étoiles, une supernova. Vous pouvez me croire. » (*N.d.T.*)

258

En repartant, nous avons dû repasser par la cuisine, où nous avons complimenté les cuistots. Puis nous sommes remontés vers la rue. Après plusieurs bières et margaritas, les marches étaient devenues très raides.

En haut, Michela m'a dit :

— Ils vont peut-être nous offrir une peluche pour nous récompenser de nos efforts…

Nous nous sommes assis sur un banc face au restaurant, de l'autre côté de la rue.

Ce soir-là, nous n'avons pas dormi ensemble. Nous étions tous les deux un peu perdus. Durant ces quelques jours, nous avions été submergés par tant de pensées et d'événements imprévus ! Nous avions besoin de solitude pour mettre un peu d'ordre dans nos vies.

Ce que nous étions en train de vivre ne ressemblait pas à ce qui se produit quand on est amoureux. C'était une tout autre chose. Peut-être pas meilleure, mais à coup sûr différente. Nous avions en quelque sorte découvert que, même sans que nous tombions amoureux l'un de l'autre, il existait un territoire fait d'attentions, d'émotions et de découvertes que nous pouvions partager. Nous n'étions pas en train de construire une relation sentimentale. Nous étions tout simplement en train de la vivre.

Cette histoire était pour moi totalement inédite. Jamais je n'avais « rencontré-aimé » une telle personne ni éprouvé de telles sensations, comme le besoin de donner, de recevoir, d'exprimer. Même en sachant qu'au fond il s'agissait d'une nécessité, jouer ainsi nous procurait du plaisir.

… ce que tu offres est à toi pour toujours.

Notre aventure était sur le point de s'achever. Michela était encore ma fiancée – pardon, ma femme – pour deux jours.

Je craignais désormais de perdre ce qui justement m'avait toujours effrayé jusqu'alors. Michela allait devenir mon ex. Je m'apprêtais à lui envoyer un message pour lui dire à quel point elle était belle mais, tandis que je le rédigeais, j'en ai reçu un d'elle :

« Merci pour le porte-savon… Tu es beau. »

Elle m'a ôté les mots du bout des doigts.

23

Game over (J-1)

Le lendemain matin, vers 8 heures, je dormais encore. Je faisais un rêve absurde : j'étais allé dîner chez la compagne de mon père et Elena était là, elle aussi. Personne ne parlait. Elles ont ouvert le freezer, en ont retiré un bol dans lequel se trouvait de la soupe congelée, qu'elles ont mise dans une casserole. Leurs mouvements étaient lents, comme si elles manipulaient du cristal précieux. Elles l'ont réchauffée et m'en ont donné un peu en me disant que cette soupe avait été préparée par Pier Paolo Pasolini juste avant sa mort.

— Quand on a appris qu'il avait été assassiné, nous l'avons congelée. C'est la dernière chose qu'il ait faite avant de mourir.

Quand j'ai porté la première cuillerée à ma bouche, je l'ai trouvée à ce point délicieuse que j'ai failli éclater en sanglots.

— C'est bon. J'ai envie de pleurer.

— C'est normal parce que c'est… drinnng !

La sonnerie du téléphone posé sur la table de nuit m'a réveillé brutalement.

— Allô ?

— C'est moi, Silvia.

— Quelle heure est-il ?

— Ici, 14 heures. Donc 8 heures du matin pour toi.

— 8 heures… Tu es folle ou quoi ?

— Écoute… Je dois te dire quelque chose.

— Quoi ?

Je prononçais des mots, mais je ne parvenais pas à m'arracher à ma somnolence.

— Ta grand-mère a été hospitalisée d'urgence aujourd'hui.

Cette nouvelle a fini de me réveiller.

— C'est grave ?

— Je n'en sais rien. C'est ta mère qui m'a appelée. Elle m'a demandé de te prévenir parce que ton portable était éteint et qu'elle n'arrivait pas à te joindre. Tu ne lui as pas donné ton nouveau numéro ?

— J'ai oublié.

— Appelle-la. On en discutera après.

Je me suis assis sur le lit. Je me suis frotté le visage et j'ai appelé ma mère.

— Que s'est-il passé ? ai-je demandé aussitôt qu'elle a décroché.

— Ta grand-mère a eu un malaise. Nous l'avons fait hospitaliser. Les médecins ne savent pas encore si elle s'en tirera ou non. À cet âge-là, on n'est sûr de rien.

Je ne savais pas quoi dire. Avoir ma mère au bout du fil rendait tout plus pénible encore.

— Ce n'est peut-être pas nécessaire que tu rentres. Fais comme tu veux. Je voulais seulement te prévenir.

Ma mère dans toute sa splendeur, résumée en une phrase : « Ce n'est peut-être pas nécessaire que tu rentres. Fais comme tu veux. »

— Je te rappelle.

J'ai raccroché.

Quel atroce réveil. Ma grand-mère à l'hôpital et ma mère qui me demandait de revenir sans pouvoir l'exprimer clairement.

Il était 8 heures. Mon vol pour l'Italie décollait le lendemain dans la soirée. Je ne savais pas du tout quoi faire. Rentrer plus tôt ou attendre jusqu'au lendemain ?

Un jour de plus ou de moins ne changerait pas grand-chose.

« À cet âge-là, on n'est sûr de rien. »

Quelle phrase stupide !

Je me suis levé, nerveux. J'ai allumé mon téléphone portable. La première chose à faire était de voir s'il restait des places sur les vols du jour. Il y en avait encore deux : la compagnie aérienne m'a proposé de changer mon billet avec un supplément de cinquante dollars seulement.

À 9 heures, j'ai appelé Michela et je lui ai fait part de la situation. Elle m'a conseillé de rentrer. J'hésitais. Notre jeu devait s'achever le lendemain…

J'ai de nouveau appelé la compagnie et j'ai échangé mon billet. Entre-temps, Michela m'avait rejoint.

En quelques instants, une vague d'émotions m'a submergé. Je ne savais pas si j'étais déboussolé à l'idée que ma grand-mère était peut-être sur le point de mourir ou bien par le fait que Michela et moi étions sans doute en train de nous séparer, un jour avant la date fatidique. Je n'étais pas prêt à ça. Je ne l'aurais probablement pas été davantage le lendemain, mais je n'avais pas eu le temps d'y réfléchir sérieusement.

Nous sommes descendus boire un café. Puis nous avons erré et avons fini par nous asseoir sur un banc public au bord de l'Hudson, face à la baie.

Nous avions beaucoup parlé les jours précédents. Là, assis sur ce banc, alors que nous avions peut-être le plus besoin de nous dire des choses, nous sommes restés silencieux. Nous étions arrivés à la fin de la fable.

En réalité, il n'y avait rien à dire. Nous savions tous les deux que rester fidèles au jeu était la meilleure chose à faire. Si nous étions restés liés l'un à l'autre, nous nous serions revus de temps en temps, quelques jours par mois, et notre histoire aurait sombré dans la banalité. Ni l'un ni l'autre nous ne l'ignorions. C'était du moins ce que nous pensions à cet instant.

À un moment, Michela m'a dit :

— C'est la première fois que je vis une telle expérience, Giacomo. Jamais je n'ai pu exprimer tout ce que j'ai désiré au plus profond de mon cœur sans avoir peur d'être mal comprise. Sans devoir justifier ou expliquer un sentiment, une action, un geste ou même un mot. Nous en sommes arrivés là ensemble. Je n'en aurais pas été capable toute seule, et je ne connais pas le chemin pour revenir en arrière. Quand je raisonne avec mon cœur, je prends conscience que je n'ai jamais été comme ça avec quelqu'un, surtout en si peu de temps. Quand je raisonne avec ma tête... Tu sais déjà ce que je pense.

Alors qu'elle parlait, son image dans le tramway, les premiers jours, m'est revenue. Pour moi, elle avait toujours été une fenêtre grande ouverte sur les belles choses de la vie.

De cet instant, ma mémoire n'a presque rien conservé. Mon esprit n'a retenu que quelques mots arrachés à ses propos, tels des éclairs, des balles, de lourds cailloux lancés dans la mer. Des mots prononcés. Des mots entendus.

— Quittons-nous maintenant... Ça a été merveilleux... Ça ne marcherait pas, de toute façon... Tu vis de l'autre côté de l'Océan… C'est mieux ainsi… Tu seras toujours présent en moi… Même si ça me fait mal, c'est la bonne décision… Nous devons être heureux… Nous ne devons pas nous appeler… Nous ne devons pas nous parler…

Nous nous sommes étreints. Très fort.

Nous avons pleuré. Beaucoup.

Je me sentais mal. Je ne parvenais pas à me détacher d'elle. Je me sentais mal, mal, mal.

Souvent, la meilleure chose à faire est la plus désagréable.

— Tu me raccompagnes à l'hôtel ?

— Allons-y.

Nous avons déambulé en silence, main dans la main. Pour la première fois de ma vie, je ressentais la douleur de quelqu'un d'autre. Je souffrais pour moi, mais aussi pour elle. J'aurais voulu lui ôter toute cette souffrance et la libérer. J'aurais volontiers explosé en mille morceaux pour elle, comme je le faisais, enfant, pour ma mère.

J'ai compris alors que j'étais vraiment amoureux, mais dans le sens de l'expression anglaise *in love*. Peut-être en fait n'étions-nous pas amoureux l'un de l'autre, mais de ce qui nous unissait, exactement comme deux musiciens de jazz peuvent être unis par leur amour de la musique. Par ce qu'ils créent.

Tandis que nous poursuivions notre chemin, j'ai pensé à la citation célèbre : « Aimer, ce n'est pas se regarder l'un l'autre, c'est regarder ensemble dans la même direction. »

Alors que nous arrivions à l'hôtel, Michela m'a dit brusquement :

— Je n'y arrive pas. Excuse-moi. Je n'y arrive pas. Je dois m'en aller.

Elle a arrêté un taxi en levant la main.

— Attends, Michela… Ne t'en va pas comme ça. Attends un peu, s'il te plaît.

— C'est trop dur. Excuse-moi… Laisse-moi partir. Je ne me sens pas bien.

Le taxi s'est garé devant nous. J'ai essayé de la retenir. Nos lèvres se sont passionnément unies. Quand nous nous sommes détachés, elle m'a regardé droit dans les yeux et m'a caressé le visage avant de monter dans la voiture.

J'ai regardé s'éloigner la tache jaune qui emportait Michela loin de moi à tout jamais. Je voyais sa tête dépasser du siège, puis elle s'est penchée en avant et je n'ai plus rien distingué. J'ai continué à pleurer. Je suis entré dans l'hôtel les yeux rouges et gonflés. Que m'était-il arrivé durant cette semaine ? Cet homme qui pleurait comme un gosse dans les rues de Manhattan, était-ce vraiment moi ?

J'ai fait ma valise, réglé la note et j'ai demandé qu'on m'appelle un taxi. Alors que je l'attendais, j'ai entendu Alfred dire à un couple :

— *No joke… for you just the truth. You had made a supernova. Believe me.*

Et moi qui avais cru qu'il s'agissait d'une phrase magique, prononcée par un homme sage, tellement sage qu'il était sans domicile fixe ! C'était en réalité sa phrase standard destinée aux couples. Quel crétin !

Quand je suis parti, il pleuvait, alors que le soleil brillait à l'extérieur. En réalité, cette pluie était juste en moi.

Mon voisin de cabine a avalé une pilule en me disant que, grâce à elle, il dormirait durant tout le vol. Je lui en ai demandé une pour moi aussi.

Avant que je m'endorme, toutes les émotions qui m'agitaient à cet instant ont fait resurgir dans mon esprit les souvenirs de toutes les aventures qu'on a, adolescent, au bord de la mer. Avec Michela, à trente-cinq ans, j'avais vécu une histoire d'amour semblable. Je pensais que ça ne pourrait plus m'arriver.

À nos âges, tout devient plus compliqué. Parfois, on va dîner avec une fille et on a l'impression qu'elle va nous obliger à remplir un questionnaire pour vérifier qu'on correspond à ses besoins.

Avec Michela, au contraire, j'ai redécouvert la légèreté et la fraîcheur de ces liaisons estivales. Nous nous étions comportés comme deux adolescents. Immatures, peut-être, mais nous nous étions sentis bien et, au final, c'était la seule chose importante.

Ce jeu m'avait rendu meilleur. J'avais progressé énormément dans l'expression de mes émotions. Mon malaise indiquait que j'avais fait des pas de géant.

Michela avait été une belle rencontre.

Tandis que je m'endormais, j'ai repensé à Laura. La première fois que j'ai fait l'amour, j'avais quatorze ans et c'était avec elle, à l'occasion de vacances au bord de la mer. Je la connaissais depuis trois ans. Je la voyais seulement l'été parce que nous habitions deux villes différentes. Pour moi, elle possédait le charme exotique et érotique d'une étrangère. À cet âge, une autre ville, c'est déjà un autre monde. L'année d'avant, déjà, nous étions sortis ensemble, mais nous n'avions pas été jusqu'au bout.

— Je ne me sens pas prête, s'était-elle justifiée.

Nous nous étions contentés de nous embrasser pendant des heures et aussi de nous peloter. Surtout moi, en fait. Quand c'était impossible chez elle ou chez moi, nous allions dans une petite pinède qui se trouvait juste derrière les maisons. Le sexe avait alors le parfum des pins. Aujourd'hui encore, quand je respire ce parfum-là je pense à Laura.

Je n'avais pas cessé de songer à elle pendant toute l'année scolaire. Je disais à mes camarades de classe que j'avais une copine, même si ensuite, durant l'hiver, nous n'avions plus de contact. Je ne lui ai jamais parlé, pas même au téléphone, de toute l'année. Il nous paraissait naturel de nous retrouver l'été suivant et de reprendre là où nous nous étions arrêtés. C'est tout juste si nous éprouvions un peu de gêne les premiers jours.

L'année suivante, nous avons fait l'amour. C'était l'après-midi. J'avais laissé mes amis à la plage pour aller chez elle. J'étais très agité, parce qu'on avait compris tous les deux qu'à un moment ou à un autre, nous allions nous offrir l'un à l'autre durant ces vacances. Quand elle m'avait dit : « Viens chez moi cet après-midi, mes parents ne seront pas là », il n'y a pas vraiment eu de doutes quant à la manière dont nous occuperions ces heures. Je me rappelle que, de la plage jusqu'à sa maison, il fallait emprunter un petit chemin de sable entouré de buissons, dont certains étaient piquants. Il faisait chaud, le soleil tapait fort. Tout était silencieux. Je me suis retourné pour contempler la mer. Elle était calme, elle aussi. Quelques parasols étaient ouverts sur la plage, mais la plupart des gens déjeunaient ou faisaient la sieste.

Laura m'attendait, allongée sur la balancelle. Je me suis assis à côté d'elle et j'ai posé sa tête sur mes jambes, en silence, incapable de dire quoi que ce soit et même, comme nous étions encore adolescents, d'apprécier ce calme. Il n'était d'ailleurs qu'apparent, car je ne pensais plus, désormais, qu'à faire l'amour avec elle. Nous nous sommes caressés et chatouillés un peu avant de gagner sa chambre, sous le prétexte qu'il faisait trop chaud dehors.

Les persiennes étaient à demi fermées. Je me souviens du silence qui régnait dans la pièce, seulement troublé par le chant des cigales. Je me souviens du parfum de la mer, de la pénombre traversée par quelques rais de lumière, de nos corps chauds couverts de sueur, des draps humides qui collaient à nos peaux, de son regard un peu effrayé quand j'ai commencé à la pénétrer. Je me souviens de ses baisers, de nos promesses d'amour éternel. J'ai vraiment pensé que jamais je ne quitterais Laura, qu'elle serait la femme de ma vie, pour toujours. Il me paraissait impossible d'avoir envie d'une autre femme. À l'époque, j'étais absolument et totalement monogame. Ce n'est qu'après que je suis effectivement devenu monogame sur le plan émotionnel, et moins sur le plan physique. Si j'arrive très bien à faire l'amour avec des femmes différentes, je ne peux en aimer plus d'une à la fois.

Avec Laura, l'idée même d'être avec une autre fille m'était inconcevable. Je ne sais pas ce qui m'est arrivé pour que je change à ce point.

Cet après-midi-là, au bord de la mer, j'étais bouleversé par la beauté et la puissance de la vie. Une goutte supplémentaire de bonheur m'aurait fait exploser.

Quand l'été s'est achevé, j'ai cru que je mourrais sans Laura. Le dernier jour, nous avons pleuré en nous promettant de nous écrire tous les jours : les téléphones portables n'existaient évidemment pas ni les e-mails.

Bien sûr, nous ne l'avons pas fait. Après les vacances d'été, la vie reprenait son cours. Notre amour s'est désagrégé. Je craignais juste qu'elle ne rencontre quelqu'un durant l'année.

C'est exactement ce qui s'est produit : elle est sortie avec un type qui passait ses vacances au même endroit que nous et qui, pour mon malheur, vivait dans la même ville qu'elle. Lui aussi l'avait draguée, mais elle m'avait alors préféré. Tout s'est inversé pendant l'année.

Je ne me rappelle pas avoir jamais autant souffert pour une femme. Quand ils sont arrivés sur notre lieu de villégiature, elle s'est bien gardée de me l'annoncer. Elle m'a fait seulement savoir qu'elle ne voulait plus être avec moi, que tout était fini entre nous et qu'elle ne m'aimait plus. Comme je la soupçonnais de sortir avec ce type, je lui ai lancé l'un de mes premiers : « Je suis au courant ».

Au fil des ans, je suis devenu le grand spécialiste des « Je suis au courant ». C'est une technique pour faire avouer à l'autre ce qu'on soupçonne en prétendant qu'on le sait déjà. Je l'ai affinée au fil des ans, allant jusqu'à citer le prénom de mon informateur. Bien que je sois un expert dans l'utilisation du « Je suis au courant », je n'en mesure pas toujours les conséquences. Lancer un « Je suis au courant » demande de garder un visage parfaitement impassible, comme lorsqu'on bluffe aux cartes.

C'est comme ça que j'ai découvert la trahison de Laura. Résigné quant au fait que je ne ferais plus jamais l'amour avec elle et désireux de me venger d'elle, je suis sorti avec une de ses amies, dont je savais qu'elle était amoureuse de moi depuis des années.

Quand Laura nous a vus ensemble, elle s'est fâchée et nous nous sommes ignorés pendant quelque temps. Et puis, un jour, nous avons décidé de nous parler à nouveau. Nous avons pris rendez-vous, suscitant l'inquiétude de nos fiancés respectifs. Elle m'a avoué que, si je quittais ma copine, elle ferait de même avec son copain et que nous pourrions nous remettre ensemble. J'ai refusé.

Combien d'histoires merveilleuses j'ai vécues à cet âge-là ! Celle avec Eva, par exemple : j'avais dix-sept ans. Comme elle avait déjà un petit ami, elle ne voulait pas faire l'amour avec moi parce qu'elle refusait de le tromper, mais elle m'offrait de remarquables gâteries orales. Elle disait que ce n'était pas vraiment une trahison et que, donc, elle ne se sentait pas coupable. Nous passions des après-midi entiers, moi assis sur son canapé et elle agenouillée devant moi.

J'étais en train de revenir à ma vie d'avant, même si, avec Michela, tout avait été différent. Je portais désormais en moi une expérience que je n'avais jamais vécue.

La pilule m'avait plongé dans un profond sommeil, comme un enfant épuisé par de longs pleurs.

Je me suis réveillé juste avant l'atterrissage. J'ai récupéré ma valise, incapable de parler. La faute à cette conjonction d'éléments. La faute à la pilule aussi, je crois.

À la sortie de l'aéroport, un sourire m'attendait.

Silvia.

24

Grand-mère

De l'aéroport, je suis allé directement à l'hôpital. J'ai trouvé ma grand-mère dans son lit. Ma mère était assise près d'elle sur une chaise.

— Salut.

— Salut.

— Comment va-t-elle ?

— Elle s'est endormie il y a une heure. Elle est restée éveillée toute la nuit. Parfois, elle semble aller bien, mais à d'autres moments, elle débloque complètement ou bien elle commence à geindre. Cela dit, on n'a plus besoin de rester là maintenant qu'elle dort. Je vais aller me reposer un peu et je reviendrai ce soir.

J'ai regardé ma grand-mère dormir. Puis je l'ai embrassée sur le front et je suis sorti moi aussi. J'ai raccompagné ma mère jusqu'à sa voiture.

— Comment ça s'est passé à New York ?

— Bien.

— Comment vas-tu ?

— Bien, vraiment. Écoute, maman, cette nuit c'est moi qui vais m'occuper de grand-mère. De toute manière, avec le décalage horaire, je n'arriverai pas à dormir. Tu me relayeras demain matin.

— Ce n'est pas la peine. Je vais le faire.

— On n'a pas besoin de passer tous les deux une nuit blanche.

— Ça marche, alors.

— Génial. Salut.

Je suis arrivé à 20 heures tapantes à l'hôpital. Ma grand-mère m'a accueilli en m'appelant par mon prénom, sans se tromper. Je lui ai offert le cadeau que je lui avais rapporté, le bracelet.

— Comme tu es gentil… m'a-t-elle dit.

Nous sommes restés éveillés toute la nuit. En fait, elle somnolait, puis se réveillait par intermittence.

Où était passée la femme de mon enfance, cette énorme bonne femme ? La personne qui se tenait face à moi à cet instant était différente. Elle lui ressemblait, certes, mais ma grand-mère avait toujours été forte, dans tous les sens du terme. Prématurément veuve, elle avait élevé seule ses deux filles, travaillant et faisant tout par elle-même.

— Comment ça va, grand-mère ?

Elle m'a regardée, mais elle ne paraissait même pas avoir entendu ma question.

— Tu te souviens quand tu me disais que tu écrasais un roupillon ?

— Quand ?

— Quand j'étais petit, tu poussais un cri et tu me disais que tu venais d'écraser un roupillon.

Elle ne m'a pas répondu. Puis, après un moment de silence, elle m'a dit :

— Demain, quand tu viendras me voir, apporte-moi mes boucles d'oreilles, celles avec les perles. Elles sont dans une boîte, tout au fond de la commode, sous mes culottes.

— Que vas-tu faire de tes boucles d'oreilles, grand-mère ?

— Ton grand-père Alberto m'a dit qu'il rentrerait bientôt.

Quand elle me parlait de mon grand-père, je me sentais toujours un peu ému.

— Quand t'a-t-il dit ça ?

— Hier, quand il m'a rendu visite.

Autrefois, face à ses délires, j'essayais de lui expliquer que ce n'était pas possible. Je tentais de la raisonner, convaincu que, si je lui parlais, elle se réveillerait de cette espèce de sortilège. J'ai fini par comprendre qu'il valait mieux la laisser parler librement.

— Tu as été heureuse de le voir ?

— Bien sûr. Il m'a dit que j'étais belle et je l'ai cru. Ton grand-père n'est pas un homme facile, tu sais. C'est lui qui m'a demandé de porter mes boucles d'oreilles. Il dit que, quand il les voit sur moi, il se souvient du jour où il me les a offertes.

— Et ensuite, que t'a-t-il dit ?

— Rien. Il est resté un petit moment. Il se tenait debout près de la chaise sur laquelle était assise ta mère. Ils me regardaient tous les deux. Ton grand-père lui caressait la tête. Puis ta mère a commencé à pleurer et il est parti. Mais il m'a juré qu'il reviendrait et qu'il m'apporterait une glace.

Elle m'a fixé comme si elle s'apprêtait à me confier la chose la plus importante du monde.

— Qu'y a-t-il, grand-mère ?

— Je mangerais bien une glace, mais je n'ai pas le courage d'attendre le retour de ton grand-père. Tu as une glace ?

— Où veux-tu que j'en trouve une à cette heure-ci ? Je t'en achèterai une demain, avant grand-père.

Puis j'ai pensé qu'il y avait peut-être, dans un coin de l'hôpital, un de ces distributeurs qui vendent des glaces industrielles. J'ai interrogé une infirmière. Elle m'en a indiqué un au rez-de-chaussée, près de l'entrée.

— Attends, je vais aller te chercher une glace.

Je suis descendu et, tandis que je marchais, je me suis dit que ma grand-mère ne devait pas être dans un état si désespéré que ça pour réclamer une glace. Elle me paraissait même mieux que bien souvent.

J'ai acheté une glace et je suis remonté. Quand je suis entré dans sa chambre, ma grand-mère dormait.

Je me suis demandé : *Qu'est-ce que je dois faire ? La réveiller ou la laisser dormir ?*

Je l'ai réveillée.

— Grand-mère, ta glace.

— Merci, Alberto. Je suis désolée. Je n'ai pas encore mes boucles d'oreilles.

J'étais à nouveau devenu mon grand-père.

— Grand-mère, je suis Giacomo, ton petit-fils.

— Je sais bien. Je ne suis pas folle !

Elle a mangé la glace. C'était un bâtonnet glacé. Comme d'habitude, elle ne l'a pas complètement ôté de son emballage, mais elle a abaissé celui-ci de chaque côté comme la peau d'une banane. Elle tenait toujours le bâtonnet par l'emballage pour ne pas se salir les mains. Ce soir-là elle n'a pas fait exception à la règle.

Tandis qu'elle dégustait sa glace, je lui ai parlé de Michela :

— Tu sais, grand-mère, que j'ai beaucoup joué ces derniers jours, comme tu me l'as toujours recommandé.

— Tu as bien fait. C'est important de jouer. Promets-moi de recommencer. Mais ne joue jamais avec les Chinois, hein… C'est bien compris ?

— Je te le promets. Mais qu'est-ce qu'ils t'ont fait, les Chinois ?

— Ils sont méchants. Je le vois bien. Et toi, tu es heureux ?

— Pour le moment, je me sens un peu triste, parce que l'amie avec laquelle je jouais me manque. Mais je suis content d'avoir joué avec elle.

Je lui parlais, mais elle ne quittait pas sa glace des yeux, cherchant le meilleur endroit où la mordre. Elle la savourait comme une petite fille.

Puis elle a dit :

— Tu te souviens, Alberto, quand je portais tes lainages ?

Soit elle parlait toute seule, soit mon grand-père se trouvait vraiment là. En ce qui me concerne, je crois un peu à ces choses-là et j'ai eu la chair de poule. Elle m'avait raconté dix mille fois l'histoire des vêtements en laine. Chaque samedi, ma grand-mère enfilait le gilet de peau et le caleçon en laine de mon grand-père pour les lui élargir un peu, les rendre plus doux et, surtout, faire en sorte qu'ils cessent de le gratter. Car ma grand-mère était plus imposante que mon grand-père. C'était en quelque sorte l'ancêtre de l'adoucisseur.

Pour rompre le silence, j'ai prononcé une phrase de circonstance :

— Si tu continues à te rétablir à cette vitesse, ils vont bientôt te laisser sortir.

Elle a regardé sa glace comme si c'était la première fois qu'elle en voyait une et elle a dit :

— Mais je dois mourir ! Tu le sais bien !

Ces mots m'ont glacé d'effroi.

— Qu'est-ce que tu racontes ?

— Je vais manger ma glace et ensuite je vais mourir. Je le sais.

— Arrête tes âneries, s'il te plaît.

Sans lâcher sa glace des yeux, elle a haussé les épaules, ce qui devait signifier : « Quelle importance ? »

J'étais habitué à ses délires mais, là, elle m'a vraiment effrayé.

Ensuite, toujours avec une expression enfantine, elle a déclaré :

— Tu te sens mal et tu es heureux. Moi, je ne ressens plus rien. Dans la vie, quand on a perdu toute sensation, même la douleur, on n'a plus qu'à attendre la mort. Je vais manger ma glace et je vais mourir.

— Grand-mère, arrête.

— Allez, Giacomo, sois gentil. Aide-moi à mourir paisiblement. Ne fais pas ça.

— Si tu continues, je m'en vais.

Elle a de nouveau haussé les épaules. J'avais les yeux humides.

En réalité, elle ne ressemblait pas à une petite fille. Elle en était vraiment une, dans cette chemise de nuit blanche, ornée de broderies et d'un petit nœud rose au milieu. Elle était devenue si menue et fragile que, lorsque je l'aidais à se redresser un peu dans le lit, je craignais qu'elle ne se brise entre mes mains.

Elle a fini sa glace et a reposé le bâtonnet sur la tablette, à côté d'elle.

J'avais peur. Je scrutais ses mouvements, prêt à la retenir si elle tombait.

Elle a fini sa glace, sans mourir pour autant.

Elle n'était pas morte. *Bordel, grand-mère, quelle trouille !*

Je suis resté éveillé toute la nuit. Ma grand-mère articulait quelques mots de temps à autre, puis elle regardait en direction de la fenêtre sans rien dire ou bien somnolait.

Aux premières lueurs de l'aube, l'hôpital est sorti de sa torpeur. Les lumières se sont rallumées et des infirmières sont venues refaire le lit. Le train-train préalable à la visite des médecins, en somme. À 7 heures, ma grand-mère s'est réveillée.

Quand le petit déjeuner est arrivé, je l'ai embrassée.

— On se voit ce soir. Je t'apporterai tes boucles d'oreilles.

— Au revoir, Giacomo.

À 8 heures, je suis tombé comme une masse sur mon lit.

Je me suis réveillé au milieu de l'après-midi. J'ai mis quelques secondes à comprendre où je me trouvais.

Un peu plus tard, ma mère m'a appris que ma grand-mère était morte le matin à 10 heures.

25

Maman

Ma grand-mère a été l'une des personnes les plus importantes de ma vie, mais ce qui m'a surpris, durant les jours qui ont suivi sa mort, a été de découvrir que j'étais prêt à l'accepter. Ma tristesse était profondément mélancolique, mais sereine. Je ressentais en moi son amour. Un amour éternel, fait de beaucoup de petits gestes qui avaient toujours rendu notre relation spéciale. Ma grand-mère a eu l'effet d'un baume sur mon existence.

Environ deux semaines après l'enterrement, ma mère et moi avons dû vider sa maison. Par chance, ma mère et ma tante s'entendent bien et elles n'ont pas bataillé comme cela se produit souvent dans ce genre de circonstances. Par exemple, la vieille dame qui habitait près de chez ma mère a fini à l'hôpital dans un état grave. Vu son âge – quatre-vingt-neuf ans –, les médecins ont prévenu sa famille qu'il y avait de fortes chances pour qu'elle ne survive pas. Curieusement, deux jours plus tard, la dame s'est remise et, quand elle est revenue chez elle, ses filles avaient déjà fait le vide. Cette histoire est incroyable, mais elle est malheureusement vraie.

Rester pendant des heures en contact étroit avec ma mère et farfouiller parmi les affaires de ma grand-mère me mettaient mal à l'aise. Et puis je vivais comme une intrusion le fait d'ouvrir ses tiroirs. J'avais l'impression de violer son intimité. Cela ne me paraissait pas juste. Pas que ma grand-mère ait eu des secrets, non. Si je devais mourir à l'improviste, qui sait ce que penserait ma mère en découvrant parmi mes effets personnels des films pornos, des vibromasseurs, des boules de geishas, des rubans et un préservatif rempli de glace dans le congélateur. J'ai également une vidéo sur laquelle Monica et moi faisons l'amour. J'ai toujours espéré ne jamais mourir trop soudainement. Pas pour cette unique raison, bien sûr.

Dans le même ordre d'idées, par le passé, quand je me masturbais au lit avant de m'endormir, j'allais aussitôt jeter le papier-toilette dans la cuvette des W-C. Je ne le laissais pas sur la table de nuit, au cas où je mourrais dans mon sommeil et où on découvrirait les vestiges de ma petite branlette. Les soirs où j'étais particulièrement fatigué, avant de me lever pour me débarrasser du papier-toilette, je regardais la boulette posée à côté de moi et je me demandais s'il serait possible de croire que je n'avais fait que me moucher dedans. La faute en incombait peut-être aussi à ce traumatisme que j'avais vécu adolescent quand, un soir, après m'être masturbé, j'ai caché le papier-toilette entre mon matelas et le sommier. En allant à l'école le lendemain, je me suis soudain souvenu que j'avais oublié de le jeter. Quand je suis rentré à la maison, mon lit avait été fait et le papier-toilette avait disparu. Personne ne m'a rien dit, mais le simple fait d'imaginer ma mère tombant dessus m'a ôté toute envie de me masturber pendant plusieurs jours.

Fouiller les meubles après la mort de ma grand-mère était pour moi une expérience inédite. Tous les objets que j'avais vus dans cette maison pendant des années se trouvaient toujours à la même place, mais ils me paraissaient désormais différents.

J'ai ouvert un tiroir rempli de culottes et de soutiens-gorge. Immenses. Les soutiens-gorge de ma grand-mère avaient tous une petite rose brodée au croisement des armatures. J'ai tout jeté dans le sac destiné aux bonnes œuvres. Dans le tiroir du dessous, j'ai trouvé la boîte avec les boucles d'oreilles. J'ai demandé à ma mère si je pouvais les garder.

— Si ça te fait plaisir… m'a-t-elle répondu.

Dans cette boîte, il y avait aussi l'alliance de mon grand-père, sa montre et le blaireau dont il se servait pour se raser.

À aucun moment, pas même pendant les funérailles, ma mère n'a laissé couler la moindre larme. Elle les avait sans doute toutes versées quand j'étais petit.

Elle ne voulait pas que je l'aide. J'ai dû insister et lui soutenir que je ne le faisais pas pour elle, mais pour ma grand-mère.

Nous avons détaché les tableaux et nous avons mis dans des cartons les assiettes, les verres, les couverts et tout le reste. J'ai vidé la petite vitrine où se trouvaient des tasses à café pratiquement neuves, quelques photographies de mon grand-père et les bonbonnières de divers mariages et autres communions. Parmi elles se trouvait celle de ma première communion.

— Je vais me faire un café, maman. Tu en veux un ?

Elle a acquiescé, ajoutant toutefois :

— Je m'en occupe. Continue.

Ma mère.

Peu après, je me suis retrouvé avec elle en train de boire un café dans la cuisine. J'étais assis, elle debout.

Je lui ai dit :

— Tu pourrais garder les tasses. Elles sont presque neuves.

— Je crois que je ne garderai rien. J'ai déjà trop de choses à la maison. Et puis je suis en train de refaire la cuisine et j'ai déjà acheté tout ce dont j'ai besoin. Et toi, tu ne veux rien garder, à part les boucles d'oreilles ? J'ai parlé avec ta tante, l'autre jour, et elle m'a dit qu'elle souhaitait seulement récupérer le tableau qui se trouve dans l'entrée. On peut conserver tout le reste ou bien le jeter, comme on veut.

— Non, à part les boucles d'oreilles, je ne veux rien. Comment ça se fait que tu refais la cuisine ?

— Il était temps de la rénover.

Silence. Un silence assourdissant.

Comprendre la solitude d'autrui est difficile, mais je crois pouvoir affirmer que, si la vie m'avait rendu plus fort, la solitude ressentie par ma mère avait eu sur elle un effet destructeur. Même s'il ne doit pas être facile de dépasser le traumatisme d'un tel abandon, je suis certain que beaucoup de nos problèmes ont découlé du caractère de ma mère, de la manière dont elle a réagi face à cette situation.

— Maman... Tu peux t'asseoir une seconde, s'il te plaît ?

— Laisse-moi ranger d'abord ces assiettes.

— Tu le feras plus tard. S'il te plaît, maman...

Elle s'est arrêtée, m'a regardé un instant, puis a abandonné ses assiettes de mauvaise grâce et s'est assise. J'ai compris qu'il était temps de déposer les armes avec elle aussi. Ces pensées ne me sont pas venues d'un seul coup. J'y pensais en fait depuis la discussion que j'avais eue avec Silvia, le soir où elle m'avait amené aux urgences. Il me fallait juste une bonne occasion de les exprimer et celle-ci me semblait parfaite.

— Qu'y a-t-il ? m'a-t-elle demandé.

— Je suis désolé, maman… Je suis vraiment désolé.

— Je le sais. Moi aussi, je le suis, mais il fallait bien que cela arrive un jour.

— Je ne parle pas de grand-mère. Je parle de nous. De toi et moi.

Elle est restée silencieuse. Nous nous sommes fixés durant quelques secondes, sans ciller. Cela faisait des années que je n'avais pas regardé ma mère de la sorte. En fait, cela ne s'était même jamais produit. Elle avait tant changé !

— Je regrette la manière dont les choses se sont passées. Le tour qu'a pris ta vie. Et la mienne, aussi. Nous méritions bien mieux.

— Pourquoi me dis-tu ça maintenant ? À moi non plus, tout ça ne me plaît pas. Je sais bien que j'ai été une mère désastreuse, Giacomo.

— Ne dis pas ça, maman… Cesse de te cacher derrière ces mots.

— De me cacher ?

— Parfaitement. Quand tu parles comme ça, tu te caches et tu fuis. Tu n'as pas été une mère désastreuse. Je ne te demande pas de t'excuser. Ça s'est passé comme ça s'est passé, mais maintenant, peu à peu…

J'aurais voulu finir ma phrase en lui disant : « Peu à peu, je veux faire demi-tour et revenir vers toi », mais je n'y suis pas parvenu. Quoi qu'il en soit, nous nous étions compris.

Un nouvel instant de silence. Nous avons porté nos tasses à nos lèvres. Puis, après avoir reposé la sienne sur la soucoupe, elle a ajouté :

— Tu sais ce que m'a dit ta grand-mère, l'autre jour ? « Tu as toujours été incapable de rester en place. »

Nous avons souri tous les deux.

— Je regrette que, pour survivre, il m'ait fallu m'éloigner de la personne que j'aimais le plus au monde. Je serais mort sans toi, maman, mais avec toi aussi.

— Tu as bien fait de partir. J'ai fini par le comprendre. Même moi je l'ai compris. C'est dire…

— Je devais te survivre. Ce que vous m'avez enseigné, papa et toi, d'abord lui et toi ensuite, c'est que se lier à quelqu'un engendrait de la souffrance. C'est pour ça que, pendant des années, je n'ai pas réussi à vivre quoi que ce soit d'intime avec une femme.

— Tu crois que tout a été facile pour moi ? Je me suis retrouvée seule. J'ai fait ce que je pouvais.

— Je ne te reproche rien, maman. Je veux simplement te dire que je regrette d'être parti et de ne pas avoir réussi à te faire comprendre pourquoi je l'ai fait. Je regrette de t'avoir déçue et blessée, de ne pas avoir été capable de t'aider vraiment. Récemment, j'ai compris beaucoup de choses. Même ces années-là sont devenues plus claires pour moi, maintenant que de l'eau a coulé sous les ponts. J'ai souvent pensé à tout ce que je n'ai pas eu. Tu avais si peur que je manque de quoi que ce soit qu'au final c'est l'air, et surtout la possibilité de me tromper, qui m'ont manqué. Et, même si nous avons dû nous éloigner, je voulais que tu saches que, ces derniers temps, j'ai appris à aimer, et je souhaite que tu découvres cet amour que je porte en moi.

Pendant que je parlais, ma mère s'est mise à pleurer. Elle a essayé de me dire quelque chose, mais elle n'y est pas parvenue. Toute sa vie, elle avait refusé de regarder en elle. Je savais déjà ce qu'elle souhaitait me confier. Elle sanglotait, pleurait, puis se taisait. Je lui ai demandé de remettre à plus tard sa confidence, et c'est ce qu'elle a fait. Par la suite, au cours des mois qui ont suivi, nous nous sommes rapprochés. Il y avait eu assez de larmes.

Alors que je me préparais à partir, elle m'a dit que, derrière toute cette discussion, il devait y avoir ma grand-mère. Je lui ai répondu que je le pensais aussi.

— Je m'en vais, maman.

— À bientôt.

Faire vraiment la paix avec quelqu'un avec qui on vient de se disputer est une chose extraordinaire. Après, on éprouve la sensation d'être une personne meilleure.

Avant de sortir, j'ai lancé :

— Passe le bonjour à Fausto de ma part.

Fausto est son compagnon. C'était la première fois que je l'appelais par son prénom.

Tout à l'enthousiasme d'avoir fait la paix avec ma mère, je suis allé me promener et je suis entré dans un magasin de jouets. J'ai acheté un cadeau que j'ai fait emballer, puis j'ai pris la même chose pour moi.

Je suis allé sur le lieu de travail d'Andrea. Il n'était pas dans son bureau. Je lui ai laissé le paquet sur la table avec un petit mot. J'avais écrit : « Excuse-moi. À bientôt, j'espère. »

J'ai regagné mon appartement et, avant de monter, j'ai joué un peu dans la cour avec ma propre voiture radiocommandée. Je me sentais heureux d'avoir enfin rendu la voiture à l'enfant que j'avais été ainsi qu'à celui à qui j'avais fait tant de peine des années auparavant. Mon geste ne m'a pas donné l'impression d'être meilleur.

Mais plus léger, oui.

26

Conversation avec Silvia

Durant cette période, Silvia s'est encore rapprochée de moi. Nous avions beaucoup de choses à nous raconter. Elle me paraissait amaigrie. Moi, en revanche, j'étais revenu de New York avec quelques kilos supplémentaires. Pendant les quelques jours passés en compagnie de Michela, je crois avoir goûté à toutes les cuisines du monde : indienne, japonaise, thaïlandaise, vénézuélienne, mexicaine, russe…

Un jour, tandis que Silvia et moi buvions un café dans un bar, elle m'a dit :

— Mon père a eu un accident de voiture.

— Quand ?

— Hier.

— Il va bien, j'espère ?

— Il s'est fracturé la clavicule et a une blessure au crâne. Il n'avait pas sa ceinture. On l'a amené aux urgences et il a été placé en observation. Il devrait sortir de l'hôpital aujourd'hui ou demain.

— Il a eu peur ?

— Je pense que oui. En ce qui me concerne, je suis bouleversée.

— Tout va bien se passer, tu verras. Il sera vite sur pied. Si le coup à la tête avait été grave, les médecins t'auraient avertie.

— C'est à cause de l'accident que je suis ébranlée.

— Pourquoi ça ? À cause de la voiture ?

— En fait, mon père n'était pas seul quand c'est arrivé. Il se trouvait en compagnie d'une femme, qui s'en est sortie indemne. C'est sa maîtresse.

— Le fait qu'il était en voiture avec une femme ne signifie pas nécessairement qu'il s'agissait de sa maîtresse.

— Ça fait trois ans qu'ils sont ensemble.

— D'où tu tiens ça ?

— De ma mère.

— Comment ça, de ta mère ?

— Tu te rends compte ? Mon père, à soixante-cinq ans, a une maîtresse depuis plus de deux ans et ma mère est au courant ! Et elle ne m'avait rien dit !

Je ne savais pas quoi répondre.

Silvia a repris :

— Tu sais, toi, ce que me répète ma mère depuis que je lui ai annoncé que je n'étais plus amoureuse de Carlo et que je voulais le quitter. Et tu sais quelle a été la réaction de mon père quand je lui ai appris que Giulia se séparait de son mari. Tu t'en souviens ?

— Bien sûr. Ta mère t'a dit de prendre sur toi, que dans la vie il fallait faire des sacrifices. Quant à ton père, il a traité Giulia de putain. C'est pour ça que tu es en colère ?

— Je ne suis pas en colère. Je leur en veux à tous les deux. Ma mère a soixante ans et elle se retrouve sans rien. Elle n'ouvre pas la bouche parce qu'elle est résignée. Mais ce qui m'énerve le plus, c'est qu'au lieu de me raconter tout ça et de m'aider à ne pas finir comme elle, elle me parle de sacrifices et de renoncement. Comment peut-on être ainsi ? Explique-moi, toi. Je suis sa fille et elle voudrait que j'agisse comme elle, comme pour démontrer qu'il n'y a pas d'autre possibilité ! Je suis hors de moi. Quant à mon père, qui a passé sa vie à montrer tout le monde du doigt en donnant des leçons de morale… Et voilà que je découvre que, l'après-midi, il ne va pas jouer aux cartes avec ses amis, comme il le prétend, mais qu'il part rejoindre sa maîtresse.

— Tu lui en as parlé ?

— Je suis allé le voir et je lui ai demandé comment il se sentait. Ensuite je lui ai dit que son amie allait bien et qu'il pouvait dormir tranquille, puis je suis partie. Je ne sais pas comment cette histoire va se terminer. J'ai quand même décidé de commencer à chercher un appartement à louer pour Margherita et moi. Je n'arrive plus à rester à la maison avec Carlo. Je suis épuisée. J'ai essayé de mettre mes parents de mon côté, mais maintenant ça ne me semble plus vraiment nécessaire. Changeons de sujet, s'il te plaît… Je suis curieuse d'en savoir davantage sur Michela et toi. Vous comptez vous parler ces prochains jours ou bien vous allez vous en tenir à votre pacte : « Quoi qu'il arrive, nous nous quitterons » ?

— Pourquoi devrait-on se parler à nouveau ? Elle vit à New York et moi ici. Que veux-tu que je fasse ? Que je lâche ma vie en Italie pour partir la rejoindre ? Et après ? Il y a un monde entre passer quelques jours là-bas et nouer une relation sérieuse. Rester en contact rendrait notre séparation plus difficile encore, donc évitons de le faire, même si j'en ai énormément envie. Tu sais, à un moment, je me suis dit que je pourrais faire un enfant avec elle.

— Un enfant ? Tu es complètement fou !

— Je sais… Nous en avons même discuté, un jour, et, si je n'étais pas rentré à l'improviste, ça se serait peut-être produit.

— Toi, un enfant ! Mais tu défailles rien qu'à entendre parler de fiançailles ! Tu es parti parce que tu n'arrivais même pas à passer le week-end avec une femme et, deux semaines plus tard, voilà que tu as envie de jouer au père de famille ? Cela dit, j'ai toujours pensé que tu ferais un enfant sans même y réfléchir.

— Avec elle, je me sens libre. C'était différent. Oh, mon Dieu, je me mets à parler comme tout le monde ! « Nous, c'est différent ! » Mais ça l'a vraiment été, ou du moins ça a été différent de tout ce que j'avais connu auparavant. Bien sûr, dix jours à New York, ça n'a rien à voir avec une vraie relation, j'en suis conscient, mais j'aime sa façon de penser, de réfléchir, de rêver. Et j'aime ce à quoi elle rêve.

— Ces choses-là arrivent, dans la vie.

— Un jour, alors que nous étions en train de parler d'enfants pour nous amuser, elle m'a dit des choses que je n'ai pas vraiment comprises. Des propos absurdes sur le fait qu'il est plus important que le père de ses enfants soit un homme courageux plutôt qu'un homme amoureux. Qu'elle ne voulait pas avoir un enfant de moi à cause de ce qu'elle éprouvait à mon égard, mais à cause de ce qu'elle pensait de moi. Une folle furieuse !

— Elle a raison. Regarde-moi. Si Carlo était un homme plus courageux, je ne serais pas obligée de tout affronter toute seule.

— Il fait toujours semblant de ne rien voir ?

— Pire encore. Il fait semblant de ne rien voir et, en même temps, il m'attribue l'entière responsabilité de la situation. Pour lui, si je m'en vais, je serai seule responsable des souffrances de Margherita. J'ai peur qu'il lui dise que tout est de ma faute et qu'il dresse ma fille contre moi.

— Quel imbécile ! Est-ce qu'il en est déjà arrivé au chantage affectif ?

— Oui. Et il ne se rend pas compte que, plus il agit ainsi et plus je suis convaincue de ne pouvoir rester une seconde de plus avec un tel homme.

— Il y a une phrase célèbre qui dit : « Si tu veux vraiment connaître celui que tu as épousé, quitte-le. »

Nous sommes sortis du bar et Silvia m'a raccompagné chez moi en voiture.

Les jours passaient et je sortais lentement de mon histoire avec Michela. Quelques jours après avoir recommencé à emprunter le tramway, j'ai décidé d'aller travailler à vélo. Je n'étais plus capable de supporter ce vide. Je le ressentais beaucoup plus qu'au moment de son départ. Dans le tramway, sans elle, mon regard vacillait et tombait dans le néant. Comme l'été arrivait, le vélo avait provisoirement résolu la question.

Nous avions seulement partagé un fragment de vie rempli d'émotions. Le matin, quand je me réveillais, je l'imaginais au lit, endormie, encore enveloppée par la nuit, à l'autre bout du monde, prisonnière d'un fuseau horaire différent du mien. Quand je pensais à elle, dans ce lit, je voyais toujours un corps lumineux. Michela était comme ça, pour moi. J'avais trouvé en elle tellement de moi que j'aurais fait une belle erreur en n'allant pas à New York. Ces journées avaient éloigné, l'espace d'un instant, tous les tourments de ma vie.

Pour oublier Michela, je suis sorti avec d'autres femmes. J'ai aussitôt découvert que non seulement ça ne marchait pas, mais que ça avait même l'effet inverse.

J'ai alors commencé à m'inquiéter. Plus je multipliais les conquêtes et plus je pensais à elle. Elles me laissaient toutes un sentiment de vide absolu. Elles étaient peut-être belles, sympathiques, intelligentes, mais avec elles, je ne parvenais pas à retourner là où j'étais allé avec Michela, dans cet endroit qui n'appartenait qu'à nous. Avec Michela, tout me semblait plus simple. Avec elle, je n'avais pas à… Je n'avais pas à… Voilà, je n'avais pas à. Point. C'est difficile à expliquer. J'ai même été tenté de proposer à une fille des fiançailles à durée déterminée, mais j'aurais eu l'impression de tromper Michela, comme si ce jeu n'appartenait qu'à elle et moi, et à personne d'autre.

Je pensais à tous ces amis qui continuent pendant des mois, parfois même des années, à voir des filles avec qui ils couchent, sans que ça aille jamais plus loin. Mieux vaut avoir des histoires brèves, mais intenses et émouvantes : des mini-fiançailles avec une rupture bien nette.

Seulement, après l'avoir fait avec Michela, je me sentais bien incapable de recommencer avec une autre femme. Cela me rappelait la fois où, enfant, j'avais grimpé tout en haut d'un plongeoir à la piscine. Une fois arrivé au sommet, je n'avais pas eu le courage de me jeter à l'eau et je ne parvenais pas non plus à revenir en arrière parce que les marches étaient envahies par les autres gamins qui montaient. Tout le monde attendait que je plonge. Au secouuuurs !

J'avais peut-être besoin de plus de temps. Quand on fixe le soleil pendant plusieurs secondes, un cercle noir s'imprime après sur tout ce que l'on voit. C'est ce qui s'était produit avec Michela : son image se reproduisait sur tout ce qui m'entourait. Elle était partout. Dans les miettes de pain éparpillées sur la nappe après un dîner. Dans une seconde de silence. Après un rire. Dans la rotation lente de la roue de mon vélo quand je le portais jusqu'en haut de l'escalier. Michela se transformait en pensée érotique tandis que je buvais mon café.

J'ai réessayé de me réveiller avec une femme dans mon lit. En m'écroulant ivre de fatigue après avoir fait l'amour, j'avais été incapable de lui faire comprendre qu'il était temps qu'elle parte. Ces nuits-là, on s'endort pour émerger dans des draps imprégnés de l'odeur d'une inconnue.

Se réveiller à côté d'une femme dont on n'a rien à faire est vraiment pénible, surtout le dimanche, quand on a peur de devoir passer toute la journée en sa compagnie. Un jour, j'ai fait mine de devoir aller travailler. Je me suis habillé, je suis descendu dans la rue avec la fille en question, je lui ai dit au revoir, j'ai fait le tour du pâté de maisons et je suis retourné au lit. Quand j'étais plus jeune, il m'est même arrivé cette chose atroce : en se réveillant, une fille m'a surpris avec son portefeuille dans la main. Elle s'est enfuie en hurlant que je voulais lui voler son argent. Je n'ai pas osé lui avouer que je cherchais seulement sa carte d'identité pour connaître son prénom. Il m'est aussi arrivé plusieurs fois qu'avant de s'en aller, au matin, des femmes me laissent leur numéro de téléphone et que je ne sache pas comment l'enregistrer, n'ayant pas le moindre souvenir de leur prénom. Dans ces cas-là, je leur disais : « Vas-y, fais-le toi. » Lorsqu'elles partaient, je parcourais mon répertoire pour découvrir enfin comment elles s'appelaient.

Un matin, en regardant par la fenêtre de la salle de bains, je me suis aperçu que le jardin où, plusieurs mois plus tôt, j'avais créé mon ange emprisonné dans la neige était jonché de fleurs. Mon ange avait disparu.

À cet instant précis, j'ai reçu un message de Monica. J'avais recommencé à la voir peu de temps auparavant. Repensant aux classements que j'avais faits avec Michela, j'aurais dû rajouter Monica en tête de la catégorie « Plus grand nombre de ruptures ». Je dirais un bon millier. Toujours immédiatement après avoir fait l'amour. J'y croyais à chaque fois. Mais il s'agissait d'au revoir plus que d'adieux. Il suffisait d'un message disant « Qu'est-ce que tu fais ? » pour que, une demi-heure plus tard, nous soyons à nouveau serrés l'un contre l'autre. Durant cette période, même Monica ne fonctionnait plus comme avant.

J'ai lu son SMS : « On se voit plus tard ? J'ai envie de toi. »

Pour la première fois, j'ai répondu « Non ».

Ses insultes et sa haine des jours suivants ne m'ont pas surpris outre mesure. *Ça vaut toujours mieux que de me faire tabasser par son copain*, ai-je pensé.

Presque deux mois avaient passé depuis que j'avais quitté New York et je n'avais pas encore retrouvé ma sérénité. Un jour, j'ai pris conscience que mon départ précipité m'avait volé une journée avec Michela et l'envie de repartir pour la rattraper a commencé à s'imposer à moi. Peut-être était-ce justement là ce qui me manquait : une journée de plus.

J'avais souvent songé à retourner auprès de Michela. Sans le dire à personne, pas même à Silvia. Cette idée m'avait effleuré pour la première fois quand ma mère avait vidé la maison de ma grand-mère. En ouvrant les tiroirs, les boîtes et les malles, je me suis rappelé que, quand nous étions petits, ma grand-mère nous disait, à mes cousins et moi, que, lorsqu'elle était enfant, son père lui avait offert un sac magique, mais qu'elle n'avait pas la moindre idée de ce qu'il était devenu. Quelle que soit l'image ou la photographie qu'on glissait à l'intérieur, cette dernière se matérialisait le lendemain. Mes cousins et moi passions nos journées à rechercher ce sac et à découper dans les journaux les objets qui nous faisaient envie. Nous avions un petit cartable rempli de coupures de journaux représentant des vélos, des vaisseaux spatiaux, des locomotives ou encore des chevaux. J'ai même découpé la photographie d'un bébé parce que je voulais un petit frère.

Tandis que je fouinais dans les affaires de ma grand-mère, je me suis demandé ce que je mettrais dans le sac si je le retrouvais. Je ne désirais rien de matériel. Ni voiture, ni argent, ni maison. À choisir, j'aurais préféré autre chose : des moments, des situations, des instantanés.

Ce jour-là, chez ma grand-mère, j'ai découvert qu'en réalité ce que je voulais retrouver, c'était ce que j'avais perdu. Je désirais les dimanches passés avec mon père et les fois où il me prenait dans ses bras. Revivre cet après-midi avec Laura, notre première fois. Les grattouillis sur le crâne dont me gratifiait ma grand-mère. Ses lasagnes. Le son de sa voix. J'aurais voulu revivre le jour où j'avais volontairement cassé la voiture d'Andrea pour ne pas le refaire. Les matins dans le tramway en compagnie de Michela, la femme mystère. Mon chien qui n'était plus là et qui me manquait. Quand il est mort, j'ai souffert comme s'il s'était agi d'un être humain, peut-être parce qu'il me paraissait être le seul capable de me comprendre et de m'aimer vraiment. C'est moi qui l'ai amené chez le vétérinaire pour le faire piquer. Il a eu droit à trois piqûres, en fait : la première avait pour but de le tranquilliser, la deuxième de l'endormir, la troisième était létale. Je n'oublierai jamais ses yeux quand je l'ai conduit à la mort. J'ai eu l'impression qu'il savait. Au moment où il a reçu la troisième injection, j'étais même certain qu'il comprenait tout.

Si j'avais retrouvé ce sac, je n'aurais pas voulu des choses nouvelles. J'aurais simplement demandé à voir se présenter à nouveau les anciennes. Au fond, peut-être mon véritable désir était-il de retrouver ce que j'avais vécu avec Michela.

J'ai songé sérieusement une autre fois à repartir à New York. C'était lors d'une soirée avec Silvia. À l'époque, j'allais souvent visiter des appartements avec elle. L'agence immobilière appartenait à l'un de nos amis. Un jour, il en avait trouvé un qui plaisait à Silvia et elle m'avait demandé de l'accompagner pour le voir à la tombée de la nuit. Nous sommes donc restés quelques heures, assis par terre dans un appartement vide avec deux pizzas et quelques bières. L'appartement était beau, exactement comme le décrivait l'annonce. J'ai toujours eu beaucoup d'imagination. De fait, quand je lis les petites annonces, deux ou trois éléments me suffisent pour magnifier les lieux. Je ne peux pas m'empêcher de les voir avec des fenêtres lumineuses et des couleurs qui me plaisent. Puis, quand j'y entre vraiment, tout s'écroule.

Silvia a finalement pris cet appartement. Nous avons longuement discuté et elle l'a peut-être choisi en partie à cause de cette soirée. L'appartement contenait une bonne énergie. On y discutait bien. Il était calme et possédait des grandes fenêtres ouvrant sur une cour intérieure.

Ce soir-là, Silvia, en me parlant de la situation avec Carlo, m'a fait comprendre beaucoup de choses sur Michela et moi. Elle m'a indirectement aidé.

— J'ai toujours essayé de résoudre les problèmes des gens que j'apprécie. Quand je les vois souffrir, je suis capable de faire n'importe quoi pour eux. J'ai toujours fait passer le bonheur des autres avant le mien et pensé que, de toute manière, je retomberais sur mes pieds, que je me relèverais quoi qu'il arrive. Et maintenant que je réclame un peu d'attention, voilà que je passe pour une capricieuse. Tu le sais, Carlo, tu me connais. Pardon… Je t'ai appelé Carlo.

— Fais attention. Tant que ma grand-mère me prenait pour Alberto, ça pouvait encore aller. Mais Carlo, ça, je refuse. Tu te souviens quand ma grand-mère m'appelait Alberto ?

— Bien sûr.

— L'autre jour, je songeais au fait que, après avoir passé toute mon enfance à essayer de remplacer mon père auprès de ma mère, j'ai fini par remplacer mon grand-père aux yeux de ma grand-mère. J'ai joué au petit homme de la maison.

— Nous avons été extraits de nous-mêmes et nous ne pouvons nous en prendre à personne d'autre.

— Tu crois que nous pouvons encore retrouver notre trajectoire perdue ?

— J'espère. Il faut y croire, en tout cas.

— J'y crois et j'en profite pour manger ta moitié de pizza, vu que tu n'as pas l'air d'en vouloir.

— Prends-la. Tu sais ce que j'ai compris, Giacomo ? Qu'être avec quelqu'un est une bonne chose quand cette relation nous aide à atteindre notre juste niveau.

— Notre juste niveau ? Ça veut dire quoi ?

— Par exemple, avec Carlo, j'étais en dessous de mes potentialités, mais il ne s'en apercevait pas. Il se moquait de savoir si j'avais réalisé mes rêves – d'ailleurs, je doute qu'il se soit seulement demandé si j'en avais – parce que ça ne changeait rien pour lui. Ce que je faisais ou ce que j'étais n'avait aucune importance. Ce qui comptait à ses yeux, c'était ce que je représentais pour lui. Je correspondais parfaitement à l'idée qu'il se faisait de moi. C'était lui qui décidait. Moi, je m'adaptais à ses choix. Il m'a toujours perçue ainsi. Mes actes étaient nécessairement stériles. Je ne me sentais pas vivante dans cette relation. Il ne s'est jamais aperçu des petits changements en moi ou de mes crises. Il ne les a jamais prises au sérieux. Sans doute étais-je aussi en partie responsable, d'ailleurs. Son amour ne me suffisait pas, parce que ce n'était pas le genre d'amour que je désirais. Ce n'était pas l'amour d'un homme, mais celui d'un enfant. On a bien vu, par la suite, comment il a géré cette période : en recourant au chantage affectif, comme le font les gamins. Son amour réclamait de l'attention de ma part et ça s'arrêtait là.

— Moi, au contraire, j'ai toujours cru qu'il savait combien il était important pour toi que tu accomplisses tes rêves. Je pensais qu'il faisait mine de rien parce qu'il craignait qu'au moment où tu les réaliserais, votre relation bascule, qu'elle soit ensuite conditionnée par tes propres choix. En devenant toi-même, tu te serais éloignée de lui. Tu aurais fini dans un lieu où il n'aurait pas pu te rejoindre.

— Ce dont j'aurais besoin, c'est d'une relation où chacun est libre de parcourir sa propre route tout en sachant que l'autre peut le retrouver. Je suis la première responsable de ce gâchis, parce que je me voilais la face. Je veux atteindre mon juste niveau, quel qu'il soit, même si je ne sais pas ce qui arrivera au cours des prochains jours. Tout ça est un beau bordel, mais je me sens à nouveau libre, et c'est génial.

Ce soir-là, j'ai compris pourquoi j'aimais tant être avec Michela. Alors que je retournais chez moi, les notes de *Poles Apart*, de Pink Floyd, s'échappaient de l'autoradio. C'était l'album sur lequel j'avais fait l'amour avec Michela pour la première fois.

Ma vie était chaque jour pleine de signes.

C'est en écoutant cette chanson que j'ai décidé d'aller recouvrer ce fragment de ma vie. Si je n'avais pas réussi à renoncer à elle après lui avoir parlé seulement dix minutes dans un bar, comment aurais-je pu le faire à cet instant, après l'avoir connue, sentie, désirée ? Après avoir découvert comment elle était et combien j'aimais être avec elle ? Car elle était la porte que j'avais eu le courage d'ouvrir et que je ne parvenais plus à refermer. Et, même si ce n'était qu'une journée, je devais aller la récupérer, car c'était une journée avec Michela.

Une journée à mon juste niveau.

27

Notre juste niveau

Cette fois, avant de partir, j'ai vérifié qu'elle se trouvait bien là-bas. Je ne voulais pas courir le risque d'arriver à New York et de me casser le nez. J'ai appelé son bureau et j'ai pris rendez-vous avec elle en me faisant passer pour un client. Dans son planning du vendredi, à 17 heures, elle avait, sans le savoir, rendez-vous avec moi.

Je suis arrivé en fin de matinée. À 14 heures, j'étais à Manhattan. Mon retour était prévu pour le mardi suivant. Je n'étais plus à une folie près. Mercredi, je devais reprendre le travail. Je suis parti tenaillé par la crainte que Michela ne soit contrariée de me revoir, qu'elle se soit déjà remise avec quelqu'un ou encore que ma présence la dérange pour une raison ou pour une autre.

À 17 heures, je suis entré dans son bureau. Quand elle m'a reconnu, elle a cessé de respirer. L'expression de son visage était indescriptible. Elle a aussitôt refermé la porte et m'a embrassé, m'étreignant comme si je revenais de la guerre. Je n'avais jamais éprouvé un tel bonheur de toute ma vie. Aujourd'hui encore, je pense que ce que j'ai ressenti à cet instant donnait un sens à tout ce que j'avais entrepris pour elle.

J'ai saisi son visage entre mes mains. Ses larmes ont inondé mes doigts. Après des baisers, des embrassades, des silences, des mots laissés en suspens, nous sommes sortis. J'étais son dernier rendez-vous. Nous sommes allés en bas, au Doma Café, où je l'avais attendue la première fois.

— Je suis ici à cause du jour que tu me dois.

— Je t'ai attendu longtemps. J'espérais tant que tu reviendrais !

— Depuis que nous nous connaissons, notre relation est faite d'attentes.

— Jusqu'à quand as-tu prévu de rester ?

— Je repars mardi. Je ne peux pas m'attarder davantage. Je ne savais pas comment tu réagirais. J'aimerais rester avec toi plus que le jour que tu me dois.

— Je pars dimanche soir pour Boston et je ne peux absolument pas repousser mon voyage…

— C'est déjà une journée de plus que ce que j'avais prévu, même si c'est une journée de moins que ce que j'avais espéré.

Nous avons passé tout notre temps ensemble de ce vendredi au dimanche soir. J'ai annulé ma réservation d'hôtel et je me suis installé chez elle. Revoir cet appartement, ce lit, cette salle de bains m'a procuré une émotion extraordinaire. Nous étions heureux d'être de nouveau ensemble. Dans la cuisine, près de sa chaîne stéréo, il y avait encore les CD que j'avais achetés. Il y avait aussi celui de notre mariage. Michela et moi nous sommes aperçus que trouver une explication à la magie de notre rencontre n'avait aucun sens. C'était ainsi qu'il fallait comprendre la célèbre phrase : « La vie n'est pas ce qui se produit, mais ce que nous faisons de ce qui se produit. »

Le sommet d'absurdité de toute notre relation n'avait pas encore été atteint. Il n'allait pas tarder. L'énième jeu de Michela…

Le premier soir, nous avons longuement fait l'amour. Michela m'a ensuite demandé :

— Tu n'aurais pas envie de faire un enfant avec moi ?

— Tu es sérieuse ?

— Oui.

J'ai pensé qu'il s'agissait de sa première faiblesse de femme depuis que je la connaissais.

— J'y ai beaucoup réfléchi durant ces deux derniers mois. J'en ai même parlé avec Silvia. Disons que tu es la seule femme avec laquelle j'ai pensé pouvoir le faire. Mais je ne suis pas certain de le désirer maintenant.

Après un court instant de silence, j'ai ajouté :

— Je t'ai raconté l'histoire de Silvia et Carlo. S'ils n'avaient pas eu Margherita, Silvia serait partie depuis longtemps. C'est peut-être ça qui m'effraie. Je détesterais voir mon fils comme une entrave.

— Le véritable problème de ton amie n'est pas Margherita, mais son mari. C'est ce que je te disais lorsque nous étions dans la baignoire. Tu te rappelles ?

— Très bien.

— C'est une question de courage. Carlo est un lâche immature. Il est incapable de prendre ses responsabilités, comme du reste beaucoup d'hommes. Ce n'est pas un homme et, comme tous les non-hommes, il feint de ne rien voir. Tu sais quelle serait la solution la plus simple ?

— Laquelle ?

— Que ce soit lui qui s'en aille, conscient de ne pouvoir continuer à vivre avec une femme qui ne désire plus partager son existence. Qu'il fasse un véritable acte d'amour, au lieu de continuer à dire « Je t'aime » et de prouver tout le temps le contraire.

— Peut-être n'a-t-il pas vraiment compris qu'elle ne l'aimait plus, même si Silvia le lui a répété plusieurs fois…

— D'après moi, il peut arriver que quelqu'un tombe amoureux d'une autre personne et que celle-ci ne s'en aperçoive pas. Mais, quand quelqu'un qui nous a aimé cesse subitement de le faire, il est impossible de ne pas s'en rendre compte. On évite le problème parce que s'y ajoutent d'autres éléments, comme la difficulté de quitter et d'être quitté, le sentiment d'avoir failli, le désir et l'orgueil de sauver la face devant les proches, les amis ou la famille. L'égoïsme, aussi. Une fille avec qui je travaillais en Italie a connu une situation semblable. Sauf qu'elle, au lieu de quitter son mari, elle s'est mise à sortir avec l'un de nos collègues. Quand l'homme avec lequel on est nous fait comprendre qu'il ne nous désire plus, il suffit que quelqu'un d'autre nous regarde d'une certaine manière et nous dise deux phrases aimables pour qu'on explose. Au final, de femme délaissée elle est devenue une putain qui baise les hommes des autres tandis que son pauvre mari travaille toute la journée. Un grand classique.

Alors que Michela me parlait, allongée à côté de moi sur ce lit, je commençais à saisir ce qu'elle avait tenté de m'expliquer ce jour-là, dans la baignoire.

Depuis que j'avais exprimé mon désir de faire un enfant avec elle, sans préciser quand, quelque chose avait changé en elle, comme si ça l'avait troublée. Elle ne m'a rien dit. C'était peut-être juste une impression.

Le samedi soir, nous sommes allés manger des *baby pork ribs* au BBQ, au croisement de la 23e Rue et de la 8e Avenue. Ces côtelettes de porc recouvertes de sauce étaient servies avec une pomme de terre au four et une tranche de *corn cake*. Bonjour la digestion. De fait, nous avons longtemps cherché le sommeil. Nous nous étions connus en mangeant des hamburgers et nous voulions nous dire au revoir de la même manière. Nous avons beaucoup ri en regardant les gens autour de nous. C'était surréaliste. Des familles entières fêtaient on ne sait quoi avec d'immenses verres colorés de margaritas.

Tout en mangeant, j'ai demandé à Michela ce qui se passerait après mon départ. Nous en étions revenus au même point que le jour où nous nous étions assis face à la baie.

— Je ne veux pas souffrir à nouveau comme durant ces deux derniers mois. Si on veut rester ensemble et avancer, notre histoire nécessite un changement plus profond. Vivre comme nous avons vécu jusqu'à aujourd'hui ne ferait qu'empirer les choses, tu le sais. Je crois que le mieux serait de ne plus nous revoir.

— Et je pourrai t'appeler si je reviens à New York ?

Impossible de trouver une phrase plus stupide. C'était justement le contraire de ce qu'elle venait de me dire.

Elle a répondu, à juste titre :

— Il ne vaut mieux pas.

J'ai alors commencé à m'emmêler les pinceaux et à prononcer une suite ininterrompue de stupidités.

— Tu es sérieuse ?

— Un peu.

— J'ai du mal à rompre avec toi. Je n'y arrive déjà pas avec les autres, alors imagine avec toi ! Je ne te plais plus ? Tu as quelqu'un d'autre dans ta vie ?

— Pourquoi me demandes-tu ça ?

— Parce que tu es différente. Je vois bien que tu es contente de me revoir, je ne dis pas le contraire, mais tu es plus silencieuse. Tu sembles même parfois distraite.

— Je ne sors avec personne. Tu veux une autre margarita ?

— Oui. Et toi, tu ne bois rien ?

— J'ai envie d'un Coca.

— Tu n'as pas été bien avec moi ?

— Ça n'a rien à voir.

— Comment ça ?

— Ne pose pas ce genre de questions. Elles n'ont rien à voir avec notre histoire, tu le sais. Ne la rends pas banale.

Après cela, je n'ai plus rien ajouté. Je ne me rappelle pas le nombre de margaritas que j'ai bues. Je sais seulement que j'étais saoul et pas elle. C'était notre dernier soir ensemble.

Quand nous sommes rentrés, nous avons fait l'amour et nous nous sommes fait un million de câlins. J'ai vécu tout cela dans l'ambiance ouatée de l'ivresse. L'idée de ne plus la revoir me faisait monter les larmes aux yeux. Je n'avais pas insisté, parce que c'était sans doute effectivement préférable. Mais, peut-être à cause de cette mélancolie, de cette douleur et de l'alcool, je lui ai dit :

— Allez… Faisons-le, cet enfant.

— Ne plaisante pas avec ces choses-là.

— Je suis sérieux.

— Non, tu n'es pas sérieux. Tu es ivre.

— D'accord, mais je suis vraiment prêt à le faire.

— Dormons. Ça vaut mieux.

Et nous nous sommes écroulés.

Le dimanche, nous nous sommes levés tard. Nous avons pris notre petit déjeuner presque sans dire un mot. Une migraine carabinée martelait mon crâne.

Après que nous nous fûmes lavés et habillés, Michela m'a lancé, en me regardant droit dans les yeux :

— Hier soir, tu m'as demandé de faire un enfant avec toi. Heureusement que tu étais le seul à avoir trop bu.

Elle semblait plaisanter un peu en parlant d'enfant, mais j'avais l'impression qu'elle voulait voir comment je réagissais à cet argument.

— Je ne sais pas si je t'ai dit ça parce que j'étais ivre, mais j'y étais vraiment prêt.

Nous sommes sortis marcher.

Alors que nous lisions dans un bar, elle un journal et moi un livre, elle a déclaré :

— Voilà ce qu'on va faire : ne nous parlons pas, ne nous appelons pas, ne nous cherchons plus. La fable s'achève ici. Je n'irai plus à ta rencontre et toi non plus tu ne viendras plus à la mienne. Promets-le-moi.

— Je te le promets. Nous avons déjà décidé ça hier soir.

— Je le sais. Écoute… j'ai quelque chose à te proposer : dans trois mois, je dois aller à Paris pour mon travail. Si, à ce moment-là, tu as encore envie d'avoir un enfant de moi, retrouvons-nous là-bas. Qu'en dis-tu ?

— Je ne suis pas certain d'avoir bien compris. On se donne rendez-vous à Paris dans trois mois et, si l'un de nous veut encore faire un enfant, il vient, sinon il reste chez lui… C'est bien ça ?

— Exactement. En ce qui me concerne, j'ai envie de faire un enfant avec toi, même tout de suite, mais je ne le ferai pas. J'ai besoin de m'éloigner de toi pour mieux discerner les choses. Peut-être que, dans trois mois, tu auras rencontré une autre femme ou que je n'aurai plus envie de devenir mère. Qui sait ? Mais donnons-nous une chance avant de nous perdre pour toujours.

Comment Michela réussissait-elle à me convaincre et à m'impliquer à chaque fois ?

J'aimais jouer, voilà tout.

Je lui ai répondu :

— Tu es la femme que j'ai toujours souhaité rencontrer. Quoi qu'il arrive. Donnons-nous une chance. Notre histoire vaut bien cela. Et où veux-tu qu'on se retrouve ?

— Je ne sais pas… Décidons ensemble. Sous la statue de la Liberté ? Qu'en dis-tu ?

J'avais compris Paris, pas New York.

— Mais oui, à Paris !

— Parce qu'il y a une statue de la Liberté là-bas ? Je l'ignorais.

— En réalité, il y en a même deux : une grande au milieu de la Seine et une autre, plus petite, dans le jardin du Luxembourg. Si, dans trois mois, nous avons encore envie d'avoir un enfant ensemble, retrouvons-nous au Luxembourg, sous la statue de la Liberté. C'est la seule raison qui peut nous pousser à nous revoir, à aller de l'avant. Sinon, il vaut mieux que nous nous perdions de vue.

Puis elle a ouvert son agenda et m'a dit :

— Le 16 septembre me semble parfait.

— C'est une folie.

J'ai aussitôt ajouté :

— Ça marche. À quelle heure ?

— Choisis.

— On se retrouve à 11 heures du matin. D'accord ?

— Le 16 septembre à 11 heures. Ou jamais plus.

28

Paris

Silvia est heureuse. Elle vit seule dans son nouvel appartement avec Margherita. Carlo a enfin compris et il n'a pas été aussi infect qu'on pouvait le craindre. Lui aussi va mieux. Margherita est une petite fille joyeuse et nous sommes tous étonnés de la façon dont elle vit ce changement. Ses parents lui ont expliqué que, même s'ils habitent séparément, ils l'aiment toujours autant qu'avant. Ils se sont fait aider par une psychologue. La mère de Silvia a fini par lui dire qu'elle avait eu raison de s'en aller si elle n'était plus amoureuse. Les gens sont étranges, parfois.

Inutile de dire pourquoi je suis à Paris. Je veux un enfant de Michela. Trois mois se sont écoulés depuis la dernière fois que je l'ai vue et non seulement je ne l'ai pas oubliée, mais mon désir à son égard n'a cessé de croître. Je veux un enfant de Michela parce qu'elle a toujours été pour moi comme une maison au toit vitré, d'où je peux observer le ciel en toute sécurité.

Je marche, laissant derrière moi la place des Vosges. J'arrive rue de Rivoli et je vais jusqu'à l'Hôtel de Ville. Je retire mon pull, parce qu'un rayon de soleil a tout réchauffé ; même ma chemise me semble trop épaisse. Il est 10 h 30. Je pourrais passer devant Notre-Dame et prendre le boulevard Saint-Michel, mais j'opte pour un plus beau trajet. J'emprunterai ce chemin-là au retour. De toute manière, après ce rendez-vous, quoi qu'il se passe, je serai déboussolé sur le plan émotionnel et je ne serai plus en état de voir quoi que ce soit, même pas un troupeau de poneys roses qui viendrait à passer près de moi au galop.

La seule différence, si elle ne vient pas, c'est que je commencerai à vieillir. À vieillir rapidement. Je marche jusqu'au pont des Arts qui, à la belle saison, se remplit tous les soirs de jeunes venus pique-niquer. Arrivé à la place Saint-Germain-des-Prés, je prends la rue Bonaparte et j'atteins la place Saint-Sulpice, puis le jardin du Luxembourg.

Je suis en avance. J'aimerais arriver et la voir. Je suis nerveux. Je fais un tour dans le jardin. Autour du bassin, quelques jeunes sont occupés à dessiner le palais. Une fois, au Musée d'Orsay, j'ai vu des étudiants assis par terre qui reproduisaient les statues. C'est merveilleux de voir les musées aussi vivants.

En poursuivant ma promenade, j'aperçois des gens qui jouent au tennis, d'autres qui font leur jogging ou encore du taï-chi sous un kiosque. Beaucoup sont en train de lire. Des chaises en métal sont disposées un peu partout. On peut les déplacer à sa guise, et nombreux sont ceux qui choisissent de les installer autour du bassin, pour pouvoir poser les pieds sur la petite rambarde en fer qui l'entoure.

J'arrive près de la statue de la Liberté. Il n'y a aucun banc à proximité. Je prends deux chaises et je les porte jusqu'à notre point de rendez-vous. Une pour moi et, j'espère, une pour elle.

Je désire juste qu'elle vienne. J'ai beaucoup réfléchi à la manière dont ce moment se passerait. Cette fois aussi, il est fort probable que la réalité vienne démentir mes fantasmes.

Alors que je me tiens là, le regard fixe, dans l'espoir de l'apercevoir dès qu'elle entrera dans mon champ de vision, il se peut fort bien qu'elle arrive par-derrière, que je sente la chaleur de ses mains se poser sur mes yeux et sa douce voix me lancer : « Qui c'est ? »

Si elle vient à ce rendez-vous, que se produira-t-il ensuite ? Dans quel pays habiterons-nous ? Est-ce moi qui déménagerai aux États-Unis ou elle qui reviendra en Italie ?

La seule réponse que j'étais capable de formuler chaque fois que je réfléchissais à cela est que Michela est le seul pays dans lequel j'aimerais vivre.

Au cours des trois mois que nous venons de passer éloignés l'un de l'autre, je me suis senti profondément proche d'elle. Je me suis assis sur le bord de la vie, les pieds ballants, et j'ai contemplé l'infini en respirant son parfum. Cela peut paraître étrange de vouloir un enfant de cette manière mais, à mon âge, ça l'est moins. Quand je tombais amoureux à vingt ans, je voulais un enfant avec une femme parce que je l'aimais. Et j'aurais trouvé absurde une histoire comme celle-ci. Impensable, même, selon ma conception de l'amour.

Je veux un enfant, et Michela est la personne idéale pour le faire. Je veux partager cette expérience avec une femme comme elle, point final. Avec elle, j'ai toujours éprouvé des sensations différentes, comme si notre rencontre s'était produite de la bonne manière. Comme si elle était inscrite dans mon destin. Un passage important de ma vie. Une pièce inconnue dans laquelle je devais entrer.

Durant ces longs mois d'attente, je me suis aidé de l'écriture. J'ai retranscrit mes émotions. Je suis entré dans ce monde en mouvement, dans ce monde vivant. J'ai également écrit des lettres à Michela. Des lettres que je n'ai jamais postées. Je les ai apportées avec moi. J'ai un timbre au cas où. Si elle ne vient pas, je les lui enverrai.

Dans l'enveloppe, j'ai aussi glissé des photographies. Sur l'une d'elles, par exemple, on voit des fleurs. Sur une autre, une table dressée pour deux. Sur une troisième, « notre » tramway. Puis une photographie prise le jour de son anniversaire, sur laquelle on voit le calendrier, un petit paquet cadeau et deux verres de vin.

J'ai partagé avec elle des instants que nous n'étions pas destinés à vivre ensemble.

Il est 10 h 54. J'ai le cœur au bord des lèvres. Je n'arrive pas à respirer normalement. Je regarde autour de moi et je caresse nerveusement la boîte dans laquelle j'ai rangé les lettres. J'ai également apporté une paire de chaussures rouges que j'ai achetées exprès pour elle. Ça me semblait être un cadeau de circonstance, car elles symbolisent mon désir de me promener avec elle à l'avenir. La possibilité de ne jamais les voir à ses pieds, cependant, me paraissait de plus en plus probable.

Soudain, une balle vient rouler à mes pieds. Je lève les yeux et une fillette accourt vers moi pour la récupérer. Tout en la ramassant, elle me dévisage durant quelques secondes, avant de retourner jouer. On entend le chant des oiseaux et, au loin, celui d'une perceuse. Le matin, le bruit de ceux qui travaillent est un plaisir. Si je ne suis pas trop près de chez moi, bien sûr.

Je regarde ma montre. Il est 11 h 05. Je commence à me demander jusqu'à quand je devrai attendre. *Je dois me fixer une heure limite. Si elle n'est pas arrivée d'ici à 11 h 15, je m'en vais. Allez... disons 11 h 30, c'est mieux.*

J'essaie de me changer les idées en observant les gens autour de moi. Nous sommes nombreux, chacun avec ses rêves, ses joies et ses douleurs. Il m'arrive de songer à tous les endroits où j'ai été dans ma vie et j'essaie d'imaginer les gens qui marchent dans les rues où je suis passé. Quand j'étais petit et que je pensais au nombre d'habitants de la Terre, je me disais qu'il était impossible que Dieu soit au courant de mon existence.

11 h 20, et Michela n'est toujours pas arrivée. Je commence à penser sérieusement qu'elle ne viendra pas. Je décide de l'attendre jusqu'à midi, finalement.

C'était trop beau. Je suis triste. Je ne ressens plus aucun plaisir à l'avoir rencontrée. Non, maintenant je n'arrive plus à me réjouir qu'elle ait fait de moi une personne meilleure.

Assis là, sur cette chaise, tenant à la main une paire de chaussures rouges et des lettres jamais envoyées, je me sens ridicule. Je ne vais même pas les poster comme je me suis promis de le faire.

C'est évident : Michela ne viendra pas. Je dois accepter que mon film n'ait pas une fin heureuse.

Si tu ne viens pas, que vais-je faire de toi ?

Je me lève. Je ne parviens même plus à rester debout. Je m'approche de la statue. Il y a des fleurs par terre, qu'on a sans doute déposées là quelques jours plus tôt à l'occasion des commémorations du 11 Septembre. Je lis la plaque apposée à gauche de la statue : *La Liberté éclairant le monde.*

Je me rassois. Je penche la tête en arrière et je contemple le ciel de Paris. Une larme coule le long de ma joue et glisse dans mon oreille. J'ai mal au ventre. Je repense à tout ce que j'ai fait pour elle, à tout ce qu'elle m'a permis de vivre.

Depuis que je l'ai rencontrée, je ne me suis pas ennuyé une seconde. Être avec elle ou penser à elle a toujours été merveilleux. Il m'est également arrivé de me sentir mal, comme maintenant, de me sentir fragile et invincible en même temps. Mais je vis, toujours.

Je m'aperçois soudain que je suis empli de ce que j'ai vécu, mais que je n'ai rien en main. La pensée que Michela n'ait jamais existé se fait alors jour en moi. Maintenant, je comprends tout. Qui peut m'assurer qu'elle n'est pas juste une projection, le fruit de mon imagination ? Qui l'a déjà vue, à part moi ? Les gens à qui j'ai parlé d'elle ne l'ont jamais rencontrée ni croisée. Même pas Silvia. Je n'ai aucune preuve concrète de son existence, juste des émotions totalement confuses. Qui peut m'assurer que Michela ne vit pas seulement dans mon imagination ?

C'est pour cela que tout me paraissait parfait. Je l'ai vue et elle m'a tout de suite plu, avant même que je la connaisse, et puis je l'ai connue et elle m'a appris, grâce à un jeu parfaitement stupide, à m'ouvrir. Nous nous sommes mariés sans la folie d'un véritable mariage. Et maintenant je me retrouve à l'attendre pour prouver, à moi-même, mais aussi à nous deux, que je désire avoir un enfant. Nous avons fait tout ce que font les gens d'ordinaire, mais sous la forme d'un jeu, d'un divertissement.

Je suis peut-être en train d'avoir mon premier éclair de lucidité au milieu d'un océan de folie. Si ça se trouve, ceux qui me connaissent disent que j'ai perdu la tête et que je me suis créé une femme imaginaire. Et moi, comment puis-je leur prouver le contraire ? Je ne possède rien d'elle, pas même une photographie ou un cadeau. Absolument rien, pas même l'alliance de notre mariage.

Tout ce que j'ai se trouve dans ma tête et dans mon âme, pour toujours. Elle est une respiration, une pensée, une émotion. Elle est la confusion et la clarté.

Je devrais peut-être me regarder dans un miroir et chercher au fond de mes yeux un résidu, une intime trace d'elle. J'ai imaginé Michela et je lui ai donné vie. Elle m'a appris à croire en mes rêves et en mes désirs, au risque d'être ridicule, comme je le suis en ce moment, au fond.

Ce n'est pas important qu'elle ne vienne pas. Ce qui importe, c'est ce qu'elle m'a appris. Elle n'était pas et n'est toujours pas mon trésor, mais le moyen pour le trouver. Elle est le panneau qui indique la bonne direction.

Je me mets à rire en songeant à ma situation. Je porte mes mains à mon visage. Elles ont encore l'odeur de beurre du croissant.

Un sifflement m'interrompt soudain. Je baisse les yeux. Elle est à quelques mètres de moi, me donnant la preuve qu'elle existe bel et bien. Mon cœur explose. Mon âme se met à trembler.

Michela, immobile en face de moi, a les larmes aux yeux et son sourire habituel. Elle est le futur souriant. Elle ressemble à ces journées durant lesquelles il pleut alors que le soleil resplendit dans le ciel.

Je marche dans sa direction, puis je m'immobilise un instant devant elle. Alors que je m'apprête à faire le dernier pas pour pouvoir l'embrasser et l'enlacer, elle m'arrête d'un geste. Je suis complètement perdu. Elle prend ma main et, plongeant ses yeux dans les miens, elle la pose sur son ventre.

Je comprends tout en une fraction de seconde. Son jeu fou, la véritable raison pour laquelle elle m'a fait attendre. Je contemple le ventre que je suis en train de toucher. Michela est enceinte. Je suis bouleversé. Je la regarde droit dans les yeux. Elle fait « oui » de la tête et, avant que nous nous embrassions, elle me dit :

— Je l'étais déjà quand tu es revenu à New York.

— Pourquoi est-ce que tu ne m'as rien dit ?

— Je ne voulais pas que tu l'acceptes seulement parce que c'était arrivé. Je voulais être certaine de tes intentions. Si tu n'étais pas venu ici, je ne te l'aurais même pas dit. Tu ne l'aurais jamais su. Je suis heureuse de voir tout ce que nous avons fait ensemble. Tu es le camarade de jeux dont j'ai toujours rêvé.

Nous nous embrassons en silence. Nous ne parlons à nouveau qu'après un long moment.

— Je me souviens des prénoms que tu voulais pour tes enfants, surtout ceux de filles. Ça me terrorise.

— Ne t'inquiète pas. Il s'appellera Matteo. Mais tu n'as pas remarqué ? J'ai appris à siffler.

— C'est pour ça que je suis aussi troublé. Pour être honnête, j'étais stressé à l'idée que tu ne viennes pas. Cela dit, j'ai appris moi aussi à me jeter à l'eau.

— Désolée pour mon retard. En fait, ça fait vingt minutes que je t'observe, mais j'avais peur et je me sentais trop émue. Quand je suis arrivée, tu étais déjà là. Ça fait longtemps que tu attends ?

— À peu près trente-cinq ans.